Kapitel 1 (År 1905, Östergötland)

Han ser på Clara i smyg. Hon står framåtlutad över tvättfatet. Öser kallvatten, nyss hämtat från brunn. Gnuggar ansiktet med den hemkokade tvålen och lite under armarna. Hon är vackrare än någonsin och sju barn har hon givit livet. Hans kära Clara. Hennes röda hårsvall över den bleka ryggen. Han minns första gången han såg henne för femton år sedan. En kall vinterdag då han behövde hjälp att telefonera doktorn. Utan att ifrågasätta hade hon ställt upp. Värmt honom med kaffe och omtanke.

Hostattacken väcker Alfred ur hans tankar. Han rusar fram med en handduk. Klappar henne över ryggen där hon står dubbelvikt. Handduken fläckas av blodet som kommer upp som en kaskad.

"Älskade Clara, kan det inte vara en god idé att vistas på Sanatoriet en tid?"

"Men barnen då?"

"De klarar sig. Georg hjälper till. Han är en redig gosse nu. Tolv år fyllda."

En ny hostattack kommer över henne. När den avtar ser hon på honom.

"Jo, ska hostan gå över är det nog en god idé."

På golvet sitter småttingarna Svea, Valter och Verner.

"Vad är santaroret för något?"

Lilla Valter fyra år ser på far.

"Sanatoriet är ett stort hus med många sköna sängar där man får vila och ha det bra så man blir frisk igen."

"Får jag följa med då?"

Alfred klappar gossen på huvudet.

"Mor ska åka och vila ett slag. Du får stanna hemma och hjälpa mig."

Gerda kommer in genom ytterdörren med en spann vatten. Efter kommer Ines och Linnéa med varsin trave ved.

”Vart ska mor åka?”

Gerda ställer hinken på golvet.

”Jag ska bara åka och vila upp mig några dagar så den
här efterhängsna hostan försvinner.”

Alfred ordnar med en droska som tar hans hustru till
sanatoriet utanför Linghem, en dagsresa bort. Han står i
dörröppningen tillsammans med två av barnen. De vinkar
åt mor. Han lägger handen på Georgs huvud.

”Du får ta över mors sysslor i huset nu en tid. Passa
småsyskonen. Jag måste arbeta.”

Georg nickar åt sin far och Alfred går ut till verkstan.
De har skulder som måste betalas om de ska bo kvar. Han
tänder elden och blandar till murbruket. Lukten känns
trygg och pulsen sjunker. Georg är en bra grabb. Pålitlig.
Alfred formar kaklet och staplar högar. Nästa vecka ska
han iväg och sätta upp en ugn i Mjölby. I vanliga fall
hade Georg hjälpt honom, men nu gör han mer nytta i
huset. Hoppas Clara blir frisk snart och allt kan återgå till
det vanliga. Han går ut på gårdsplanen för att hämta mer
vatten. Tittar upp mot huset och ser att fotogenlampan i

köket brinner. Skymtar Georg genom fönstret. Efter att ha släckt elden i verkstan går han in i huset.

Barnen sover som vanligt när han kommer in efter arbetsdagen. Georg har lämnat mat på bordet. Alfred slår sig ned och hugger in. Han försöker vara tyst så de inte ska vakna, men Georg är vaken och kommer ut i köket och sätter sig mittemot honom.

"Sover du inte än?"

"Nä, jag tänker på mor."

"Oroa dig inte för mor. Hon är av starkt virke och kommer snart hem igen."

Georg tassar tillbaka till kammaren och kryper ned hos småsyskonen. Till slut somnar han till ljudet av deras andetag.

En vecka senare, när Alfred ska iväg till Mjölby, möter han brevbäraren som viftar med ett kuvert. Stämpeln är från Linghem. Han sliter upp det och börjar läsa. Hans Clara har avlidit. Hon kom försent till Sanatoriet och lungsoten tog henne. Han får svårt att andas och faller framåt i kärran. Oxen trampar oroligt på stället. Han ligger kvar oförmögen att röra sig. Vad ska han göra utan henne? Det är för henne och barnen han går upp varje morgon. Arbetar från morgon till kväll. Hur ska han kunna ta hand om deras barn själv? Alfred är helt förkrossad. Han stirrar upp mot himlen och riktar sig mot Gud. Varför? Varför sker detta? Tårarna bränner bakom locken, men han vägrar låta dem komma ut. Ilskan får honom att skaka.

Efter en bra stund sätter han sig upp, vänder kärran och åker tillbaka hem. Han ser Georg ute i vedboden och går dit.

"Georg, jag har fruktansvärda nyheter. Det måste dessvärre stanna mellan oss ett tag. Du behöver vara stark nu."

"Vad har hänt far?" Georg ser sin fars rödkantade ögon och känner en klump i magen.

"Det är mor. Jag är så ledsen. Sjukdomen besegrade henne och begravningen är imorgon vid sanatoriet. Jag åker dit ensam. Du behövs här hemma och får ta hand om syskonen."

Georg stirrar ned i backen.

"Vad ska jag säga till dom?"

"Säg att jag är och hälsar på mor, så berättar jag för dem efteråt."

Han klappar Georg på axeln.

"Jag litar på dig. Ta hand om dig och de små." För första gången på många år omfamnar han sin äldste son. Håller kvar honom en stund. Georg står helt stilla med armarna hängande rakt ned. Låter sig omfamnas.

Tidigt morgonen därpå åker Alfred iväg. Han kommer aldrig mer tillbaka till torpet eller till sina barn. Färden går inte mot Sanatoriet.

Kapitel 2 (År 1863, 42 år tidigare i Broddetorp, Västergötland)

Jordemor har bäddat med gulmåra. Mellan varje värk mässar hon:

"Jungfru Maria, milda moder, låna mig nycklarna dina medan jag låser upp lemmar och ledamoterna mina."

Maja slängs upp och ned i smärtans vågor och efter en lång kamp kan hon äntligen krysta ut ett friskt gossebarn. Majas och Johannes första barn, Alfred. Så snart Jordemor tvättat barnet, rensat luftvägarna och klippt navelsträngen lägger hon honom hos Maja och låter Johannes få komma in.

Maja tittar flera gånger på barnet, räknar dess fingrar och tår. Allt är verkligen som det ska, men som hon oroat sig. Med hennes fyrtio år får hon tacka Gud för en frisk gosse. Tidigare har de fått flera missfall och nära på tappat hoppet om ett barn. Hon har beskyllt sig själv och sin klena kropp som inte kunnat bära ett barn, men nu är han här, deras gudagåva.

Jordemor städar undan, svabbar blod och byter lakan.

"När hålls dopet? Ni måste skynda så inget händer den lille."

Johannes och Maja växlar blickar.

"Vi är baptister och tror på att barnets egen vilja måste vara med. Om barnet inte med sitt hjärta vill låta döpa sig är dopet ogjort."

"Sådana nymodiga tankar. Jag ska be för gossen. Själv skulle jag aldrig våga ha en sådan liten odöpt. Han riskerar helvetets eviga plågor om han dör innan dopet."

Senare när Jordemor lämnat dem sitter Maja i sängen med gossen i famnen.

"Om hon skvallrar för prästen, då kan de ta honom."

"Äsch, sådant gör de väl inte längre, tvångsdop. Det gjorde de förr. Ingen gör sådant nu förtiden i vår upplysta tid."

"Med prästen Bergstrand är jag inte så säker. Prästen har ganska starka traditionella åsikter."

"Nu min kära ska vi njuta av att fått en friskt gossebarn som vi längtat efter så länge."

Johannes slår sig ned bredvid och lägger armen om sin hustru. Hon lutar sig mot honom. Det är skönt med en lugn och trygg make. Inte en gång har hon sett honom brusa upp. Inte som hennes far gjort mot mor. Tidigt i livet bestämde hon sig för en snäll karl. Sådant är viktigare än utseendet. Inte för att Johannes är ful, tvärtom är han en stilig man.

Hon ser på barnet. Nog har han Johannes näsa allt, men hennes mun. Maja böjer sig fram och drar in doften från hans lilla fjuniga huvud. Det kan omöjligt finnas något godare än lukten av ett spädbarn. Hennes son. Aldrig tidigare har hon känt sådan lycka. Nog ska de kunna skydda barnet från prästen.

Bara två dagar därefter knackar prästen på deras dörr. Johannes är ute på åkern och plockar upp potatis. Han ser inte prästen med följe som står på hans farstukvist. Lilla gossen ligger i vaggan. Maja kikar fram bakom gardinen och möter prästens blick. Innan hon hinner gömma sig lyfter Bergstrand handen och vinkar. Vad ska hon ta sig till. Han har sett henne så hon måste öppna nu. Åh, kan inte Johannes komma. Hon gläntar lite på dörren. Bara en springa. Så tar hon i och hostar.

"Prästen får ursäkta mig. Jag hostar förfärligt och vill inte sprida smittan. Johannes är ute på åkern om det önskas tala med honom."

Prästen tar tag i dörrhandtaget och sliter upp dörren. Med bestämda kliv går han in i farstun och Maja tvingas backa.

"Försök inte med mig, Maja. Det döljs ett odöpt gossebarn. Det är min skyldighet som sockenpräst att döpa alla barn. Vad är det för en mor som riskerar att barnet hamnar i helvetet? Akta!"

Barnet gnyr och prästen ger tecken åt sina följeslagare att hämta honom. Maja kastar sig mot vaggan, men männen hindrar henne och tar med sig barnet och går. Hon springer efter ut till droskan. Skriker och gråter medan männen åker tyst och stilla därifrån. Johannes som hört hennes skrik kommer springandes och finner sin hustru liggande i leran gråtandes av förtvivlan.

Hon ser upp på honom med hat i blicken.

"Du lovade att prästen inte skulle ta honom."

Utan att svara går Johannes till stallet och sadlar hästen. Hon sitter fortfarande kvar på marken när han rider förbi i full fart efter prästens droska.

Johannes hinner inte ikapp under den korta sträcken till Broddetorps kyrka, men utanför ser han deras droska. Han hoppar ned från hästen och går fram till porten för att upptäcka att den är låst. Då börjar klockorna ringa. Han bultar hårt på porten. Går ett varv runt kyrkobyggnaden för att se om det går att ta sig in någon annanstans. Han hukar sig, tar en rejäl näve grus och slänger mot fönstret. Det smattrar hårt och han blir rädd att det ska gå sönder. Även om han är arg känns det fel att kasta sten på en kyrka. Han hör hur prästen mässar där inne och hans lilla gosse skriker högt och ilsket. Johannes står inte ut. Återigen bankar han på porten och ropar på prästen så högt han förmår. När han till slut tystnar av utmattning hör han låset gå upp. En kraftig man skjuter upp dörren och kliver åt sidan. Prästen kommer ut med barnet i famnen, inlindat i vitt skynke och våt på hjässan.

"Han är döpt nu i herrens namn och slipper helvetets
smärta om något skulle hända honom. Om inte
föräldrarna ser till socknens barn gör jag det. Jag sviker
ingen."

Utan att svara med ett endaste ord tar Johannes sin son ur
prästens famn.

"Nu är sonen kristen och ingen hedning, Johannes.
Hälsa Maja."

Prästen går tillbaka in i kyrkan och den kraftige mannen
stänger porten bakom dem med en smäll. Johannes sitter
upp på hästen och rider sakta hem igen med sin son.

Kapitel 3 (År 1866, tre år senare)

Alfred klafsar kring med för stora stövlar. Kämpar för att hålla jämna steg med far. Regndropparna är tunga och letar sig innanför rockkragen på honom. De ska till skogen och klyva upp några träd som fallit under natten. Vårstormarna ger ved till nästa vinter. Alfred har tjatat sig till att få följa med. Det är sällan han får vara med far. De flesta mornarna försvinner han redan före Alfred vaknat och kommer in på kvällarna efter han somnat. Varje kväll ligger Alfred i kammaren och försöker hålla sig vaken. Han vill höra far komma hem innan han låter sig åka in i drömmen. Oftast lyckas han inte.

I morse, när han vaknade till fars röst, for han snabbt upp ur sängen. Gav sig inte förrän far lovade ta honom med. Nu försöker han efter bästa förmåga hålla jämna steg och humöret uppe så far ska se att han inte är till besvär.

Johannes hör sin sons fotsteg bakom sig. Gossen går säkert minst tre steg för varje kliv han själv tar. Ändå försöker Alfred småsjunga glatt. Det stör honom. Han borde vara glad över gossens envishet och tålamod. Han är liten, endast tre år. Men något dog i honom efter prästens tvångsdop. Hur gärna han än vill, kan han inte ta honom till sitt hjärta. Johannes känner sig sviken. Förnuftet vet att det inte är barnets fel, men känslan är en annan. Han skäms över det och försöker undvika både Maja och gossebarnet. För att inte tänka och känna allt för mycket spenderar han sin vakna tid ute på gården. När han jobbat klart på deras går han till grannen och hjälper till. Det uppskattas av grannarna, men Maja blir med all rätt sårad.

"En dag behöver vi också hjälp. Det är så det fungerar", försvarar han sig, fast han vet att hon har rätt. Han skäms som en hund, avskyr sig själv och ändå kan han inte med sin egen vilja ändra på det.

Johannes kliver på genom snår och över diken utan att vända sig inte en endaste gång. Efter en halvtimmas vandring ser han de kullfallna träden. Två perfekta björkar. Han har tur. Det blir fin ved till nästa vintern.

Johannes ställer ned ryggsäcken på backen. Stannar upp och stryker handen över det slitna lädret. Tänker på dagen han fick den. Han skulle som vanligt med sin far ut i skogen och fälla träd. De spände oxen för kärran och far plockade fram ryggsäcken. Brunt blankt läder. Det är den enda present far gett honom. Än idag är det hans värdefullaste ägodel. Far var inte en man som uttryckte sina känslor med en massa ord.

Johannes tar upp yxan och börjar kvista av björken närmast. I ögonvrån ser han Alfred slå sig ned på en sten en bit ifrån. En del av honom vill gå fram och omfamna gossen, säga att han älskar honom, att det inte är hans fel. Berätta att han längtat efter en son i många år och blev den lyckligaste dagen han föddes. Men kroppen lyder inte. En blandning av sorg och stolthet håller honom tillbaka och i stället hugger han sig svettig och trött.

Alfred är våt och kall. De fuktiga sockorna sluter om fötterna och kyler hela honom. Han sitter på stenen och vickar på tårna. Gungar fram och tillbaka för att få upp lite värme. Ser på far med beundran och längtan. Så där stark vill Alfred också bli en dag. Ryggsäcken ligger inte långt bort. Han vet att det finns en till yxa där i. Kanske far blir stolt om han hjälper till att hugga trädet. När far står med ryggen mot honom, rusar han fram till väskan och plockar ur yxan. Den är tung i hans hand. Han går beslutsamt fram till björken bredvid, lyfter yxan över huvudet och med all sin styrka svingar han den nedåt mot stammen. Eggen snuddar trädet och slinter ned i backen. Landar bara någon tum från hans vänstra fot.

 "Vad gör du?"

Med arga kliv kommer far och rycker yxan ifrån honom. Tyst lägger Johannes sedan tillbaka den i ryggsäcken och fortsätter med sitt utan att se på barnet.

Alfred skäms över sin dumhet. Nu kommer han aldrig mer få följa med far på något. Han nyper sig själv hårt i händerna för att inte börja gråta. Resten av tiden ägnar han åt att samla stenar och kottar. Av dem bygger han en liten by med hus och människor. I hans värld är alla vänner.

När de till slut kommer hem till gården går far direkt mot stallet. Han nickar åt gossen att gå in i huset. Där möter mor honom i farstun med en trasa att torka av regnet. Hon har värmt vatten och fyllt karet så han får hoppa i och tina upp. Hon pratar glatt och frågar honom om dagen. Efter badet väntar varm mat i köket. Potatissoppa och bröd med flott. Alfred njuter av varje tugga.

Varm i kroppen och mätt i magen ligger han nedbäddad i sängen. Mor sitter på sängkanten och berättar en saga. Ett stearinljus brinner på sängbordet.

"Det var en gång en prins som red genom skogen om natten. Det var bråttom. En prinsessa var i nöd och om han inte hann dit i tid skulle draken äta upp henne..."

Alfred spärrar upp ögonen för att inte somna innan han får höra hur det går för prinsen och prinsessan, men tio minuter senare sover han. Maja stryker honom över håret och kysser hans panna innan hon går ut i köket och värmer på maten till Johannes.

Kapitel 4 (År 1869, tre år senare)

Imorgon är det lucia och mor bakar pepparkakor med Alfred. Han är en mjuk och fin gosse. Hjälpsam och osjälvisk. Det gör henne ont när hon ser hur Johannes undviker honom. Alfred som aldrig gjort annat än dyrka sin far. Hon vet med sig att hon överkompenserar det. Är extra vänlig och omtänksam. Kanske Johannes har rätt i att hon klemar. Men vad annat ska hon göra? Han säger aldrig emot, hjälper alltid till och är tacksam för lite. Kärleken hon känner för Alfred är nästan för stor för henne att bära.

”Bakade mor pepparkakor som barn?”

Hans ljust gröna ögon glittrar. Han kommer krossa kvinnohjärtan en dag, tänker hon.

”Det tror jag nog, men minns inte riktigt.”

Hon ser hur han funderar på hennes svar.

”Kommer jag glömma bort det här när jag är lika gammal som mor?”

Hon ler mot honom. Torkar bort lite mjöl från hans äppelkinder.

"Kanske Alfred. Eller så får du ett bättre minne än mig."

"Åh, det hoppas jag. Jag vill minnas det här."

"Hur kommer det sig?"

"Då kan jag berätta för mina barn."

"Älskade Alfred. Tänker du på att du ska ha barn en dag?"

Han ser förvånat på henne.

"Har inte alla vuxna barn? Får man inte barn när man blir vuxen? Av vem får man dem?"

"Nu ska vi kavla ut degen. Då kan vi inte prata en massa. Här har du din kavel."

Alfred rullar med kaveln över degen. Den är hård och svår att få platt. Degen fastnar i kaveln och följer med runt. Vill inte alls lägga sig mot bänken. Mor ger honom lite mer mjöl och degen släpper taget om kaveln. Han funderar över hur man får barn. Väljer föräldrar barnet eller är det barnet som väljer sina föräldrar? Hur mycket han än anstränger sig minns han inte hur det var när han kom hit till mor och far. Han snuddar vid tanken att far ville ha ett annat barn och var besviken att det blev Alfred. Han vill fråga mor om det, men vågar inte riktigt. Han skäms utan att riktigt förstå varför.

"Vad står du och tänker på? Nu ska vi grädda kakorna."

Strax därpå luktar det ljuvligt i köket. Elden sprider värme och vedsprak. Alfred öppnar luckan till vedspisen och lägger in två vedträn. Ser på när eldslågorna slickar de nykomna träbitarna.

När kakorna ligger på gallret för svalning sträcker sig Alfred efter en som hamnat utanför. Mor viftar kvickt bort hans hand.

"Tålamod nu Alfred. Kakorna är till imorgon. Det vet du."

"Förlåt mor. Jag tänkte bara prova om de smakar lika gott som de luktar."

Då tar hon en kaka, delar den på mitten och ger honom ena halvan. Stoppar den andra i sin egen mun och sätter pekfingret framför munnen. Han förstår att det är deras hemlighet och tuggar snabbt i samförstånd.

Tidigt i ottan på luciaaftons morgon går för ovanlighetens skull hela familjen upp tillsammans. Alla vattenkammade och finklädda. De åker häst och vagn till baptisternas lokal. En lada alldeles vid stranden till Hornborgasjön. Vattnet är fruset och facklor lyser upp deras väg. När de kommer fram är folk redan samlade. Alla känner varandra och hälsar. Pastorn öppnar dörrarna och tar alla i hand.

"Välkommen Maja, Johannes och Alfred. Skynda på in. Det är kyligt idag."

De slår sig ned på en tom bänkrad dekorerad med harpälsar som värmer gott. Kylan hittar ändå in i ladan och det kommer ånga ur munnen när man andas, trots alla facklor som brinner. Alfred sitter mellan mor och far. Han känner doften av far. Det luktar skog, häst, tvål och uteluft. Inte som mor. Hon luktar mat, bröd och varmt. Pastorn harklar sig och alla tystnar.

"Välkomna, då var det dags att läsa julevangeliet..."

Samtidigt som pastorn avslutar evangeliet öppnas dörrarna längst ned i lokalen. In kommer lucia med ljuskrona på huvudet och iförd lång, vit klänning. Efter henne kommer två vitklädda flickor med varsitt ljus i handen. De går genom församlingen och ställer sig längst fram och sjunger med kristallklara röster. Sången, ljusen och gemenskapen berör mor. Alfred ser hennes ögon tåras och han förstår att hon inte är ledsen. Efteråt samlas de i ett stort rum intill kyrksalen. Där finns dukade bord och stolar. Kaffe, lingondricka, bröd och kakor ligger upplagda på fat. Bland dem även Alfreds och mors pepparkakor. Han är stolt.

"Vill far smaka på mors och mina pepparkakor. Titta där ligger de."

Alfred pekar på dem och ser på far.

"Spring och lek med de andra barnen", svarar far och förser sig med en kopp kaffe innan han hamnar i ett samtal med några män vid bordet bredvid dem.

Alfred ser på mor, som tar två pepparkakor och ger den ena till honom.

"Passa på och lek med barnen ett slag innan vi far hem igen."

Alfred ser bort mot en grupp barn som leker kull. Han är inte särskilt van vid jämnåriga. Mest är han ensam med mor om dagarna. Han tar några steg åt deras håll. En flicka med långt ljust hår uppsatt med rött hårband kommer mot honom.

"Vad heter du?" frågar hon.

"Alfred."

"Jag heter Sofia. Vill du vara med på kull?"

"Jag vet inte hur man leker det."

"Det är lätt. Kom så visar jag dig."

Sofia tar hans hand och Alfred blir förlägen, men följer med. Mer nyfiken på Sofia än på att leka med de andra. Maja slår sig ned vid ett av borden och ser på sin son. Det värmer hennes hjärta när hon ser flickan ta hans hand i sin.

Kapitel 5 (År 1870, ett år senare)

De närmar sig skolan och Alfred sträcker sig efter mors hand. Han har både sett fram emot att få börja skolan och varit rädd. Tänk om fröken är sträng, eller om de andra barnen inte vill leka med honom. När de kommer fram sätter sig Maja på huk framför Alfred.

"Jag går hem nu, så kommer jag och möter dig när skolan slutar. I ryggsäcken har du en smörgås."

Hon ger en snabb kram och går iväg. Han står en stund och ser på mors rygg innan han vänder sig om och tittar på de andra barnen. Några av dem känner han igen från församlingen. Sofia, som han lekt med på luciafesten, står med sin mor och släpper inte hennes hand förrän fröken kallar in dem i skolbyggnaden.

Fröken har en liten ringklocka i handen som hon skakar på för uppmärksamhet. Barnen springer fram och ställer sig på ett led, går sakta in en och en och hälsar på fröken.

Inne i klassrummet får alla slå sig ned vid varsin bänk. De är placerade med en halvmeter mellan sig. Alfred hamnar mellan två pojkar han bara sett på håll i byn tidigare. De flesta är tystlåtna och lite blyga, men en pojke pratar lite högre och mer självsäkert. Det vet han vem det är. Pojken heter John och bor i Torstensgården. Hans far är präst. Alfred ser på honom. Han sitter raden framför med sitt nästan vita hår och fräkniga kinder. De blå ögonen glittrar när han skämtar med pojkarna bredvid honom. Han verkar självklar och obrydd inför omgivningen och andras åsikter. Alfred känner hur han beundrar de egenskaper John tycks ha. Själv vågar han inte ens hälsa på de som sitter närmast honom. Rädd att rösten inte ska hålla och rädd att de ska tycka han är konstig.

 "Välkomna tillbaka från sommarlovet och välkomna alla nya. Jag heter Aina Wallgård och ni kallar mig fröken Wallgård. Vi börjar alltid dagen med en psalm."

Fröken Wallgård sätter sig bakom ett mindre piano och fäller upp locket.

 "Då sjunger vi alla Tryggare kan ingen vara.."

Alfred känner sig lättad. Den texten kan han. Han försöker sjunga lagom högt. Vill att fröken ser att han sjunger, men vill inte sticka ut och sjunga så högt att han överröstar de andra.

Efter första lektionen får alla gå ut och röra på benen, som fröken sa. Alfred följer strömmen ut genom dörren och blir ståendes nedanför trappan. De flesta verkar redan känna varandra och springer direkt iväg för att leka. Några pojkar klättrar i träd. Två flickor turas om att leka häst. Han ser efter Sofia. Så får han syn på henne tillsammans med två andra flickor. De hoppar rep och sjunger ramsor. En grupp med fyra pojkar står bara några meter ifrån honom. Han hör de diskutera högt om vem som ska börja. En av dem är John som håller något i handen. Så vänder sig John och ser rakt på Alfred.

"Vill du vara med?"

Alfred hör sig själv svara ja innan han hinner tänka efter.

"Bra, då får du börja."

John lägger en rostig nyckel i handen på Alfred.
Plötsligt håller de fyra pojkarna händerna för sina ögon
och blundar.

Alfred vet inte vad han förväntas göra. Han står som
fastfrusen och glömmer bort att andas. Efter en lång
stund frågar John, utan att ta händerna från sina ögon:

"Hallå, är du klar? Har du gömt nyckeln?"

"Ja", piper Alfred.

Han smusslar ned nyckeln i byxfickan. Pojkarna ser på
honom. Alfred är nervös och vet inte vad de vill mer från
honom.

"Nåå?" John slår ut händerna. "Fågel, fisk eller
mittemellan?"

"Fisk?"

Alfred har ingen aning om vad han menar. Så snart han
sagt fisk slänger sig pojkarna på marken och verkar leta.
De lyfter på stenar och söker under trappan. Sedan börjar
de springa runt hela skolgården och leta på marken. Han
stoppar ned handen i byxfickan och fingrar nervöst på

nyckeln. Då kommer fröken Wallgård ut och ringer i klockan. Det är dags att gå in. John skyndar sig till Alfred.

"Var är den?"

"Vi måste in nu. Ni får fortsätta leta nästa rast", svarar Alfred.

Innan han tappar modet vänder han sig om och går in. John ger honom en blick blandad av irritation och beundran i klassrummet. Alfred tappar nästan andan och kan förnimma något han inte riktigt kan sätta ord på.

Lektionen segar sig fram. Fröken talar om de tio budorden och helvetets eviga eld. Han lyssnar med halvt öra och räknar ned till rasten. Ser på Johns nacke och på Sofia, som också ser på Johns nacke. Samma sekund som fröken ger lov att gå ut på nästa rast reser sig Alfred och går ut först av alla. Raka vägen mot dasset. Där lägger han nyckeln under några gamla tidningarna på marken och smiter ut igen. John och de andra pojkarna kommer emot honom.

"Ge oss en ledtråd."

"Gamla nyheter..."

Sedan går han och sätter sig på trappan för att titta på när de letar. Det är John som hittar den till slut.

"Bra gömt. Vad heter du?"

"Alfred. Alfred Mellblad."

"Okej Alfred. Eftersom jag hittade den är det min tur att gömma den."

Alla pojkarna håller för ögonen igen. Även Alfred.

Efter den första skoldagens slut står Maja och väntar på honom utanför skolan. När han kommer ut från lektionen ser han henne genast. Hon står och talar med Sofias mor.

"Alfred. Hur var det i skolan? Har du fått några nya vänner?"

Hon klappar honom på håret. Han ryggar lite generat undan. Ser sig om ifall någon såg. Då höjer John handen och vinkar åt honom.

"Hej då Alfred. Vi ses imorgon."

Alfred vinkar tillbaka samtidigt som Sofia kommer.

"Känner du John?" frågar hon.

Alfred nickar, alldeles varm inombords. Sofia och hennes mor följer med dem hem. Mödrarna dricker kaffe och skickar ut barnen att leka.

"Vad vill du göra?"

Sofia ser på honom.

"Jag vet inte", svarar Alfred.

Han känner sig obekväm.

"Har du varit hemma hos John någon gång?"

Alfred skakar på huvudet.

"Hans far är präst och jättesträng. Det sägs att han inte får ha vänner hemma. Särskilt inte sådana som dig och mig."

"Vadå som dig och mig?"

"Vi är ju baptister. Inte riktiga kristna som går i hans fars kyrka."

Alfred svarar inte. Förstår inte riktigt skillnaden. Hans föräldrar har aldrig pratat om det och han är rädd att framstå som dum om han frågar Sofia. I stället frågar han mor när han ligger i sängen den kvällen.

"Kan mor berätta om baptister och kristna i stället för saga ikväll?"

Maja suckar tungt och söker efter rätta orden.

"Som baptist väljer man att följa Gud och den ljusa vägen för att ens hjärta vill det. Det är ens egna val. Det handlar om att hjälpa sina medmänniskor och se alla som lika och jämbördiga. Ingen är sämre eller mindre värd än någon annan. Vi dömer inte varandra."

Alfred lyssnar och känner igen det mesta från pastorns ord i baptisternas lokal.

"Väljer inte de kristna själva?"

"De döps in i församlingen som små barn. Innan de själva kan göra ett val med hjärtat."

"Så de tvingas?"

"Det kan man säga, men jag tror inte det är av ondo. Tvärtom de vill skydda barnen från att dö odöpta och hamna i helvetet."

Alfred funderar över vad fröken hade sagt om helvetet. Syndare som dött fick brinna i all evighet. De som brutit mot budorden.

"Jag vill döpa mig. Får jag det mor?"

"Nu är det sovdags Alfred."

Kapitel 6 (År 1873, tre år senare)

Han minns så fort han vaknar. Till och med före han öppnar ögonen. Alfred sätter ned sina bara fötter på det kyliga trägolvet. Tar av sig sovkläderna och på med skolkläderna innan han tassar ut i köket. Där är det varmt och luktar gott.

"Mor! Har mor gräddat pannkaka?"

"Det är min sons tioårsdag. Såklart gräddas det pannkaka! Kom och sätt dig."

Pannkaka med hallon. Den bästa födelsedagspresenten han kunnat tänka sig. Han äter upp, omfamnar sin mor och går till skolan. Längs med vägen står Sofia och väntar.

"Grattis Alfred."

"Tack!"

Vid skolgårdens grindar står John.

"Alfred, vänta lite"

Sofia går vidare, medan Alfred stannar till. John håller fram ett paket.

"Är det till mig?"

"Grattis på födelsedagen."

För första gången ser John osäker ut. Alfred tar emot paketet och drar av pappret. Där finner han en färgglad karusell som går att skruva upp med en liten fjäder.

"Oj! Den måste vara jättedyr. Jag kan inte ta emot den. Tusen tack för din vänlighet, men jag kommer aldrig kunna ge igen något så fint."

John ler och skakar på huvudet.

"Tok, det är en present. Det måste man inte ge igen. Jag vill ge den. Dessutom har flera leksaker än jag behöver."

Några andra pojkar kommer fram för att se vad Alfred fått.

"Dra upp den så vi får se."

"Får jag dra upp den?"

John puttar dem bakåt.

”Ta det lugnt nu. Det är Alfreds. Låt honom titta först. Det är hans födelsedag.”

En ett år äldre pojke, mer än ett huvud längre än John, kliver fram.

”Är det en kärleksgåva eller vad?”

Pojken hånflinar och John blir röd på halsen.

”Det är min vän och han fyller år. Det är väl inte konstigt att jag ger en present?”

Pojken tar ännu ett steg fram och ska precis putta till John när fröken ringer i klockan. Innan han går viskar han till Alfred:

”Akta dig, sodomi är mot naturen och en synd. Syndare brinner i helvetet.”

Hela dagen uppfylls Alfreds tankar av John, hans rodnande hals, karusellen och ordet sodomi. Ett ord han aldrig har hört tidigare. Pastorn har aldrig nämnt sodomi som någon av synderna. Han måste fråga mor, men det är något med ordet och hur John rodnade som får honom tveka. Vad är en sådan synd att man brinner i helvetet och

så fult att inget vuxen pratat om det tidigare. Han hör
knappt ett ord av vad fröken säger den dagen. På rasterna
håller han sig för sig själv, sitter länge på dass eller
stannar kvar i klassrummet. Efter skolans slut skyndar
han sig hem.

"Alfred!"

Han är nästan hemma när han hör Sofia ropa. Han vänder
sig om och ser henne komma springandes.

"Vill du följa med hem till mig en stund?"

"Jag vet inte om mor ordnat med något idag eftersom
jag fyller år. Jag tror jag måste gå hem först, men jag kan
komma senare."

Alfred öppnar dörren och möts av doften från nybakat
bröd.

"Det luktar gott. Har mor bakat?"

"Tunnbröd, kom och ät medan det är varmt."

Mor brer på flott och häller upp ett glas mjölk som hon
ställer framför honom.

"Hur var skolan idag?"

Han tar fram karusellen.

"Jag fick en present av John, prästsonen."

Maja får en orosrynka i pannan.

"Den ska nog inte visas för far."

"Är det för det är sodomi?"

Alfred får sin livs första örfil från mor. Han är inte
beredd och skammen svider mer än slaget. Han tar
karusellen och springer ut. Saktar ned längre fram på
vägen och går mot Sofias hus, men när han kommer till
fram vill han inte gå in utan fortsätter. Ögonen och
kinden svider. Han kämpar emot tårarna. Det måtte vara
ett riktigt fult ord och en stor synd. Igen ser han Johns
rodnande hals framför sig. Vad rodnade han för? Pojken
hade frågat om John var kär. Var det därför han rodnat?
Alfred börjar långsamt förstå. Han tar sig om kinden där
mor slog. Sodomi? Är det för John är en pojke? Han
tänker på första dagen han såg John i klassrummet och
beundrade hans mod. Han hade också stirrat på hans

nacke. Alfred blir skräckslagen. Är han kär i John? Samtidigt som tanken formuleras förstår han att den är sann. Är det sodomi? En så stor synd att han kommer hamna i helvetet. Han lovar sig själv att aldrig mer leka med John. Aldrig mer tänka på honom. Ingen får veta något. Ingen.

Han viker av från vägen och går in i fårhagen. En bit in ligger en liten sjö som kallas barnsjön. Han slår sig ned på den steniga stranden. Hit sägs barnlösa kvinnor gå för att doppa sig i vattnet, det ska öka chansen att bli gravid. Han doppar tårna. Det är kallt på botten, men varmt på ytan. Han slänger av sig byxorna och skjortan och går i helt och hållet. Doppar håret. Tänker att han döps och lovar Gud att aldrig mer tänka sådana tankar om pojkar. Han vill inte synda och hamna i helvetet i all evighet. Efteråt känns det bättre. Han känner sig renad. Låter kroppen torka i solen innan han klär på sig och springer tillbaka till Sofias hus och knackar på.

Kapitel 7 (År 1876, tre år senare)

Efter skolan slutat för drygt en månad sedan har Alfred
arbetat i Bjällums kalkbrott. Det är ett fysiskt hårt arbete
han inte alls är van vid, men familjen behöver pengarna.
Hans mor vill att han studerar vidare, men de har inte råd
och han har inget direkt läshuvud heller. Helst vill han
arbeta med händerna och skapa något. Inte bara hugga
stenar och bära tungt. Kanske snickare eller målare skulle
passa bättre. Sofias far är murare, det verkar vara ett bra
arbetet, men det är inte alltid man kan välja. Så tänker
han på John, vars familj har pengar och status. Han får
inte heller arbeta med vad han vill, utan ska bli präst som
sin far. Alfred tror inte ens att John tror på Gud, än
mindre att han vill studera till präst. John är klok och
skulle kunna bli affärsman med sin utåtriktade
personlighet och som har lätt att bli vän med alla. Alfred
blundar och försöker föreställa sig John predika i kyrkan.
Han ser de busiga ögonen, läpparna. Det förbjudna.
Tänker på mors reaktion när han frågat om sodomi. Hur
han skämts när han senare förstått dess innebörd. Och

den gången John kysste honom på skolavslutningsfesten.
Bakom dass när ingen såg dem. En kort stund njöt
Alfred. Nyfiken och snudd på upphetsad. Sedan kom
rädslan direkt och tog över både kropp och tanke. Han
sprang därifrån och har inte sett John sedan dess. Med all
sin viljestyrka har han hållit tankarna borta också. Bara
en vecka efteråt kysste han Sofia. Hon hade knuffat bort
honom först, men inte särskilt hårt. Nu jämför han
kyssarna och upptäcker att han tyckt om båda på olika
sätt. Den med John var förbjuden, spännande och farlig.
Med Sofia var det mer fint. Han vill ha mer av båda, men
är högst medveten om att en kyss med John för alltid
kommer vara ett minne som aldrig kan ske eller talas om
igen.

”Alfred! Ta i lite nu! Vad står du och drömmer om?”

Det är Per som väcker honom ur dagdrömmarna. Per är
två år äldre och har dubbelt så stora armmuskler. Han har
arbetat i kalkbrottet sedan han slutade skolan. Det var
han som tipsade Alfred om jobbet. De är kusiner. Pers far
är storebror till Alfreds mor, men Alfred och Per är
väldigt olika. Ingen kan gissa att de är släkt. Per är lång

och muskulös, inte särskilt kvicktänkt, men charmig och lätt att tycka om. Alfred hans motsats, tunn och introvert. Omtyckt visserligen, men mer för han alltid håller med föregående talare. Han har inte den tekniska, matematiska intelligensen utan mer den finstämda känslan för musik, poesi och konst. Egenskaper som inte direkt hyllas på byn eller i hemmet och definitivt inget som ger mat på bordet.

På håll ser Alfred en häst med vagn komma mot kalkbrottet. Han stannar upp grävandet och försöker se vem det är. Det är något bekant med mannen som kör och när han höjer handen och vinkar ser Alfred vem det är. Det är Sofias far. Han är här för att hämta kalk till bruket som han blandar ihop när han ska mura.

"Go middag herr Sandkvist, är det dags för mer sten?"

"Jaså, arbetar Alfred här? Det var som tusan? Tungt arbete!"

Alfred rodnar, väl medveten om sin klena fysik.

"Jo, jag behöver så finhackat det går. Fyll tunnan där tack."

Han pekar på en tunna som står uppe på kärran. Alfred hoppar smidigt upp och tar ned den. Går bort till en hög med småflis från kalkstenen och öser ned i tunnan. När den är fylld till brädden greppar Alfred runt den och gör ett försök att lyfta. Tunnan rör sig inte en tum. Per kommer kvickt till undsättning och lyfter den, utan större ansträngning, upp på kärran. Han hoppar ned igen och ställer sig bredvid Alfred, lägger en arm runt hans axlar.

"Behöver Sandkvist möjligen en lärling utan muskler? I så fall har vi en här."

Sandkvist och Per skrattar hjärtligt. Alfred flinar mot sin vilja.

"Helt ärligt skulle jag faktiskt behöva en hantlangare till ett stort arbete i Varnhem. Vi är några som ska restaurera en äldre mur där. Är Alfred intresserad på riktigt så är jobbet ert."

Han ser nyfiket på Alfred.

"Det skulle jag gärna, men jag vill inte sätta Per i knipa. Jag menar om jag behövs här..."

”Ta jobbet, Alfred. Jag vet att murning passar bättre än att arbeta här. Och oron över att jag inte ska hitta någon lika stor och stark är nog ganska obefogad. Ha ha...”

Alfred är för lycklig över nya jobbet för att bli sur på gliringarna. Innan Sandkvist åker hemåt vänder han sig till Alfred.

”Kom över på middag ikväll, så kan vi tala mer om jobbet.”

”Tack, jag kommer.”

Samtidigt som kyrkklockan slår sex slag, knackar Alfred på dörren till familjen Sandkvist. Sofia öppnar i en grönrutig klänning han aldrig sett förut. Den framhäver hennes ögon. Han ler mot henne. Hon ser ned och backar ett steg för att släppa in honom. Han snuddar vid henne när han passerar. Båda rodnar.

”Alfred, kom in och ta plats vid matbordet. Maten är precis färdig.”

Sofias mor står vid spisen och rör i grytan.

”Fru Sandkvist, det doftar underbart.”

”Anna, säg Anna. Fru Sandkvist låter så gammalt.”

Sofias far kommer in och sätter sig ned vid kortsidan.

”Och här har vi min nya kollega.” säger han.

Sofia och Anna ser glada och förvånade ut. Alfred ler
som en stolt tupp.

”Det stämmer bra. Jag ska hjälpa till vid restaurering av
en mur i Varnhem. Hur kommer det gå till, herr
Sandkvist?”

”För det första anställer jag bara Alfred om han kallar
mig Lennart.” Han spänner skämtsamt ögonen i Alfred
som skrattar.

”Vi börjar nästa vecka och beräknas vara färdigt fram
mot hösten. Jag plockar ihop verktyg, material och tar
med från min verkstad, så varje morgon ses vi där kl. 6.
Sedan bär det av mot Varnhem. Låter det bra?”

Alfred nickar ivrigt.

”Jag är tacksam för möjligheten herr...jag menar
Lennart och hoppas jag kan till någon nytta. Jag ska göra
så gott jag kan.”

”Det tvekar jag inte på alls. Alfred är en bra gosse. Det behövs bara lite vägledning.”

Sofia och Alfred hjälper till att duka av efter middagen. Lennart går ut i stallet och Anna går för att hämta in vatten. När de blir ensamma för en stund går Alfred nära. Han stryker henne över kinden som snabbt blir rödaktig.

”Du är jättefin Sofia.”

”Jag trodde du gillade pojkar.”

Kapitel 8 (Två månader senare)

Varje morgon, sex dagar i veckan, går Alfred till Lennarts verkstad. De plockar ihop verktyg, kalk och mursand, lastar upp allt på kärran bakom hästen och rullar mot Varnhem. Alfred sitter bakpå medan Esbjörn sitter fram bredvid Lennart som håller tömmarna. Esbjörn är Sofias morbror. En butter man som jobbar bra, men sällan pratar med någon. Det passar Alfred fint. Särskilt på morgonen då han inte heller är särskilt pratsam. Ekipaget rullar över slätten till ljudet av hovar och hjulens knaster mot grusvägen. Soldisiga mornar som luktar blommor, damm och fukt.

Väl framme möts de av två andra män som arbetar i samma restaureringsprojekt, Sven och Arvid. De är tvillingbröder och Alfred kan, hur mycket han än anstränger sig, inte skilja på dem.

Efter första arbetspasset för dagen sitter de på en stenbänk utanför kyrkan och dricker kaffe och äter smörgås.

”Nå Sven och Arvid, handen på hjärtat, hur många har
ni lurat på grund av att ni är så lika?”

Bröderna ser på varandra och flinar.

”En gång var Arvid förtjust i en flicka, men hon var mer
intresserad av mig. Så jag bjöd med henne på en picknic,
men lät Arvid gå.”

Lennart skrattar högt.

”Gick hon på det, flickstackarn?”

”Ja, ända tills hon började fråga om måleriet. Då var det
kört. Arvid kan ingenting om konst. Jag tecknar porträtt
och den här flickan var också duktig på konst.”

”Vad frågade hon som avslöjade er?”

”Hon undrade om jag brukar använda kol, utan att säga i
vilket sammanhang. Jag svarade att vi eldar med ved.”

Till och med Esbjörn skrattar till.

”Nä pojkar, nu är det dags att blanda till lite mer bruk
och göra skäl för lön.”

Efter arbetsdagen slut ber Lennart Alfred sitta bredvid honom på hemvägen. Esbjörn hoppar upp där bak.

"Vad sägs om att följa med hem och äta hos oss ikväll Alfred?"

Alfred tvekar. Han har inte varit hemma hos familjen Sandkvist sedan Sofia berättade att hon hade sett honom och John bakom dass i skolan. Han hade bedyrat att det var John som kysst honom och inte tvärtom. Och det skulle aldrig ske igen. Han sa till och med att han gillade henne, inte pojkar. Sedan hade det inte blivit mer sagt och han har inte sett henne efter det.

"Jag skulle vilja prata om framtiden."

"Tack, jag följer gärna med. Det låter intressant."

Nyfikenheten är större än skuld och skamkänslorna inför Sofia.

Anna har lagat köttsoppa och hälsar Alfred välkommen med ett stort leende.

"Jag har hört att det går bra på jobbet."

"Jag har en bra läromästare", svarar Alfred och ser på Lennart.

Han skrattar.

"Det är enkelt att vara lärare åt en duktig elev."

Sofia dukar bordet under tystnad och ser på Alfred, som rodnar.

"God afton", säger han när han sätter sig ned bredvid henne.

"God afton", svarar hon knappt hörbart.

Under middagen avslöjar Lennart att han har nytt arbete på gång när muren i Varnhem är klar. Han ska laga en kakelugn samt sätta upp en helt ny i en och samma bostad. Om Alfred vill får han gärna vara med som hantlangare och lära sig kakelugnsmakeri.

"Det tackar man inte nej till", svarar Alfred. "Jag är oerhört tacksam, Lennart."

Alfred tackar för den goda middagen, det trevliga sällskapet och jobberbjudandet. Sofia följer honom till dörren.

”Det där jag sa sist, det var dumt. Jag borde inte sagt något.”

Alfred ställer sig nära henne. Hon känner värmen från hans kropp.

”Sofia, ingen ursäkt behövs. Jag förstår att det förbryllade. Men vi var bara barn. Och det var han som tog initiativet. Jag blev chockad, paralyserad och en aning smickrad. John var någon jag såg upp till. Det var svårt att bara knuffa bort honom.”

Han tar undan en hårslinga från hennes ansikte.

”Jag kan garantera att det är flickor som intresserar mig. En speciell flicka.”

Han ler och blinkar åt henne innan han öppnar dörren och går ut.

Ensam på väg hem funderar han på om det han hade sagt är sant. Hur känner han för John egentligen och vad skulle han göra om han fick en kyss av honom nu? Han leker med tanken. Johns ansikte nära hans. Händerna, andedräkten och hans blå ögon. Läpparna mot hans. Nog hade han väntat en sekund eller två innan han knuffat bort honom och spelat förnärmad. Så tänker han på Sofia. Hur nära de stått i hallen. Hennes läppar mot hans. Det pirrar till i honom och han inser att han längtar efter henne. John är förbjuden frukt som han aldrig kommer kunna berätta om för någon i hela sitt liv. Sofia är inte onåbar. Hon visar ett visst intresse för honom. Hennes föräldrar gillar honom. De två skulle kunna ha en framtid, men de är för unga än. Han behöver ett eget hem och en verkstad först. De ska inte vara beroende av hans eller hennes föräldrar. Han ska lära sig allt han kan från Lennart, spara pengar så gott det går och om några år kan han fria till henne. Den kvällen somnar han gott med ett leende på läpparna.

Kapitel 9 (En månad senare)

Det märks att sommaren lider mot sitt slut. Det är mörkt när Alfred går upp ur sängen och kyligt på golvet. Han drar snabbt på sig sockor, arbetsbyxor och en långärmad tröja. Inte den stickade tröjan. Den hoppas han kunna vänta med någon månad till. Idag är första arbetsdagen på nya stället och han ska äntligen få vara med och mura upp en kakelugn. Något han längtat efter. Lennart har inte sagt vem det är hos, men det skulle inte vara lika långt bort som Varnhem. Vem har så stort hus i trakten att de har två stora kakelugnar?

Lennart ska plocka upp Alfred längs vägen så han skyndar sig med frukosten och går ut och ställer sig. Strax därefter ser han ljuslyktan från Lennarts vagn. Den här gången är det bara Lennart och Alfred. Det känns bra. Då får han möjlighet att se allt och ställa frågor och lära känna blivande svärfar bättre. Han flinar till för sig själv när han tänker den tanken. Blivande svärfar.

”Du är på bra humör Alfred. Det är bra det. Har du listat ut vart vi ska än då?”

”Nä, jag har funderat på vilka stora hus det finns runt
om i trakten, men jag vet inte. Kan du ge en ledtråd?”

”Alla i byn känner herren i huset och jag tror du gått i
skolan med sonen.”

”Gått i skolan med sonen”, tänker Alfred högt. Sedan
går det upp ett ljus för honom och magen rumlar runt.

”Det är prästgården.”

”Jajamän och nu är vi framme.” Lennart gör halt och de
stannar framför den pampiga gula villan.

En hushållerska öppnar och ber dem gå in via
sidoingången.

”Ni vet det blir ofta smutsigt när hantverkare springer in
och ut med verktyg och dylikt.”

Lennart och Alfred följer henne när hon visar vägen in
till ett tomt rum på övervåningen. På golvet ligger
täckpapp.

”Den yngre herr Torstensson, John, har förberett
rummet åt er. Jag ska meddela honom att ni är här.” Hon
går iväg och stänger dörren om dem.

”Vi kan packa upp allt och förbereda så länge”, säger Lennart och öppnar verktygslådan.

”Ska jag hämta hinken och bruket på kärran?”

”Javisst, tusan. De glömde jag. Gör det är du snäll.”

Alfred öppnar dörren och skyndar ned för trappan. Halvvägs springer han rakt in i John. De blir båda stående, stirrande på varandra.

”Alfred? Är det du som hjälper herr Sandkvist med kakelugnen?”

Alfred nickar och rodnar. Känner Johns hand på sin axel.

”Så trevligt. Då kommer vi ses en hel del. Far har inte tid så han har delegerat projektet till mig.”

Alfred nickar och rusar vidare ned för trappan och ut till kärran. Det här är inte bra, tänker han. Så fort han mötte Johns blick, visste han att det kommer krävas moral och disciplin från honom för att inte falla för något som kan förstöra hans framtidsplaner helt. För att inte tala om Johns framtid. Han behöver vara stark för dem båda nu.

Dagarna går. Lennart murar lager på lager. Alfred hjälper till, lär sig blanda perfekt murbruk, hämtar verktyg och städar undan. Tiden i prästgården är en bra skola där han får utvecklas som murare och kakelugnsmakare. Lennart är en god lärare, tålmodig och lyhörd. John håller sig undan, vilket Alfred uppskattar. Han är osäker på hur mycket självdisciplin han kan uppbringa.

"Alfred!"

Han vaknar med ett ryck och ser ut genom fönstret. Det är redan ljust. Han måste ha försovit sig. Mor står i dörröppningen.

"Sofia är här."

Snabbt går han upp och klär på sig. Sofia? Vad gör hon här? Hoppas det inte har hänt Lennart något. Alfred skyndar sig ut.

"Sofia? Var är Lennart?"

"Han snubblade i trappan igår kväll och bröt armen. Du måste åka själv till prästgården idag. Imorgon kan Esbjörn hjälpa dig, men inte idag."

Alfred ser på Sofia som sitter på kärran. Allt material han behöver ligger där bak. Han hoppar upp och sätter sig bredvid henne. Hon ler och räcker över tömmarna till honom.

"Ska jag köra dig hem?"

"Det behövs inte. Åk till prästgården du. Jag går."

Hon hoppar ned.

"Hälsa Lennart att jag kommer förbi efter arbetet ikväll."

Framme vid prästgården ser han John. Han står utanför med en svart häst och ska precis sitta upp. När han får syn på Alfred stannar han till.

"Alfred, du är sen. Var är Lennart?"

Alfred kliver ned från kärran och går fram till John som berättar om Lennart och den brutna armen.

"Jag gör mitt bästa idag och imorgon får jag hjälp av Esbjörn. Det kommer bli klart i tid."

John sitter upp på hästen.

"Jag kommer och tittar till dig efter ridturen." Han blinkar åt Alfred innan han smackar på hästen som genast sätter av.

Alfred tar tag i arbetet, blandar nytt bruk och sätter igång. Ett par timmar senare knackar det på dörren. Alfred ser upp. Där står John iklädd vit skjorta och svarta blänkande skinnbyxor. Till skillnad från hans egna byxor är Johns hela och olappade. Inte en tillstymmelse till slitage. Han känner sig ovårdad och smutsig. Ser ned på sina arbetarhänder och sedan på Johns lena, rena med en klackring av guld.

"Kom", säger John.

Alfred reser sig, borsta av det värsta dammet och följer efter. De kommer in i en stor sal. Väggarna är klädda med mörkgröna tapeter och på dem hjorthorn, älghorn och rådjurshorn. Ett långt ekbord är dukat. John gör en gest åt honom att slå sig ned.

"Men jag är smutsig", säger Alfred och ser på sina byxor.

"Strunta i det. Nu äter vi."

De njuter av maten under tystnad. Lammkotletter och brysselkål med smakrik sky. Finare mat än vi äter till fest, tänker Alfred.

"Jag är så glad att du är här Alfred. Visst hade vi roligt i skolan? Men ska vi vara ärliga hade vi inte kunnat träffats om du inte arbetat här. Min far hade aldrig tillåtit."

Alfred stirrar ned i tallriken.

"Nej, såklart. Vi lever så olika liv. Din far har makt och pengar. Min familj är bönder och jag försöker lära mig muraryrket."

"Det är inte det jag syftar på. Far är kyrkans man och vi välkomnar folk i alla samhällsskikt. Men din familj är baptister."

"Jag är min egen och väljer själv min tro och mina vänner. Det är säkert svårare för dig."

John ser fundersam ut.

"Så länge jag bor med mor och far och inte tjänar mina egna pengar så är det nog så."

"Och sen då? Ska inte du också bli präst?"

"Jo, far vill det."

"Vad vill du John?"

Dagen därpå är Esbjörn med till prästgården och även de kommande veckorna tills de är klara med arbetet. Inte en enda gång ser Alfred till John efter middagen de delade. Han hittade en öm punkt. Det var inte för att göra John illa, men han ville visa att makt och rikedom inte alltid ger en människa frihet. De med pengar ser sig alltför ofta överlägsna, men är de verkligen det, funderar Alfred. Han kommer på sig själv med att tycka synd om John.

Kapitel 10 (År 1880, fyra år senare)

Det är svåra tider för många och de flesta håller hårt i riksdalerna. Lennart har inte längre möjlighet att betala för Alfreds tjänster. Det är järnvägens framfart som räddar många från svält, så även Alfred och hans familj. Efter några år med dålig skörd räcker familjens odlingar inte till att säljas på marknaden, knappt ens till dem själva. Att Alfred fått arbete på järnvägen är deras räddning. Jobbet är slitsamt, särskilt nu när temperaturen kryper ned under tio minusgrader. Man får passa sig så man inte fryser fast något finger mot de tunga järnbalkarna. Hästarna drar, männen bär tungt och det ryker ur allas munnar.

Relationen mellan Alfred och Sofia har förändrats och gått från vänskap med oskyldig tonårsflirt till ett mer vuxet uppvaktande. Alfred har bestämt sig för att fria till henne så snart de har åldern inne. Sofia har utvecklats från söt flicka till en vacker ung kvinna. Han kan enkelt se henne som mor åt sina framtida barn. Hon är omtänksam och varm, precis som hans egen mor. De känner varandra sedan barnsben och vet allt om varandra. Nästan allt. Han tänker på John, men stoppar snabbt undan tanken igen. Den förbjudna tanken.

Efter de långa arbetsdagarna tittar han ofta in hos familjen Sandkvist. Trots att de har det svårt själva erbjuder Anna honom alltid att äta med dem. Alfred tackar nej varje gång, han vill inte göra det svårare för dem.

"Hur är jobbet på järnvägen? Tungt kan jag tänka mig." Lennart ser på honom.

"Jo visst, men hellre det än inget jobb alls, som många andra har det nu."

Sofia ser på honom med stolthet. Hon följer honom ut till farstun när han ska gå.

"På lördag ska mina föräldrar till marknaden. Vill du komma och hålla mig sällskap då?"

"Gärna." Han tar hennes händer i sina och kramar dem snabbt innan han går hem.

Nu har han något att se fram emot resten av arbetsveckan. De har träffats i smyg förr och vet att de måste vara försiktiga. Han önskar de kunde gifta sig direkt, men då behöver de skriva till Konungen och be om lov eftersom de inte fyllt tjugoett än. Det kräver en god anledning, som en graviditet till exempel. Gud förbjuder att det sker.

Arbetsveckan segar sig fram. Det är kallt och tungt, men de försöker hålla modet uppe med en skämtsam jargong.

"Alfred, hur går det med Sandkvisttösen? Du gör henne väl inte på smällen?"

"Lill-Alfred? Vet han hur man gör sådant?"

Alfred skrattar åt sina arbetskamrater och ger svar på tal.

"Du skulle bara veta Gustav. Jag skulle nog kunna lära dig ett och annat."

Det är äntligen lördag och Alfred skyndar sig hem efter arbetet. Han tvättar sig och klär sig i finkläderna. De har varit morfars en gång i tiden. Alfred har inga egna minnen av honom, men mor har berättat många historier.

När han gick vidare sydde mor om hans finkläder till
Alfred. De sitter bra och är inte särskilt slitna. Alfred står
i hallen och tar på sig ytterkläderna.

"Ska du bort? Du kom nyss hem."

"Förlåt mor, men jag är sen. Jag äter borta idag."

Mors ansiktsuttryck ger honom dåligt samvete, men han
vill inte säga vart han ska. Det kan ge Sofia dåligt rykte.
Märkligt det där att kvinnorna får skammen för något
man är två om.

Innan han knackar på familjen Sandkvists dörr ser han
sig över axeln. Det är mörkt fastän klockan bara är halv
fyra. Ett tunt snötäcke döljer marken. Sofia öppnar
dörren rosig om kinderna klädd i sammetsblå klänning.

"Vad fin du är."

"Asch, kom in. Det är kallt."

Alfred kliver in i hallen och hänger av sig. Sofia har gjort
grönsakssoppa som doftar ljuvligt. De slår sig ned i
köket.

"Vill du ha bröd? Det är nybakat."

Hon räcker fram brödkorgen mot honom och han tar för sig. Hon är duktig på matlagning och bak. Han ser på henne i ljuset från fotogenlampan som står mellan dem på bordet. Tänk om några år kanske de sitter så här i deras egna hem.

"Sofia, jag tycker så mycket om dig. Kan du se en framtid med mig?"

Sofia petar runt med skeden i den tomma tallriken. Röd om kinderna.

"Ja Alfred, det kan jag."

Han går runt bordet och tar hennes hand. Leder henne in till sängkammaren.

"Vi måste vara försiktiga Alfred."

"Såklart", svarar Alfred samtidigt som han hjälper henne ur klänningen.

Alfred går hem i god tid innan Sofias föräldrar kommer hem.

"Du ser glad ut. Har du haft det trevligt?" frågar mor.

Han är inte van vid att dölja saker för henne, men hon är vän med Sofias mor så det går inte.

"Jag har träffat några vänner."

Hon granskar honom och nickar. Han ser att hon inte tror honom.

"Vi åt grönsakssoppa", lägger han till.

"Så trevligt. Kan du hämta in lite ved medans du fortfarande har ytterkläder på?"

Han går ut till vedbon. Det har yrt in snö som lagt sig över vedträna. Han slår av den mot golvet för att inte släpa in snö i huset som smälter och blir vatten på golvet. Sådant kan driva far till vansinne. Han lastar på så många vedträn han orkar bära i famnen. Tänker på Sofia. Hennes vita lena hud. Kyssarna. Hon har allt man kan önska av en hustru. Kanske han borde köpa en förlovningsring. För att visa att han menar allvar. Men vad kostar en sådan? En del sparpengar har han visserligen, men frågan är om de räcker. Han kan inte använda alla. De måste ha någonstans att bo sen också.

Måndagen därpå arbetar han på järnvägsbygget i Skara och passar på att besöka guldsmedsbutiken Augusta. På hyllorna står kristallskålar från Kosta Boda. Alfred är rädd att han ska råka välta ned någon dyr sak som han inte har råd att betala. Han går försiktigt fram till disken. Där står en ung kvinna i vit rock.

"Kan jag hjälpa er?"

"Jag vill titta på förlovningsringar tack."

"Åh, så trevligt. Då ska jag ta fram några åt er. Vilken storlek?"

Storlek? Hur skulle han kunna veta det? Alfred känner sig dum som inte tänkt på det.

"Jag vet inte. Hon är i er storlek skulle jag gissa."

Kvinnan ler.

"Då testar vi på mig. Skulle inte ringen passa får ni komma tillbaka så justerar vi storleken åt er."

Alfred nickar. Han lutar sig över asken med olika guldringar. De ser likadana ut. Kanske lite olika tjocklekar.

”Vad kostar den där?” Han pekar på en lite smalare ring.

”Etthundrafemtio riksdaler.”

Alfred vinglar till.

”Tack för hjälpen. Jag ska tänka på saken.”

Det var betydligt mer än han trott, men får han behålla jobbet på järnvägen och bo kvar hemma så har han råd till sommaren.

Kapitel 11 (År 1881, sex månader senare)

Alfred torkar svetten ur pannan och knackar på dörren.
Lennart öppnar.

"Alfred. Så finklädd. Måste vara varmt. Kom in och
vänta, Sofia kommer strax."

Alfred kliver in och slår sig ned vid köksbordet.

"Ett glas vatten?" frågar Sofias mor.

"Ja tack, gärna."

Lennart sätter sig mittemot.

"Jag hörde att ni ska på picknick. Ska ni ned mot sjön?"

"Ja, jag hoppas gräset torkat upp efter regnet
häromdagen."

"Det tror jag nog", svarar Lennart.

"Så är det en sak jag vill fråga dig om, Lennart."

"Jaså, som vadå?"

"Jag vill be om Sofias hand. Jag planerar att fria idag."

Han tar fram asken med ringen ur fickan. Anna slår händerna för mun och Lennart nickar.

"Du har min välsignelse son. Jag har alltid tyckt om dig, det vet du."

Steg hörs i hallen och Alfred stoppar snabbt undan ringen. Sofia kommer in i köket.

"Vad pratar ni om då? Ni ser ut som ni sett ett spöke eller något." Hon skrattar.

"Ingenting. Ska vi åka?" Alfred reser sig från stolen.

Utanför väntar Alfreds häst och vagn. Där bak står en picknickkorg med lemonad och smörgåspaket. Han hjälper Sofia upp och hoppar sedan upp själv. De rider längs grusvägen och ser över ängarna ned mot Hornborgasjön. Klockan är inte mer än tio, men solen värmer redan. Från andra hållet kommer ett annat ekipage och Alfred styr åt sidan för att låta dem passera. När de kommer nära ser han att det är far och mor. Sofia vinkar glatt och ler. Mor vinkar tillbaka och blinkar åt Alfred. Han har berättat om ringen och picknicken för henne. Om far vet eller ej har han ingen aning om. Det spelar ingen roll.

Alfred gör halt vid en knotig gammal ek. Binder hästen och hjälper Sofia ned. På stranden brer han ut en filt och dukar fram matsäcken. Platsen är magisk. Vattnet, fåglarna och ängarna. I fickan känner han asken med ringarna. De äter och talar om vardagsting. När maten är uppäten plockar han undan och går ned på ett knä.

"Sofia." Han ser henne i ögonen. "Det har alltid varit du för mig. När vi var barn, nu och i framtiden. Vill du dela framtiden med mig och gifta dig med mig när vi blir myndiga?"

Sofia tar ett djupt andetag. Ögonen blir fuktiga.

"Jag vill inget annat. Älskade Alfred. Självklart säger jag ja."

Han tar ena ringen och trär på ringfingret. Den passar perfekt. Sofia tar den andra och trär på hans finger. Han lutar sig fram och kysser henne. Kraftiga vingslag hörs ovanför dem och de vänder blickarna mot himlen. Två svanar.

"Så vackra de är", säger Sofia.

"Jag tror de är ett tecken", svarar Alfred.

"Tecken på vad?"

"På kärlek. Livslång kärlek."

Alfred kör Sofia hem först. Därefter styr han hästen hem
till sig. På avstånd ser han att mor och far kommit före.
Det är söndag och de har varit i församlingen och lyssnat
på guds ord förmedlade av pastorn. Han vet att far stör
sig på hans frånvaro. Visst var det roligt som barn att
följa med och leka med de andra barnen i församlingen,
men att sitta som vuxen och lyssna på predikningar han
inte kände något inför var honom främmande. Alfred
tänker att Gud talar till dem alla, inte bara till prästen
eller pastorn. Motståndet han känner för församlingen
kan mycket väl vara gud. Skulle han säga det högt inför
mor eller far hade han fått en örfil. Den enda han kan tala
om sådant med är Sofia. Även om hon inte alltid håller
med lyssnar hon utan att döma.

En månad efter förlovningen håller Sofias och Alfreds
föräldrar en fest för de trolovade. Det är början på

september och gott om frukt och bär. Anna har bakat äppelpaj och hallonknyten. Maja har gjort rotfruktssoppa och bröd. De samlas i familjen Sandkvists trädgård där ett långbord står uppdukat. Solen skiner från en blå septemberhimmel. Släkt, församlingsmedlemmar och grannar kommer med presenter och mat. När alla sitter runt bordet klingar Lennart i glaset.

"Kära vänner och familj. Idag är vi samlade för kärlekens skull. Vår Sofia och hennes Alfred har förlovat sig och så snart de blir myndiga är ni alla välkomna på bröllopet." Han blinkar åt Sofia som ler tillbaka. "Alfred, du har kommit och gått som en son i vårt hus sedan barnsben och jag kan inte önska mig en bättre svärson." Han höjer glaset i en skål.

Alfred sneglar på sin far som sitter i en konversation med pastorn. Han verkar mest nöjd över att det är en flicka från deras egen församling. När Alfred berättade om förlovningen för honom hade han nickat och frågat var de skulle bo. Alltid praktisk, aldrig emotionell. Alfred hade svarat att de inte riktigt visste det än, men när det var dags för giftermål skulle de lösa det. Då hade far lagt en hand på hans axel. Först ryggade Alfred tillbaka. Ovan vid fars beröring. Far blinkade till och sade: ”Skönt ändå med en flicka från oss, så vi slipper fundera över giftermålet.” Han hade såklart syftat på var bröllopet skulle ske. Alfred var inte säker på om han ville gifta sig i församlingen, men det var inte läge att tala om det då. Det är en diskussion mellan honom och Sofia.

Alla har ätit klart och Sofia tar Alfreds hand och drar med honom in i huset.

”Jag måste berätta en sak.”

Han ser att hon är nervös.

”Du vet att du kan säga allt till mig.”

”Jag väntar barn. Vi ska ha barn.”

Kapitel 12 (År 1882, fyra månader senare)

"Är du man nog att göra en kvinna gravid, får du vara man nog att försörja din familj", hade far sagt när han fick veta. Trots mors gråt tvingades Alfred ut ur sitt föräldrahem. Lennart och Anna hade inte varit lika hårda. De erbjöd Alfred att flytta hem till dem under förutsättningen att de skulle skriva till konungen och be om lov att gifta sig innan barnet föddes. De fick dispens och ska gifta sig en månad innan barnet beräknas komma.

"Jag vet att du inte vill gifta dig i församlingen Alfred, men tänk vad våra föräldrar kommer bli besvikna. Särskilt dina tror jag."

"Jag vet", Alfred suckar. "Men det har inget med dem att göra. Jag vill att det ska vara ditt och mitt bröllop."

Sofia tar hans händer i sina.

"Då gör vi så. Bröllopet blir i Broddetorps kyrka. De som vill vara med och fira vår kärlek är välkomna."

Alfred omfamnar henne och lägger en hand på magen.

”Nu sparkar han.”

Sofia skrattar.

”Hur vet du att det är en han?”

”Jag känner det på mig.”

Dagen därpå åker Alfred och Sofia till kyrkan för att planera med prästen. Alfred funderar på om det fortfarande är Johns far som är präst och om de kommer träffa John. Han har inte sett honom sedan han var i prästgården och satte upp kakelugnen. Det är många år sedan nu. I byn sas det att John flyttat för att utbilda sig.

De går in genom den stora kyrkporten. Det luktar stearin och fukt. Prästen står framme vid altaret, vänd mot Jesus. Alfred harklar sig och prästen vänder sig om.

”Alfred och Sofia.”

Alfreds hjärta slår snabbare.

”John?”

”Min far fick en stroke förra året och återhämtade sig inte riktigt och jag var precis klar med mina teologistudier. Så här är jag nu." Han slår ut med armarna.

"Fint att se dig", får Alfred ur sig.

"Vad kan jag hjälpa er med?" frågar John och ser på Sofias mage.

"Vi vill gifta oss innan barnet kommer", svarar Sofia.

"Då har ni kommit rätt."

"Tack, många präster viger inte synligt gravida." Alfred ser på John.

"Vem är jag att döma?" John skrattar till och blinkar åt Alfred. Alfred känner värmen stiga i ansiktet.

Efter att datumet är satt åker Sofia och Alfred hem. Nu är det den svåraste biten kvar. De börjar med Alfreds föräldrar. Maja och Johannes sitter till bords när det unga paret kommer in.

"Alfred och Sofia, så trevligt. Är ni hungriga?" frågar Maja.

”Nej tack mor. Vi är här för att bjuda in er till vårt bröllop. Vi har bestämt datum och bokat kyrkan nu.” Alfred ser på far.

”Kyrka? Du menar vår församling?”

”Jag förstår om ni inte....” börjar Sofia, men avbryts av Alfred.

”Ja far, kyrka. Det är Sofias och mitt bröllop och vi vill vigas i Broddetorps kyrka av vår gamla skolkamrat. Vi hoppas ni respekterar vårt beslut och vill komma och dela dagen med oss.”

Far reser sig och går ut. Smäller igen dörren bakom sig.

”Han lugnar sig ska ni se. Klart vi kommer.”

Alfred ger mor en kram innan de åker hem och talar med Sofias föräldrar.

”Det gick som förväntat”, säger Alfred när de sitter bakom hästen.

Sofia lägger en arm om honom.

”Tror du han ändrar sig?”

Alfred skakar på huvudet. Sofias föräldrar tar beskedet bättre. De hade hellre sett dem vigas av deras pastor, men gör ingen stor sak av det.

På kvällen sitter de unga på kammaren och talar om den gemensamma framtiden. Sofia vill inte bo kvar i föräldrahemmet som gift.

”Jag kan höra mig för om en lägenhet i Skara på måndag.”

”Har vi råd med det? Jag kan inte bidra med någon inkomst nu innan barnet kommer. Ja och inte efteråt heller på en tid.”

”En mindre enrummare ska nog min lön räcka till. Bara jag får behålla jobbet.”

”Vill du fortsätta jobba på järnvägen?”

”Vill och vill... just nu ser jag inget alternativ. Men visst tänker jag ibland på att kunna skaffa egen verkstad och arbeta som murare och kakelugnsmakare i framtiden.” Han stryker Sofia över kinden. ”Var sak har sin tid. Nu gläds jag över en inkomst som räcker till oss. Dig och mig och vårt lilla knyte."

Då arbetskamraterna äter sina matpaket, smiter Alfred iväg för att se på lägenheter. I Skaraborgs läns annonsblad fanns tre annonser om enrummare till en peng han hade råd med. Han knackar på vid den första adressen. En äldre dam öppnar dörren.

"Jag ber om ursäkt för arbetskläderna. Det kanske smutsar ned ert fina hem."

"Asch, kom in ni. Efter femtio år med en arbetarkarl så är man van. Kliv in ni."

Damen berättar att hon blivit änka och behöver hyra ut ett rum för att kunna bo kvar. Rummet ligger på gatuplan och själv bor hon en våning upp. Ute på gården finns dass och en kilometer bort finns Viktoriasjön att hämta vatten från och tvätta i. Alfred fattar tycke för damen och de skriver kontrakt.

"Ni kan flytta in när det passar. Rummet står tomt nu."

Alfred betalar handpenning och går tillbaka till arbetet. Eftermiddagen går sakta. Han kan knappt vänta tills han får berätta om bostaden för Sofia.

”Är det sant?” utropar Sofia. ”När ska vi flytta?”

”Jag tycker vi flyttar dit våra saker dagen innan bröllopet och sover där första natten som gifta.”

Sofia nickar och glädjetårar rinner. Alfred skrattar och torkar hennes kinder.

Kapitel 13 (En månad senare)

Snön har satt sig som kristaller på de kala trädgrenarna. Det knarrar under slädens tyngd. Solen lyser upp landskapet och hela dagen ter sig som i en saga. Sofias och Alfreds bröllopsdag kunde inte bli vackrare. De sitter inbäddade under fårskinnen på väg till kyrkan. Magen är stor och Sofia ändrar sittställning flera gånger. Så stannar äntligen kusken och de kliver ur. Alfred hjälper sin brud. Kyrkklockorna ringer från den vita stenkyrkan som smälter in i vinterlandskapet.

Han ser oroligt på henne.

"Hur mår du?"

"Jag känner mig som en elefant i en brudklänning och är fruktansvärt kissnödig. Hoppas inte John förberett någon lång predikan."

Alfred får syn på Sofias föräldrar och vinkar åt dem. Lennart tar sin dotter under armen och leder henne in. Alfred och Anna går framför dem. Det är inte många gäster. De flesta vännerna och släkten är baptister och vill inte komma till kyrkan, men en del hade sagt sig vilja delta efteråt på middagen.

Inne i kyrkan ser sig Alfred om, men varken far eller mor syns till. Han vänder sig om och möter Johns blick. Han ler varmt. Ett leende som rymmer kärlek, omtanke och en förtrolighet. Alfred slår undan tanken och ser i stället på sin blivande brud. Här står de tre, längst fram i kyrkan.

Alfred tar fram vigselringen och ska precis trä den på Sofias finger när hon vacklar till. Han noterar svettpärlorna i hennes panna innan hon faller ihop.

"Sofia?" Alfred sitter på knä. Hennes föräldrar rusar fram. Anna ger ifrån sig ett skrik när hon ser blodet bak på klänningen.

"Hon måste till läkaren." John tar tag i Sofias ben och Alfred under axlarna. Tillsammans bär de henne till droskan. Det är inte långt till läkarmottagningen.

Doktor Brolund hämtar väskan och ber dem lägga henne inne i mottagningsrummet. Han kallar på sjuksyster som kommer direkt. Alfred och Anna får lov att vänta medan Lennart går tillbaka till kyrkan med John för att tala med bröllopsgästerna.

Någon timme senare kommer sköterskan ut med kaffe och skorpor.

”Hur är det med henne? Och barnet”, frågar Alfred.

”Doktor Brolund försöker förlösa barnet, men hon har förlorat mycket blod. Bästa vore om hon kom till sjukhuset. Fast Brolund säger att hon inte skulle klara resan. Han gör så gott han kan.”

Sköterskan försvinner igen och Alfred suckar.

”Vi kan inget annat göra än be nu”, säger Anna.

John och Lennart kommer in.

”Hur går det?” frågar John. Han slår sig ned bredvid Alfred.

”Det ser inte ljust ut. Hon har förlorat mycket blod.”

De tar varandras händer och ber tillsammans. Alfred kan inte låta bli att tänka att detta är hans straff. Så skulle far säga. Då öppnas dörren och Brolund kommer in. De släpper varandras händer och stirrar på läkaren som står framför dem. Blod på rock och händer utan leende på läpparna. Alfreds händer skakar.

"Tyvärr. Jag gjorde allt jag kunde, men varken barnet eller modern gick att rädda. Gud kallade hem dem."

Alfred skriker rakt ut. Utan att veta var han ska går han ut från mottagningen. Skakar av sig de välvilliga händerna som sträcker sig efter honom. Han går ut i kylan och mörkret. Går och går tills händerna domnar. Tills fötterna värker. Tills han står framför föräldrarnas hus. Han vet inte hur länge han stått där, men plötsligt känner han fars händer på sina axlar.

"Gå in Alfred. Du förfryser dig."

Den största omtanke far någonsin visat honom blir droppen. Alfred faller ihop på golvet i farstun och gråter. Skakar och gråter. Som i en dimma känner han mor bädda ned honom i sängen. Hör svaga röster mumla. Var det John? Han försöker ropa, men inget ljud lämnar hans mun. Nästa gång han öppnar ögonen är rummet ljust. Huset är stilla och tyst. Så känner han händer på sin

panna. Svala kvinnohänder. Är det Sofia? Pannan blir
klibbig och något rinner ned i ansiktet. Det är blod. Han
sätter sig upp och ser att hela sängen är blodröd. Täcket,
lakanen och han själv. Allt täckt med blod. Sofia står vid
sängkanten och ler.

"Nu är du fri Alfred. Nu är du fri."

"Nej, jag vill inte vara fri! Jag vill vara med dig!"

Hon skrattar högt och försvinner.

Nästa gång han vaknar är det återigen mörkt i rummet.
Mor kommer in med en kopp te. Hon sätter sig på
sängkanten. Blodet är borta nu.

"Alfred? Hur mår du? Du fick en chock och har sovit
nästan ett dygn."

Han sätter sig upp och sippar försiktigt på teet.
Händerna darrar. Det är mörkt ute. Återigen går han
igenom hela dagen i tankarna. Kunde han gjort något?
Borde han sett hennes tillstånd och ställt in bröllopet?
Om han tagit henne till läkaren på morgonen i stället.
Hade hon överlevt då? Och barnet? Läkaren sa att det var

en pojke. Alfred låter tårar och skuldkänslor välla ut. Han somnar snart om igen.

Kapitel 14 (Tre månader senare)

"Betalar du fortfarande hyra för rummet i Skara?"

Mor ser på Alfred vid köksbordet. Han nickar.

"På något vis är det enklare än att säga upp den och förklara varför."

"Du behöver snart ta tag i det. Flytta dit eller säg upp den. Det är onödiga pengar."

"Jag vet mor. Jag vet bara inte hur."

Hon lägger en hand på hans axel. Han lägger sin ovanpå.

"Tack för att far och du låtit mig bo här. Jag förstår att jag är till belastning när jag inte bidrar. Jag lovar att ta tag i livet igen."

Mor hostar och drar åt sig handen. Tar fram en näsduk och håller framför munnen.

"Hur är det? Du har hostat mycket senaste tiden. Ska du inte besöka läkaren?"

Hon viftar med näsduken.

”Det är ingen fara med mig. Bara värmen kommer snart så går det över. Jag har alltid lite hosta på vårkanten.”

Senare samma dag reser Alfred till Skara. Han träffar sin gamla chef från järnvägen.

”Jag beklagar verkligen Alfred. Hur mår du?”

”Det har varit en svår tid, men nu måste jag ta tag i livet igen och gå vidare. Jag är för gammal för att vara en belastning för mina stackars föräldrar. Hur är det med jobb? Behöver du mer folk?”

”Egentligen inte, men för din skull ska jag se efter. Kan du komma tillbaka nästa vecka så ska jag försöka hitta något åt dig.”

De skakar hand och Alfred åker hem med de goda nyheterna.

Utanför föräldrarnas hus står läkarens ekipage. Alfred skyndar sig in. Dörren till sängkammaren är stängd och far sitter i köket och vrider sina händer.

”Vad har hänt? Vad gör läkaren här?”

Far ser ut som en orolig liten pojke. Alfred har aldrig sett honom så sårbar tidigare.

”Det är mor. Hon hostade upp så mycket blod förut att jag kände mig tvungen att kalla på läkaren.”

Alfred placerar ovant en hand på faderns axel. Fadern rycker till, men låter den ligga kvar.

”Vad säger läkaren då?”

”Vet inte. Han har varit därinne en bra stund nu.”

Då öppnas dörren och doktor Brolund kommer ut. Han slår sig ned på stolen bredvid Alfreds far. Ser på dem båda.

”Tyvärr har jag inga goda nyheter åt er. Hon har lungsot. Se till att hon vilar, får i sig varmt att dricka och be sedan till Gud om läkning. Jag kommer tillbaka i övermorgon och tittar till henne.”

Alfred och far sitter kvar en stund efter Brolund åkt. Ingen säger något. Det finns en tröst i att dela stunden, tänker Alfred. Det behövs inte talas högt. Båda vet ändå. Hans far reser sig först.

"Jag går ut en stund. Tittar du till mor?"

Alfred nickar. När far stängt dörren efter sig går han in och sätter sig på en stol bredvid sängen där mor ligger. Hon sover och han stryker mjukt sin hand över hennes panna. Den är kall och fuktig. Han stoppar om henne och går ut i köket för att koka en kopp med vatten och granbarr. Mor brukade göra det när han var förkyld som barn.

Veckorna som följer tar Alfred hand om mor, men hostan blir värre och till slut kallar far hans på pastorn. Under tiden som pastorn är inne hos mor tar far Alfred åt sidan.

"Brolund säger att hon inte kommer överleva. Du behöver ta arbetet i Skara och flytta till lägenheten. Trots de tragedier och sorger du genomgått är du ung än och har livet framför dig. När mor är borta finns inte mycket kvar här för dig. Ta jobbet innan det är för sent."

I Alfred snurrar tankarna och många protester dyker upp. Men han vet att far har rätt. Mor kommer inte överleva. Det kan ta två dagar eller två veckor, men hoppet är ute. Han har sett det i hennes ögon. Det finns inget liv kvar. Lungsoten har vunnit. Han har fått ett erbjudande om jobb på järnvägen i Skara som han inte svarat på. Och han vet att det inte väntar på honom. Ändå tar det emot. Särskilt då Skara var hans och Sofias plan. Allt inom honom skriker och sätter sig på tvären samtidigt som en mindre röst säger lugnt att det är dags nu att lämna Broddetorp.

På kvällen när far somnat, packar Alfred sina saker i en väska tillsammans med bröd och vatten och vandrar ut i natten. Han vet att han måste gå. Han vet bara inte vart. Utan både mor och Sofia känner han sig vilse inombords. Han kan lika gärna gå vilse på utsidan också. Inget spelar någon roll längre. Livet han drömt om är inte längre möjligt. Det känns inte ens att det är viktigt att fortsätta leva. Han lämnar över det i guds händer. Det verkar ändå vara Gud som bestämmer. Hur mycket Alfred än planerar och arbetar för sin dröm är det inte upp till honom. Han har tappat all tro på sin egen förmåga. Tankarna övergår till självförakt. Vad var det för fel på honom? Hans far har aldrig tyckt om honom. Gud tar de kvinnor han älskar. Till och med hans barn kallade Gud hem. Vad straffas han för? Är det hans barnsliga förälskelse i John som bestraffas? Det är en synd att känna åtrå till en av samma kön. Det vet han. Men har någonstans ändå alltid tyckt att kärlek är kärlek och kan aldrig vara fel eller en synd. Är detta guds sätt att visa att han haft fel? Att han begått en synd och ska straffas? Fötterna fortsatte gå. Ett steg i taget. Tankarna snurrar runt, runt. Känslomässigt är han ömsom arg, ömsom ledsen.

Solen stiger på himlen och både trötthet och hunger påminner honom om kroppens behov. Men inte förrän mitt på dagen, nästan tolv timmar efter han börjat gå, stannar han. På avstånd ser han en stad torna upp sig vid Vätterns strand. Välkommen till Hjo. Det är liv och rörelse. Från hamnen hörs ångbåtens vissla. Små bodar med hantverkare som hamrar, eldar, smider. Alfred ser sig om efter en plats att vila ut på. Han går ned mot vattnet och sätter sig med ryggen mot hamnstugan. Solen gör honom varm och dåsig och det tar inte lång tid förrän han somnar.

Kapitel 15

Hemma i Broddetorp upptäcker far snart att Alfred gett sig av. Han sätter sig vid sin hustrus sida och håller hennes hand.

Tårarna rinner nedför hans kinder. Han känner hustruns kalla hand och inser att hon gått vidare. Ångesten klamrar sig fast runt hans hjärta och kramar hårt. Han kippar efter andan. Hur ska han fortsätta leva nu? Sorgen, skulden och skammen äter på honom. Han skriker rakt ut. Åratal av tillbakahållna känslor väller upp. Det går inte att hålla tillbaka. Han skriker och gråter. Ligger som ett hoprullat barn vid sidan av sin kalla hustru vars själ inte längre finns på jorden. Han känner tydligt hennes frånvaro. Det är alldeles tomt. Döden är definitiv och oåterkallelig. Aldrig mer kommer han få tala med henne. Han vill byta tio år av sitt liv mot en enda timme till med henne. Han vädjar förgäves till gud.

En vecka senare är det dags för begravning. De samlas i baptisternas lokal. Sofias föräldrar, Lennart och Anna, kommer fram till honom efteråt. Lennart lägger handen på hans axel.

"Vi beklagar förlusten."

I Hjo vaknar Alfred till ljudet av en skrikande mås. Magen kurrar och han kisar mot solen. Kroppen är tung och huvudet bultar. Han tar fram vattenflaskan och låter det ljumma vattnet rinna ned i strupen. Ett tiotalmeter framför honom ligger Ångbåten S/S Hjo. Alfred reser sig mödosamt och går fram till en ung man som ser ut att arbeta på båten.

"Ursäkta, vart går båten?"

"Till Hästholmen. Vi avgår om en timme. Biljetter säljes på hamnkontoret bakom er."

"Det hade varit fint, men jag har inte tillräckligt med riksdaler är jag rädd."

Mannen synar Alfred en stund.

"Vänta här."

Alfred står kvar på kajen och ser på båten. Hon är alldeles vit. Bara skorstenen är svartmålad längst upp. Flera unga män lastar på säckar och lådor. Så ser han den man han nyss talat med komma ned för landgången. Han ler och vinkar åt Alfred att komma.

"Jag talade med kapten. Han låter er åka med utan biljett ifall ni hjälper till med avlastningen i Hästholmen. Det är ovanligt mycket gods som ska med över idag och vi har inte lång tid på oss att lasta av."

"Inga problem. Tack", säger Alfred och sträcker fram näven.

"Jag heter Elis."

"Jag är Alfred."

Resan över tar tre timmar och det finns en herrsalong, damsalong, röksalong, konversations-salong samt en matsalong. Alfred står ute på däck när båten lägger ut.

"Alfred, kom så går vi ned till kabyssen."

Det var Elis som ropade på honom. Utan att veta vad kabyss betyder följer han med honom ned för en trappa. Där nere är det trångt och varmt. Han ser kockar som rör i grytor och kastar in kol i spisar för att hålla fyr på elden och inser att det är köket som Elis kallar kabyss.

Elis talar med ena kocken och får två kärl fyllda med potatis och biffar. Elis kommer fram till Alfred och räcker över det ena kärlet.

”Kom så går vi upp på däck.”

Alfred fumlar med den varma behållaren och följer på nytt efter Elis. De slår sig ned på en träbänk i fören och hugger in på maten. Båda äter med god aptit under tystnad.

S/S Hjo lägger till i Hästholmen. Först kliver alla passagerare av. Damer i vackra klänningar, män klädda i frack och höga hattar. Alfred och Elis står och ser på.

”Tänk vilket liv somliga lever”, säger Alfred delvis till sig själv, delvis till Elis.

”Men tror ni inte att alla människor har sina bekymmer, hur rika de än må vara?”

”Jo, förmodligen. Men mycket må ändå vara enklare med fler riksdaler på fickan. Se på mig. Jag vet inte hur jag ska kunna äta mig mätt imorgon ens. Eller om jag kommer ha tak över huvudet i natt.”

Elis ser på Alfred och ler stort.

”En reko människa som ni själv lider aldrig nöd på riktigt. De andra må vara födda rika, men ni är född med viktigare egenskaper. Ni är en överlevare. Och vad nattens logi beträffar ska jag hjälpa er.”

”Ska ni hjälpa mig? Hur då?”

”Nu lassar vi av allt först. Sedan får ni följa med mig.”

De hjälps åt att lasta av ångbåten och tillsammans med några andra män blir de färdiga på någon timme.

”Kom”, säger Elis och går före Alfred med så kvicka steg att han knappt hinner med.

De går in på ett värdshus och Elis ber Alfred vänta på honom där en stund medan han fixar några saker. Alfred sätter sig på en lång träbänk som står längs ena väggen. En kvinna med djup urringning blinkar åt honom. Han vänder sig generat åt andra hållet. Två män skålar högljutt och ser inte ut att behöva mer alkohol. De slår ihop sina glas så ölen stänker och skrattar högt. Alfred känner sig obekväm och ser sig om efter Elis. Men han dröjer. Tio minuter segar sig fram. En servitris kommer fram och frågar vad han vill ha.

"Jag väntar på en vän bara."

Hon ser granskande på honom och går sedan därifrån. Han känner sig dum som inte har riksdaler nog att kunna beställa något.

Då kommer äntligen Elis. Men något är annorlunda med honom.

Kapitel 16

Elis har bytt om och ser inte alls ut som en som arbetar på en båt. Han har kostymbyxor, väst och kavaj samt en hög hatt. Ur västfickan hänger en guldkedja som förmodligen sitter fast i ett fickur.

"Stäng munnen och följ med mig", skrattar Elis.

Utanför värdshuset står ett ekipage med tre hästar i draget och egen kusk. På dörren ser Alfred ett målat sigill i guld med två G omringade av lagerbladskvistar.

"Vem är ni?" frågar Alfred när de sitter i vagnen.

"Jag är bara Elis, men min familj har ägor och far kräver en viss klädsel av mig när jag är hemma."

"Och var är hemma?"

"Godegård. Dit ska vi imorgon. I natt övernattar vi hos moster och morbror i Vadstena. De är lättsamma och inte alls stela som min far."

En timme senare stannar ekipaget utanför ett hus i Vadstena. Det har mörknat och två gaslampor brinner på var sida av ingången. Kusken öppnar dörren åt herrarna som kliver ned på kullerstenarna. Det har nyligen regnat så stenarna är hala och de får gå försiktigt. Alfred håller i dörrhandtaget när han kliver ned. Det luktar häst och fuktiga stenar. Han känner sig smutsig och otillräcklig i jämförelse med Elis. Huset de står framför skrämmer honom. Det är stort och påkostat. Hans föräldrahem skull enkelt få plats inne i detta hus. Det skulle framstå som ett dass. Han funderar över sina egna tankar ett slag. Aldrig förr har han skämts över sitt ursprung eller sin brist på medel. Men här i staden bland finare folk blir han plötsligt fattig.

Elis bankar på dörren. Alfred står snett bakom honom. Kusken hoppar upp i vagnen, smackar åt hästarna och kör iväg. Samtidigt som hovarnas klapper mot stenarna klingar av öppnas dörren och en reslig karl ser på dem bistert. Så stannar blicken på Elis och han spricker upp i stort leende som når ögonen.

”Min brorson!”

Han omfamnar Elis och släpper in dem i huset.

"Vem har du med dig?"

Han nickar åt Alfred med höjda ögonbryn.

"Det här är Alfred från Broddetorp. Han är en vän i nöd som söker arbete. Jag ska ta med honom hem till far."

"Oj, oj, jag hoppas du har skinn på näsan pojk. Min bror är lynnig och inte särskilt vänlig mot främlingar."

"Tack för varningen herr. Jag ska lägga det på minnet."

"Inget herr här tack. Jag heter Björn De Geire och vill bli kallad Björn."

Alfred känner sig aningen lättad. Han ler och nickar åt Björn. De går in i en salong med flera bord och vackra kristallkronor med ljus som brinner. En piga kommer och frågar om det önskas något att äta eller dricka.

"Sigrid kan ta in varsin pilsner och smörgås."

Pigan nickar och går ut från salongen. In kommer i stället en stor kvinna med rosig kinder. Hon ler stort och går med raska steg mot Elis med öppen famn.

"Elis!" utropar hon.

"Moster."

"Det här är min kamrat, Alfred", säger han när hon släpper greppet om honom.

"Angenämt", säger hon och håller fram en handskbeklädd hand.

Alfred vet inte riktigt vad han förväntas göra så han tar tag i handen och skakar den. Hon skrattar högt och hjärtligt.

"Vilken lustigkurre."

Efter pilsnern och smörgåsen landat i deras magar visar Sigrid dem till deras rum för natten. De får varsitt rum på tredje våningen. När Alfred tackat och sagt god natt och kommit in i sitt rum ser han tvål och vatten och en ren pyjamas vänta på honom. Tacksamt tvättar han av sig, byter om och kryper ned i sängen. Drar täcket ända upp till näsan. Blåser ut ljuset på nattduksbordet och somnar på stört.

Det tar honom en stund att lokalisera var han är när han vaknar. Alfred sträcker på sig innan han sätter sig upp och ser ut genom fönstret. Han ser en klarblå himmel och takåsar. Så slår en kyrkklocka alldeles nära. Åtta dova distinkta slag. Han kliver upp och klär på sig. Funderar över gårdagen. Kan knappt förstå vilken tur han haft. Han vandrade hemifrån full av sorg, tom på riksdaler, men med en tillit till att saker skulle ordna sig. Det har de sannerligen gjort. Elis var som sänd av gud. Helt i rätt tid. Tankarna bryts av en lätt knackning.

"Ja?"

Dörren öppnas av Sigrid.

"Frukosten är uppdukad och ni är väntad i matsalen."

Alfred följer efter Sigrid nedför trapporna och in i matsalen där han finner ett överdådigt dukat bord. Det är mer mat än han sett sammanlagt på en vecka tidigare. Han känner sig malplacerad, men det övergår snart då Elis ler stort mot honom.

"Har ni sovit gott?"

"Ja, tack", svarar Alfred. "Det var den skönaste säng jag någonsin legat i."

Elis och Björn skrattar gott.

"Ta för dig min gosse", säger Björn och gör en gest mot all mat.

Alfred ser på maten. Sill, korv, ost och bröd. Allt doftar ljuvligt och han känner magen kurra.

Efter frukosten väntar droskan på dem och de far vidare mot Godegård. Det är en lång resa som ger dem tid att lära känna varandra bättre. Det enda Alfred inte berättar är om Sofia. Sorgen är ännu hans och han är inte redo att dela den med någon. I stället berättar han om sin mor som låg på dödsbädden när han for. Och om fars kyla under uppväxten. Elis berättar om sin far och hans stränghet. Hur han kunde få smaka på läderpiskan som liten om far hans var missnöjd.

Sista biten av resan sitter de tysta, försjunkna i egna tankar. Alfred noterar hur det tidigare flacka landskapet allt mer övergår till tätare skogar. Han tänker på mor. Är hon borta nu? På något vis känns det så. Som att hon inte längre finns på jorden. Samtidigt som tanken är logisk är den overklig. Han har aldrig levt utan henne.

"Där framme är det", säger Elis.

Alfred blinkar bort de brännande tårarna och ser ett gult trevåningar högt hus torna upp sig på framför dem. Det har sällskap av två flyglar som visar på makt och rikedom. Vägen fram kantas av mindre, röda arbetarbostäder. Kontrasten dem emellan är enorm. Fattig och rik. Sida vid sida.

Kapitel 17

"Far, det här är min vän Alfred från Broddetorp."

Elis far är en reslig och bredaxlad man med skarp, nyfiken blick. Han synar Alfred och tar god tid på sig. Alfred blir nervös av den långa tystnaden.

"Har ni något efternamn?"

"M.....Bergstrand. Alfred Bergstrand."

Elis ser förvånat på honom, men säger inget.

"Och vad för er hit?"

Då bryter Elis in.

"Far, vi har rest långt och är trötta och hungriga. Kan vi fortsätta utfrågningen senare?"

Hans far ger honom en kall blick. Alfred får kalla kårar. Men så bryter fadern ut i skratt.

"Ursäkta mig. Klart ni ska få mat först. Slå er ned i matsalen så ska jag säga till i köket." Alfred känner sig lättad, men noterar att skrattet klingar falskt.

De serveras rester från middagen. Hönssoppa med potatis upplagt på vackert porslin och silverbestick.

"Varför sa ni Bergstrand till min far? Jag trodde du hette Mellblad?"

"Jo, men jag vill lämna det gamla bakom mig. Börja om och skaffa mig ett nytt liv. Det var inte meningen att ljuga för er far."

"Jag förstår. Det är ingen fara och jag ska inte avslöja er."

"Tack. En annan sak. Tror ni jag skulle kunna fråga er far om arbete? Förlåt om jag är framfusig men jag behöver försörja mig."

"Jag ska be far att ge er ett bra arbete med bra betalt. Ni är min vän och jag ska se till att ni får det bra."

"Tack, jag är skyldig er en tjänst."

De äter resten av maten under tystnad och därefter blir Alfred visad sitt rum för natten. Han sover drömlöst och vaknar i gryningen då en strimma sol letat sig in genom springan på de tunga sammetsgardinerna.

Han klär på sig och går ut i den långa korridoren. Elis sover i rummet bredvid och han funderar på om han ska våga knacka på eller om det är för tidigt. Då hör han fotsteg och vänder sig om. Där kommer en ung flicka. Ett par år yngre än honom, gissar han. Långt rödbrunt hår, blek hy, ögon med samma färg som ett stormigt Vättern. Han får inte fram ett ord. Hon ler stort när hon passerar honom. Han följer henne med blicken tills hon försvinner in i ett av rummen längre ned i korridoren. Då öppnas dörren till Elis rum.

"Har du sett ett spöke?"

"Kanske, i alla fall något överjordiskt", svarar Alfred.

Elis skrattar.

"Kom nu så får vi i oss lite frukost, så ska jag tala med far min sedan om arbete och boende."

Under frukosten berättar Elis om sin farfars far som tog sig från Amsterdam till Sverige och efter några lyckade affärer kunde bygga upp denna herrgård.

”Han var en riktig affärsman med sinne för bra affärer. Vallon var han. Dock kan man kanske ifrågasätta hans handel med slavar vad gäller moral, men det var andra tider då. Idag tar vi naturligtvis avstånd från sådant.”

Alfred lyssnar med halvt öra. Tankarna går till flickan i korridoren, men blandas med dåligt samvete när han ser Sofia framför sig.

”Alfred? Hör du mig?”

”Förlåt mig, jag sitter och dagdrömmer.”

Elis ler mot honom.

”Ät klart i lugn och ro. Jag ska söka reda på far. Vi kan mötas upp ute på gårdsplanen sedan.”

Alfred sitter kvar en lång stund vid frukostbordet. Njuter av smakerna och sin tur. Tur, tänker han. Har jag haft tur? Har jag blivit vägledd hit? Sofia och vårt barn dog och så mor på dödsbädden. Först straff och sedan belöning? Eller hur hänger allt ihop? Men nog borde min otur i livet vara avklarad nu. Jag hoppas på en ljusare framtid. Det bör inte kunna bli värre.

Han reser sig och går ut på gården. Där ute är det full fart. Adelsmän och arbetare, hästar och oxar. Barn som leker och andra som arbetar hårt. Han kommer tillhöra dem som arbetar och får inte vänja sig vid att sova i herrgården och äta överflödiga frukostar.

Elis kommer emot honom. Han är klädd i ridbyxor, blå ridkavaj och hög hatt. Elis ler stort.

"Goda nyheter, min vän. Far säger att vi behöver fler smeder och du kan få börja som lärling."

Alfred omfamnar Elis och skrattar.

"Tack, det var riktigt goda nyheter."

"En av arbetarbostäderna blir ledig till nästa vecka. Då får du ta över den. Det är inte stort eller flådigt, men det blir din egen. Vad säger du?"

"Det kan inte bli bättre. Jag är mycket tacksam."

"Bra, bra. Men nu ska vi ta oss en ridtur så du lär känna omgivningen. Du kan låna kläder av mig."

Alfred känner sig utklädd i Alfreds fina ridkläder. Han är rädd att smutsa ned dem eller än värre ha sönder dem. De kostar förmodligen en årslön. Minst. De unga herrarna sitter upp på varsin häst. Alfred har ett ljusgrått sto. En lugn och trygg dam. Elis häst är en brun blank hingst med svart välkammad man. Ivrig att komma iväg.

”Vi kan börja med smedjan”, säger Elis och rider norrut.

”Där”, säger han efter en kort ridtur och pekar mot ett mindre stenhus med stor skorsten. Den ligger alldeles invid en mindre sjö.

Alfred ser på sin blivande arbetsplats. Huset ser väl omhändertaget ut. En man står och slipar verktyg utanför. Han lyfter en hand och hälsar på dem.

”God morgon Christian”, hälsar Elis när de närmar sig. ”Det här är Alfred. Din blivande lärling.”

Alfred hälsar. Christian synar honom och nickar. Sedan rider de vidare mot arbetarbostäderna. Elis gör halt utanför den sista stugan på höger sida. Det huset är inte lika omhändertaget. Han ser sig om. Inget av de små husen är i särskilt gott skick.

"Det här kommer bli ditt så länge du arbetar här", säger Elis.

Alfred ser några takpannor som spruckit. Fönsterfärg som flagnat. Ett trappsteg som är trasigt.

"Det kan behöva lite kärlek", säger Elis. "Jag hjälper dig om du vill."

"Du har hjälpt mig oerhört mycket. Huset kan jag ta hand om. Det är inga problem, men tack ändå."

De rider runt ett tag till på ägorna. Elis visar vad han behöver veta för att klara sig själv sedan. Medan han går som lärling får han husrum och mat som lön. När han blir självständig kommer han även få några riksdaler utöver.

Kapitel 18

Alfred ligger i sängen och stirrar upp i taket. Skuggorna
från fotogenlampan på sängbordet dansar. Han tänker på
mor och på Sofia. Hur annorlunda allt hade kunnat vara.
Nu hade han och Sofia varit gifta, bott i Skara och haft ett
litet barn. I stället ligger han i en säng på en herrgård och
ska bli smed. Han är tacksam över hur allt ordnat sig för
honom, men sorgen över den familj han förlorat gör
fysiskt ont i honom. Han biter ihop dagtid, men känslorna
hinner ikapp om kvällarna när han är ensam.

Fotsteg hörs utanför hans dörr. Han ser på vägguret.
Halv tolv. Vem kan det vara? Så en lätt knackning. Var
det på hans dörr? Han sätter sig upp och lyssnar. Det är
knäpptyst. Eller är det någon som rör sig utanför dörren?
Han reser sig försiktigt och smyger upp. Öppnar sakta
dörren och kikar ut i korridoren. Det är mörkt, men lite
månsken letar sig in och ger honom en möjlighet att
urskilja saker. Är det någon som står där borta? Visst rör
det på sig? Han tycker sig se en klänning.

”Hallå?” viskar han.

Då lösgör sig en gestalt från skuggorna och kommer mot honom.

"Vem är det?" viskar han.

En strimma månljus hamnar i ansiktet på gestalten och han ser tydligt den unga kvinna han sett på morgonen.

"Jag är Elin De Geire. Lillasyster till Elis. Jag hörde om er. Min brors nya vän som ska bli smed."

Alfred blir stum. Vet inte vad han ska svara. Han är betagen av hennes utseende. Hon ler.

"Varför reste ni hemifrån?" frågar hon. "Flyr ni från något?"

"På sätt och vis", svarar han. "Inget jag gjort, men det blev för många tunga minnen att leva med."

Hon nickar.

"Och har ni kunnat lämna dem bakom er nu?"

"Om dagarna, men de kommer ikapp om nätterna."

En dörr hördes stängas på en annan våning.

"Jag ska gå in till mig. Trevligt att träffas. Hoppas ni kan hålla minnena borta i natt så ni får sova."

Hon försvinner nedåt korridoren och in genom en dörr.

Alfred står kvar en stund i månskenet innan han går in till sig. Visst håller minnena sig borta, men inte kan han sova bättre för det.

Dagen därpå är det dags för honom att flytta in i sitt hus. Elis följer honom dit efter frukosten. Huset består av ett rum och kök. Det finns ett bord och två stolar. En väggfast säng och en eldstad.

"Det är väldigt enkelt", säger Elis urskuldande.

"Jag är tacksam och behöver inget mer", svarar Alfred. "Utan dig hade jag varit hemlös nu."

"Jag har lämnat lite verktyg och målarfärg om du vill fixa till huset. Säg bara till om du vill ha hjälp. Eller sällskap", säger Elis. "Jag ska resa iväg ett par dagar, men är tillbaka på lördag igen. Gå bara till smedjan imorgon bitti så kommer Christian ta hand om dig."

Alfred tackar igen och Elis går tillbaka till herrgården. Den här stugan är mitt hem nu, tänker han. Inte stor eller märkvärdig, men mitt eget hem. Han går runt i huset och ser på väggar, golv och tak. Går ut och tar en runda i den lilla trädgården. På framsidan är det bara tre meter mellan farstukvisten och vägen. Ett slitet trästaket skiljer dem åt. Jag ska börja därmed staketet och arbeta mig inåt. Allt ska få kärlek och bli omhändertaget.

Alfred står på knä framför staketet. Slår i spik där det saknas. På vägen utanför kommer en droska från herrgården. Den stannar till bredvid honom. Dörren öppnas och Elin kommer ut. Hon ställer sig nära och ser på honom.

”Är det här ni bor nu? Var inte herrgården trivsam?”

Han ser på henne och får återigen svårt att hitta de rätta orden.

”Visst var det trivsamt, men inte min lott i livet.”

Elin spricker upp i stort leende.

”Jag tyckte ni passade utmärkt där.”

Hon vänder sig om och kliver tillbaka in i droskan innan han hinner svara.

Flirtade hon med honom? Det får han inte falla för. Hon är av annan börd och dessutom hans väns lillasyster. Förbjuden frukt.

Dagen därpå vaknar han tidigt av ett bankande på dörren. Alfred far upp och får snabbt på sig byxorna innan han öppnar dörren. En ung pojke ser på honom.

”Christian har skickat mig för att hämta er.”

”Vänta lite”, svarar Alfred och går in igen för att ta på sig en tröja och skor.

”Jag heter Algot”, säger pojken när de går till smedjan.

”Jag heter Alfred. Jobbar du också i smedjan?”

”Jag springer ärenden de dagar jag inte är i skolan. Christian är min far.”

”Och din mor?”

”Hon dog när jag föddes.”

”Jag är ledsen”, svarar Alfred. ”Min mor är också död.”

”Dog hon också när du var liten?”

”Nej, hon gick nyligen bort.”

”Jag är ledsen”, svarar Algot.

I smedjan är elden redan i gång och de hör Christians hamrande där inifrån.

”God morgon Bergstrand.”

Christian ser upp från järnklumpen han slår på.

”God morgon”, svarar Alfred.

”Här ska du få börja slå en stund för att få in tekniken bara. Ta den mindre släggan där.”

Hela första dagen får Alfred banka på järn för att se hur materialet formar sig och hur man behöver värma och kyla ned om vartannat för att få rätt temperatur. Det är svårare än det ser ut, men roligt också. På kvällen somnar han trött i huvudet och matt i armarna. Han orkar varken tänka på Sofia eller Elin, men i drömmarna smyger de in båda två.

Han ser först Sofia. Hon är höggravid och springer barfota längs grusvägen från herrgården. Han ropar, men hon hör inte. Sedan kommer ljudet från hästhovar som galopperar. På en svart stor hingst ser han Elin. Även hon gravid. Håller en lans i handen och jagar Sofia. Alfred ser hur hon snabbt närmar sig. Han måste rädda Sofia. Utan att tänka sig för rusar han ut framför hästen. Blundar hårt och väntar på smällen, men vaknar i stället kallsvettig.

Kapitel 19 (April år 1883, sex månader senare)

Alla i det lilla brukssamhället sliter hårt för att få allting färdigt inför årets marknad. Det är en stor händelse som ger många av dem en bra extra inkomst. Varje år kommer många besökare från grannsocknen för att handla deras kreatur och hantverk. Marknaden i Godegård den första maj varje år är vida känd för god kvalitét på både boskap och hantverksarbeten.

Alfred har fått smida hästskor och spik. Christian kontrollerar dem innan de godkänns för försäljning. På herrgården har man bakat hela veckan. I trädgården ska det dukas långbord för alla hungriga marknadsbesökare. Knallarna står utanför järnvägsstationen fyllda med diverse saker som stickade strumpor, vävda dukar, hemkokade kolor, smidesljusstakar och korv. Christian, Alfred och Algot ska turas om att stå vid sitt stånd där olika smidessaker säljs.

De har tur med vädret, konstaterar Alfred, när han vaknar av solstrålar i rummet den första maj. Han tvättar sig i ansiktet, klär på sig och kokar en kopp kaffe. Utanför är det redan mycket folk som är på väg med sina varor till marknadsstånden. Alfred tar med sig kaffet och sätter sig på farstukvisten för att se på människorna.

En äldre kvinna hälsar på honom. Hon har två ungtjurar med sig i släptåg. Bakom dem går en flicka bärandes på en korg fylld med tyger. Hon blickar blygt ned i marken. Alfred tar sista kaffeslurken och ställer in koppen i köket. Han går först upp till smedjan för att se om Christian behöver bärhjälp.

"Tack Alfred, det var fint av dig. Du får gärna ta den där lådan." Han nickar mot en låda med spikar i olika storlekar. "Algot har gått i förväg med skyltarna."

Uppe vid järnvägen är det full fart. Någon spelar fiol. Bredvid Christians smidesförsäljning står krögare Erik Eriksson och säljer brännvin. På andra sidan säljs det timmer och höns.

"Vad är det där?" frågar Alfred och pekar mot ett stånd med draperi som döljer vad de säljer. Utanpå sitter en lapp med texten: Fem riksdaler och sundhetsbevis.

Christian ser besvärad ut. Han harklar sig och söker efter orden.

"Man kan betala för en stund med kvinnfolk."

"Du menar prostitution? Vad menas med sundhetsbevis?" frågar Alfred.

"Det finns risk för smittor så lagen kräver att alla som är i kontakt med prostituerade ska genomgå läkarkontroll. Är man frisk får man ett sundhetsintyg."

"Så bra", svarar Alfred. "Omgivna av brännvin och prostituerade borde vi få mycket folk till oss."

Christian skrattar högt.

Några timmar senare är kommersen i full gång. Borta vid herrgården har en liten scen byggts upp tillfälligt. En orkester spelar och flera dansar sällskapsdans på gräsmattan framför. Alfred går mot herrgården för att få sig en bit mat. Han får syn på Elin som dansar med sin far. Alfred står kvar och ser på dem. Fadern ser för en gång skull glad ut på riktigt. Elin rör sig mjukt och följsamt. Hon har en vit broderad långklänning. Knäppt

långt upp mot halsen. Vita handskar på händerna. Alfred
tycker nästan hon ser ut som en brud. Dansen tar slut och
fadern bockar mot Elin och går mot herrgården. Elin går
fram till en äldre kvinna. Kanske hennes mormor eller
farmor, tänker Alfred.

Han får sig en bit bröd och stekt fläsk ihop med en
kanna öl. När han ätit färdigt börjar orkestern spela igen.
Alfred ser sig om efter Elin. Hon står kvar bredvid
samma kvinna. Så vänder hon på sig och möter hans
blick. Utan att tänka sig för reser han sig upp, går till
henne och räcker fram handen. Hon tar den och de går ut
på gräsmattan. Han lägger sin arm om hennes midja och
hon placerar handen på hans axel. Alfred svettas. Vad har
han gjort? Han kan inte dansa. Hon skrattar åt hans
klumpighet, men hjälper honom till rätta. Snart virvlar de
runt i takt till musiken. Hon skrattar och han njuter.
Människor klappar takten. Så får han syn på Elis. Han ser
inte glad ut. Alfred får en klump i halsen.

Så snart låten slutat släpper han Elin och går mot Elis,
men han ser honom inte längre. Han måste hitta honom
och förklara sig. Elis får inte tro att han tar sig friheter

med hans syster. Tänk om han blir utslängd nu och mister både arbete och bostad. Vart ska han då ta vägen?

"Alfred?"

Det är Elin som ropar.

"Jag måste hitta er bror."

Han springer mot herrgården. Så ser han Elis och hans far stå på trappan. Han hör inte vad de säger, men de låter upprörda. Har Elis berättat för sin far om honom och Elin? Alfred vågar knappt andas. Han försöker smyga närmare för att höra.

"Du måste far", säger Elis och ser sin far trotsigt i ögonen.

Hans far lyfter handen och utdelar en örfil.

"Du ska inte tala om för mig vad jag måste göra. Hör du det?"

En kvist går av alldeles i närheten.

"Vad var det?" säger Elis och försöker se i det skumma ljuset.

”Vem där?” säger far hans med hög stämma och börjar gå ned för trappan.

Alfred står hukad på sidan av trappan. Försöker göra sig så liten han kan. Som tur är går fadern förbi honom och bort mot långbordet.

”Alfred?” viskar Elis. ”Varför sitter du där?”

Kapitel 20

Med skakiga ben ställer sig Alfred upp.

"Förlåt", säger han och ser Elis i ögonen.

"För vad? För att du tjuvlyssnade på mig och far? Det är ingen hemlighet att han och jag har olika åsikter. Så har det alltid varit. Han ska resa till Amsterdam och vara borta en längre tid och vill att jag tar över här hemma."

"Och vad vill du?"

"Jag vill att han låter Elin ta över ansvaret. Hon är mer insatt och är alltid hemma. Jag trivs inte här och det vet han. Varför måste han vara så gammeldags när det kommer till vad söner och döttrar kan och inte kan?"

"Apropå Elin", börjar Alfred.

"Där är hon. Ursäkta mig Alfred. Jag måste tala med henne och få henne hjälpa mig övertala far."

Elis försvinner in i folkmyllret. Alfred står kvar. Förvånad över vilken vändning allt tagit. Elis verkade

inte alls arg på honom. Hade han misstagit sig på blicken
när han dansade med Elin? Var han bara arg på far sin?

Alfred går tillbaka till Christian och Algot. Det är dags
att plocka undan och gå hem. De som är kvar nu är mest
intresserade av brännvin, slagsmål och horor. Inte av att
köpa hantverk. Han hjälper Christian få hem det som inte
blivit sålt. Sedan går han hem till sig. Trött efter den
långa dagen lägger han sig så snart han tvättat av sig.
Men han hinner knappt somna innan det knackar på
dörren. Han funderar på om han ska låtsas sova eller om
han orkar ta sig upp. Nyfikenheten tar överhand och han
går fram till dörren och öppnar.

”Alfred, jag behöver tala med dig.”

Han tvekar en sekund innan han backar undan och
släpper in Elin i sitt hem. Hoppas i det tysta att ingen ska
ha sett henne gå in. Det kan aldrig leda till något gott om
Elis och far hans får veta att Elin varit i hans hus mitt i
natten.

”Vad gör du här Elin? Har det hänt något?”

”Elis och far bara bråkar. När far druckit kan han vara riktigt elak. Jag ville bara komma därifrån.”

Hon gråter och lutar sig mot Alfred. Han lägger tafatt en hand på hennes axel.

”Så ja”, säger han tröstande. ”Jag hörde om er fars resa. När åker han?”

Elin ser på honom med tårar i ögonen. Hon ser ut som ett skyggt rådjur, tänker Alfred. Hans beskyddarinstinkt väcks till liv.

”Han reser i morgon och förväntas bli borta minst ett halvår. Jag vill inte att vi ska vara osams. Tänk om något händer och han inte kommer hem. Elis är fruktansvärt arg på honom för han tvingas ta över herrgården under tiden. Han hade planerat en egen resa.”

”Er mor då? Elis har aldrig talat om henne.”

Elin tvekar.

”Vi får inte tala om henne. Hon är inte här.”

”Förlåt. Jag visste inte att hon gått bort. Jag ber om ursäkt för min klumpighet.”

Elin skakar på huvudet.

”Hon är inte död, men..”

Hon avbryter sig.

”Får jag stanna här i natt? Jag vill inte dras in i deras bråk. Snälla?”

Alfred vill skydda henne, men han är rädd för konsekvenserna ifall hon stannar över natten.

”Naturligtvis, ta sängen.”

”Men inte kan jag ta den enda sängen?”

”Jag klarar mig. Tänk inte på det.”

Alfred går ut och sätter sig på trappan. Låter Elin gå och lägga sig i fred. Han vill inte bli anklagad för något, men vet att det är illa nog att hon är där ensam med honom på natten. Efter en stund blir det kyligt och han smyger in. Hoppas hon hunnit somna. Han lägger sig på trasmattan i köket och drar en rock över sig. Vrider och vänder på sig. Det är svårt att komma till ro. Det drar kallt och golvet är hårt. Vetskapen om att Elin ligger bara ett par meter från honom gör det inte enklare. Han slumrar till strax innan gryningen och får sig någon timmes sömn innan han väcks av en knackning på dörren.

Alfred kommer snabbt på benen. Kikar in i kammaren där Elin fortfarande verkar sova. Måtte det inte vara Elis eller hans far. Ännu en knackning hörs. Alfred går till dörren och öppnar. Han möter en orolig Elis.

"Har du sett Elin? Hon kom aldrig hem igår. Hennes säng står orörd."

Alfred slits mellan att stilla sin väns oro över sin syster och att tiga för sin egen skull och Elins. Han beslutar sig för sanningen och backar in i stugan. Gör en gest åt Elis att komma in. Elis ser förvånad ut och kliver in.

"Vet du något om Elin?"

Alfred lägger pekfingret över sin mun och nickar in mot kammaren. Elis får syn på sin sovande syster. Innan han hinner säga något pekar Alfred på trasmattan och rocken som ligger kvar.

"Jag har sovit här", viskar han. Så tar han Elis i armen och för honom ut ur stugan. Stänger dörren bakom dem och vinkar åt honom att följa efter.

"Kom, vi går en sväng."

"Vad gör min lillasyster i din säng?" frågar Elis när de kommit en bit från huset.

"Hon kom sent igår och var upprörd. Sa att du och din far grälade och att hon inte ville hamna mellan er. Jag kunde bara inte tvinga henne tillbaka till er. Men jag lovar att jag inte rört henne. Vi sov i skilda rum. Inget har hänt."

"Inget har hänt? Vad tror du far kommer att säga när han får veta att hans dotter sovit i en arbetarbostad ensam med en arbetare?"

"Är det vad som är värst? Att jag är en arbetare? Hade det varit bättre om hon sovit hos en adelsman?"

Elis ser inte road ut.

”Du vet hur min far är”, snäser han. ”Nu måste vi få Elin ur din stuga utan att någon ser och komma på en trovärdig historia.”

När de kommer tillbaka till huset har Elin vaknat. Hon sitter på en stol i köket och ser yrvaket på sin bror och Alfred då de kommer in.

”Hur gick det igår? Kom ni överens du och far?”

”Inte alls, men just nu är du största problemet. Far är fasligt orolig. Han har bett alla söka efter dig. Vi måste få dig ut ur huset när ingen ser.”

”Jag kan gå ut och sätta mig med morgonkaffet på trappan och så visslar jag när det är fritt fram”, säger Alfred.

Syskonen nickar.

Kapitel 21

Både Elis och hans far har rest iväg. Åt varsitt håll.
Fadern till Amsterdam i affärer och Elis till Stockholm
för nöjen. Då Elis kommit hem med Elin i släptåg den
morgonen då hon mot deras vetskap sovit hos Alfred,
blev deras far så tacksam att han gått med på Elis
önskemål att slippa se efter herrgården och bruket.
Syskonen drog en historia om att Elin tagit en
kvällspromenad och fastnat med foten när hon snubblat
över en trädrot. Elis hade sagt sig hittat systern nedfrusen
och rädd. Elin hade fått det övergripande ansvaret när
fadern och Elis är frånvarande, men skulle också ha
revisor Engelstam som stöd och rådgivare. Hon är nöjd
över förtroendet, men inte lika förtjust i att samarbeta
med Engelstam. Han är en falsk och obehaglig person
enligt henne. Hon var knappt fyllda fjorton den gången
han med spritstinkande andedräkt flåsat fram att hon
började få kvinnliga former. Hon hade blivit så förvånad
att hon inte kommit sig för att ge svar på tal eller berätta
för far sin. På något vis kände hon skam över att berätta.
Även om det var Engelstam som borde skämmas. Men

det fanns en skam över att tala om sin nyvunna kvinnlighet med far. Innan dess har hon alltid tänkt sig som jämställd sin bror. Hon kunde inte sätta fingret på vad som gjorde det skamfyllt att växa upp till kvinna. Varför skulle kvinnors sinne för affärer vara sämre än mäns på grund av olikheter i kropparnas fysik? Hon tänkte på mor. Hur far skämdes över sin hustru och förbjudit alla att ens tala om henne.

Nu när hon är ensam utan far och storebror i huset har hon bett smeden ordna ett nytt lås till sovrummet. Hon litar varken på det gamla låset eller på Engelstam.

Alfred står vid ässjan och värmer järnet så han ska kunna smida det lås som herrgården efterfrågat. Christian vägleder honom, men det är han som gör jobbet. Det är lite knepigt med detaljerna då han aldrig gjort ett lås tidigare och det är många små delar som ska passa tillsammans. Han tycker om utmaningen i jobbet. Tre arbetsdagar tar det honom att smida alla delar och sätta ihop det.

"Algot, spring upp till fröken de Geire med låset", säger Christian.

"Jag kan göra det", säger Alfred. "Så kan jag montera det på dörren. Jag har hjälpt far med sådant förr, så det ska jag nog reda ut."

Christian nickar och räcker låset till honom.

Alfred går in i det välbekanta huset och upp för trappan. Han stannar utanför Elins rum och knackar på. Ingen öppnar, så han knackar igen lite högre. Ingen öppnar. Han lägger örat mot dörren för att möjligen höra om någon befinner sig där.

"Alfred, vad står ni och tjuvlyssnar efter?"

Han vänder sig om och där står hon med en road min. Han rodnar. Tar fram låset och visar henne.

"Åh, vad fint att ni är färdiga med låset allaredan. Det var kvickt jobbat. Ska ni montera det nu?"

"Ja, så var tanken. Jag ska bara avlägsna det gamla först."

"Då ska jag inte störa. Vill ni göra mig sällskap när ni är färdig? Jag tänkte ta mig en kopp te ute på terrassen. Det är en sådan fin förmiddag och solen värmer precis lagom utan att bränna.”

”Tack gärna. Ge mig en halvtimme så ska jag få låset på plats.”

Halvtimmen passerar, men en kvart senare sitter låset på plats i dörren som om det inte gjort annat. Nöjd med resultatet och aningen stolt över att vara den som ser till att fröken De Geire sover tryggt om nätterna, går han och tvättar av sig innan han går ut till terrassen. Där väntar Elin under ett parasoll. På bordet står teservisen och kakfat. Han slår sig ned.

”Jag har inte fått tillfälle att tacka dig Alfred för att du lät mig sova i ditt hem.”

”Inte mer än rätt, jag har sovit i ert.”

De fastnar ett stund i varandras blickar. Luften är ljum och len. Tillsammans med solen och doften från blommorna och teet blir allt sockersött. Ungdomligt parfymerat. I efterhand vet han inte var modet kom ifrån, men han fångar ögonblicket och sträcker sig över bordet. Ger henne en mjuk kyss på kinden. Hon vrider ansiktet mot honom och nästa kyss hamnar på läpparna. Hon öppnar dem och han trevar försiktigt med tungspetsen. Hon likaså.

Steg avbryter dem och magin är borta. När de ser upp står herr Engelstam och skuggar utsikten.

"Fröken De Geire, jag behöver er signatur på ett par dokument. Det är brådskande. Om ni skulle kunna vara så vänlig och följa med mig till kontoret."

Han ser otålig ut. Elin ursäktar sig till Alfred och följer med Engelstam. Alfred sitter kvar alldeles varm i kroppen. Han har precis kysst Elin. Tankarna vandrar vidare till Elis och sedan till Sofia. Värmen byts snabbt till stickande skuld och skamkänslor.

Elin kliver in på Engelstams kontor. I mitten av rummet står ett skrivbord. Trots det stora fönstret är det mörkt och kallt här inne. Överallt pappershögar och damm.

"Nå, vad är det för dokument ni vill ha min signatur på."

"Det är några affärsdokument er far bett mig ordna med medan han är borta. Skriv bara på här och här."

Han pekar på två rader längst ned på två olika dokument. Elin tar upp dem och börjar läsa.

"Det finns ingen anledning att ni ska behöva läsa allt juridiskt och bekymra ert söta huvud med sådant. Er far och jag har kontrollerat att de är korrekta. Ni behöver bara ta er vackra lilla hand och greppa pennan och skriva under."

Han står obekvämt nära henne. Trots att något i henne vill läsa vad det är hon signerar är önskan att komma ut från hans rum större. Snabbt tecknar hon sin signatur. Släpper pennan och backar ut ur rummet.

"Fröken De Geire?"

Engelstam ler illvilligt. Hon stannar till.

"Er far skulle inte uppskatta om någon viskade i hans öra att en viss smedlärling var närgången mot hans dotter."

Elin fnyser till.

"Far skulle inte heller uppskatta att en gammal gubbe som ni själv vädrade sina tankar om hans dotters kropp."

Hon smäller igen dörren efter sig.

Kapitel 22

Alfred sitter kvar på terrassen. Han ser Elins blossande kinder.

”Är allt bra?”

”Ja, det är bra. Det är bara Engelstam. Jag vet inte hur jag ska förklara. Han har inte gjort något, men det är något väldigt obehagligt med honom.”

”Jag tror jag förstår vad du menar. Han är inte någon jag skulle vända ryggen till.”

”Nej, precis så. Det är därför jag bad er smida nytt lås till min dörr när min far och bror är bortresta.”

”Kan jag vara till någon hjälp? Skulle det kännas tryggare om jag sov i ett av gästrummen?”

Elin nickar ivrigt.

”Det skulle kännas mycket tryggare. Tack. Du kan sova i ditt gamla rum tills far och Elis är tillbaka.”

”Då gör jag det. Jag ska bara gå hem och hämta några saker. Jag är tillbaka innan kvällen.”

På vägen hem funderar Alfred på om han gör rätt. Han
har fått känslor för Elin och det är inte av godo. De två
har olika öden i det här livet. Hennes far skulle aldrig
acceptera Alfred som hennes make. Att sova nära henne
kommer sätta honom på prov. Nu vet han också att
känslorna är besvarade. Det gör det inte lättare. Han kan
inte heller låta henne vara otrygg. Det skulle inte Elis
tycka om ifall han visste. Om han är en god vän till Elis
måste han skydda hans syster som en gentleman.
Huvudet snurrar av motstridiga tankar. Han plockar ihop
sina arbetskläder. Ser över huset. Tar en kopp te på
farstukvisten och beger sig sedan tillbaka till herrgården.

Han möter Christian på vägen.

"Bergstrand, ska ni till fröken De Geire? Var försiktig."
Han klappar Alfred på axeln och skrattar, men med allvar
i ögonen. "Hennes far kan vara skoningslös."

"Jag vet min plats", svarar Alfred. "Vi ses i smedjan i
morgon bitti."

Hela kvällen håller sig Alfred i sitt rum. Han går inte ut
för att äta. Magen kurrar, men än starkare är längtan efter

Elin. Han tänker på hur hennes läppar kändes mot hans. Mjuka och ivriga. Så kom Sofia upp i tanken. Det hade känts annorlunda. Även om det inte gått lång tid, känner han sig mer vuxen nu. Som att sorgen och smärtan tvingat honom växa upp snabbare. Han saknar Sofia, men det är också som att sorgen renat honom. Hon börjar bli ett minne som inte bara gör ont. Hon bar hans barn. Hon skulle bli hans hustru. Den kärleken hon gav honom var fin och han kan fortfarande känna den. Hon kände honom sedan de var barn. Deras kärlek var självklar, men utan det pirr och den passion han nu upplever. Det svåra är att inte tillåta sig själv leva ut den. Han måste skydda både Elin och sig själv genom att hålla tillbaka. Klarar han inte det är han snart både hemlös och arbetslös.

Tankarna avbryts av knackningar på dörren. Alfred öppnar med hög puls. Utanför står Elin med en bricka mat. Det doftar ljuvligt. Han vill tacka nej, men hungern tar över. Han kliver åt sidan och släpper in henne. Hon ställer brickan på sängbordet. Utan ett ord går hon mot dörren. Alfred sträcker sig efter hennes hand.

"Tack", viskar han.

Elin trycker sig mot honom och han tar tag i hennes axlar. Håller henne ifrån sig.

"Vi får inte", säger han.

"Ingen behöver veta", svarar hon och trycker sig återigen mot honom.

Nu kan han inte motstå henne längre. De faller ned på sängen och klär av varandra. Hon ger honom sin oskuld och han tar emot gåvan varsamt. Efteråt ligger de kvar. Håller varandras händer tills de somnar. När Alfred vaknar är hon borta.

Veckorna går. Alfred arbetar om dagarna och sover i Elins famn om nätterna. En dag när han kommer hem efter arbetet visar Elin honom ett telegram. Hennes far kommer tillbaka i övermorgon. Han ser att hon har tårar i ögonen och han tar henne i famnen.

"Jag måste flytta tillbaka till min stuga."

"Det är inte rättvist. Varför kan vi inte vara tillsammans? Jag ska tala med far."

"Nej", säger Alfred med panik i rösten. "Vi får inte avslöja något för din far. Inte nu i alla fall. Kanske vi kan komma på en plan på sikt. Om jag kan få arbete någon annanstans först..."

Han tystnar. Ser på henne.

"Men jag kommer aldrig kunna ge dig det här."

Alfred håller ut händerna.

"Med mig kommer livet bli torftigt. Jag har ingen förmögenhet. Inget arv som väntar. Jag kan bara erbjuda ett enkelt liv. Skulle du verkligen kunna leva så?"

Hon kramar honom hårt. Pressar ansiktet mot hans hals. Han känner hennes fuktiga kinder.

"Bara jag får vara med dig. Allt annat är oviktigt."

"I så fall ska jag göra en plan. Det kan ta en tid och vi behöver vara tålmodiga, men du får lova att inte tala med din far. Inte än."

Dagen därpå går Alfred tillbaka till sin stuga igen. Den känns tom. Han njuter inte längre av att vara ensam. Han saknar hennes närhet, omtanke och att somna tätt intill.

Hur ska jag göra för att kunna ta oss båda härifrån? Jag behöver ett arbete för att försörja oss och en bostad värdig henne. Alfred pendlar mellan hopp och förtvivlan.

Kapitel 23

En månad har passerat sedan Elins far kom åter från resan. Även Elis är tillbaka från Stockholm. Alfred har varit så rädd att avslöja sin relation med Elin att han knappt vågat träffa Elis. Men nu har Elis kommit till hans stuga efter arbetsdagen och han kan inte göra annat än släppa in honom.

"Alfred, det är länge sedan vi sågs och talades. Jag vill höra om hur du har det och berätta för dig om min resa till Stockholm."

"Kom in, det är kyligt idag. Jag sätter på en kopp te. Slå dig ned."

Alfred fyller kitteln med vatten. Lägger torkade blad av svarta vinbär i varsin mugg.

"Du ser lycklig ut Alfred. Har du mött någon vacker jänta när jag varit borta?"

Alfred svar kommer lite för fort och aningen skarpt.

"Nej då, inte alls. Har du? Jag menar har du mött någon speciell flicka i Stockholm."

"Inte någon särskild, men flera fina flickor har jag sett och några har jag mött."

Alfred skrattar åt vännens beskrivning.

"Berätta", säger han och slår upp det varma vattnet.

"Du vet Alfred, en man behöver få prova innan han gifter sig. Hur ska vi annars lära oss?"

Elis blinkar spjuveraktigt. Alfred skrattar. Ser Elin framför sig. Hennes kropp, ögon. Händerna som smekte.

"Hallå?"

Elis stirrar på honom.

"Förlåt, vad sa du? Jag hörde inte riktigt?"

"Jag sa att du får säga till om jag ska hjälpa dig hitta någon jänta."

När tekopparna är urdruckna och Elis gått andas han ut. Skönt att han inte avslöjat sig, men det känns inte bra att ljuga för sin vän. För att ha något att sysselsätta sig med fram till läggdags hämtar han in vatten och blötlägger arbetskläderna. Det var länge sedan de rengjordes. Såpan hjälper till att lösa upp fett och smuts. Han hänger upp dem ovanför spisen så de torkar tills morgonen. Slänger in några fler vedträn och kryper ned i sängen. Det är svårt att komma till ro. Han vrider och vänder på sig. Det knackar på dörren och han hör den öppnas.

"Alfred?" viskar Elin.

"Elin? Jag är här. Har precis lagt mig. Vad gör du här så sent?"

Han ser Elins rödgråtna ögon när hon kommer in i kammaren och sätter sig på sängkanten.

"Berätta. Vad har hänt?"

Alfred stryker henne över ryggen.

"Jag tror jag är gravid."

Han hittar först inga ord. Det här var han inte beredd på. Tankarna vandrar kors och tvärs. Han tänker på när Sofia berättade om sin graviditet, på Elis och deras far. Vad ska de säga? Blir han utslängd nu? Vill hon fortfarande fly med honom? Vart ska de ta vägen?

"Tror? Hur säker är du?"

"Nästan helt säker. Blödningarna skulle ha kommit för två veckor sedan. I morse kunde jag inte äta frukost. Brösten ömmar. "

Alfred tar hennes händer. Ser lugnt in i hennes ögon.

"Vad vill du göra? Jag stöttar dig vad du än vill."

"Jag vill behålla barnet och leva med dig, men jag vill inte fly. Jag vill inte svika far. Vi måste berätta för honom."

Han drar en djup suck.

"Som du vill min kära. Jag kommer till herrgården imorgon förmiddag. Nu måste du gå hem igen."

Hon nickar och reser sig för att gå. Det blir inte mycket sömn den natten.

Efter ett par timmars arbete i smedjan dagen därpå säger Alfred till Christian att han ska gå och tala med herr De Geire. Christian ser nyfiket på honom, men frågar inget.

Alfred och Elin står utanför hennes fars arbetsrum. Alfred knackar på.

"Kom in."

"Far, vi behöver tala med dig om en sak", säger Elin.

Han ser på dem förvånat.

"Alfred och Elin? Vad har ni två för er?"

Allt knyter sig för Alfred. Han får inte fram ett ord. Inte en enda vettig tanke. Tungan känns stor och klumpig i munnen. Han ser på Elin som också verkar söka efter rätt ord att börja med.

"Jag har inte hela dagen på mig. Elin, vad är det för sak ni vill tala med mig om?"

"Jag är gravid. Alfred är fadern. Vi älskar varandra och vill leva ihop."

Elin börjar gråta. Hennes far reser sig upp så snabbt att stolen faller i golvet. Alfred rycker till.

"Elin, kan du vara så vänlig och lämna rummet? Jag vill tala i enrum med Alfred ett slag."

Han talar med låg röst. Elin slutar gråta och lämnar rummet utan ett ord. Alfred pressar fingrarna in i handflatorna. De är fuktiga av svett.

"Sätt dig ned."

Alfred sätter sig genast.

"Du kom hit utan ett öre på fickan och jag gav dig tak över huvudet, mat och ett arbete."

"Jag är..." börjar Alfred.

"Tyst! Nu talar jag. Eftersom du var vän med min son ville jag hjälpa dig. Aldrig kunde jag tro att du skulle svika mig på det sättet. Eller Elis för den delen. Vet han?"

Alfred ser ned i golvet och skakar på huvudet.

"Nu gör vi så här. Du får ett hundra riksdaler och så ger du dig av och kommer aldrig mer hit. Du ska aldrig mer ha kontakt med vare sig min son eller dotter. Förstått?"

"Men...barnet då?"

"Vilket barn? Det är ännu inget barn och det ska det heller aldrig bli!"

Fadern öppnar ett kassaskrin och tar fram hundra riksdaler. Han lägger dem i ett kuvert och räcker det till Alfred.

"I morgon bitti ska du vara ute ur huset för gott. Adjö."

Kapitel 24 (År 1884, ett år senare)

Alfred drar handen över det gamla träbordet. Det är varmt från solen som letar sig in genom det smutsiga fönstret. Han tar en klunk av kaffet som hunnit svalna. Av någon anledning vaknade han tidigt idag och hade gott om tid före arbetsdagen började, men nu har tiden gått och det är dags att börja gå.

Sedan en månad tillbaka är han inhyst på övervåningen i en arbetarbostad till Charlottenborg och arbetar på gården med diverse sysslor. Det är skördetider och mycket att göra. På undervåningen bor en man tillsammans med hustru och tre barn. Mannen heter Sebastian och arbetar också på Charlottenborg. Ursprungligen är han från Frankrike. Hustrun Ann är svenskfödd bara ett stenkast från arbetarbostaden. Den ligger vid foten av det mytomspunna Omberg, ett par lantmil söder om Vadstena.

Alfred hör barnskrik från nedervåningen. Han tar sin ryggsäck med en brödbit och flott i och går nedför trappan.

"Sebastian? Är du redo?"

Sebastian tar på sig kängorna och tillsammans går de mot Charlottenborg.

"Hur gammal är du Alfred?" frågar Sebastian.

"Tjugoett i år. Jag blir myndig."

"Så dags att skaffa en hustru?"

Alfred rycker på axlarna. Han vill inte berätta om Sofia eller Elin. Det gör fortfarande för ont.

"Det är svårt att träffa flickor. På Charlottenborg är det nästan bara arbetande män och efter arbetsdagens slut är det bara dig och din familj jag träffar."

"Jo, men på lördagskvällar är det dans uppe vid Djurgården."

"Djurgården? Var ligger det?"

"Djurgården är en nöjespark för kungligheter och adelsmän. Den ligger längre upp på Omberg. Dit kommer Gustav V ibland med andra högt uppsatta män för att jaga och roa sig."

Alfred skrattar till.

”Och där tycker du jag passar in?”

”På lördagar är det alltid dans och då är det öppet för alla att komma. Inte bara adeln. Jag kan tro att adelsmännen lämnat sina fruar hemma för att roa sig med de lokala flickorna.”

”Så jag skulle konkurrera med fina adelsmän om flickorna på Omberg?” suckar Alfred.

Alfred och Sebastian sliter hårt i tio timmar med att skörda körsbär, hallon och jordgubbar. De rensar och sorterar allt under solens obarmhärtiga värme. Dammiga och solbrända vandrar de samma väg tillbaka hem i sommarkvällen.

Hemma igen tar Alfred av sig kängorna och sköljer de ömma fötterna och tvättar ansikte och händer innan maten. Nästan varje kväll äter han tillsammans med Sebastian och hans familj. Ofta blir det så sen middag att barnen redan somnat.

Runt bordet sitter Ann, Sebastian och Alfred.

"Jag sa till Alfred i morse att han borde gå till lördagsdansen på Djurgården och träffa en flicka att gifta sig med. Han blir tjugoett i år så det är hög tid."

"Sebastian! Det är väl inte din sak att säga till stackars Alfred. Du vet väl inget om Alfreds historia? Kanske det finns en kärlek i hans hjärta redan."

Sebastian och Ann ser nyfiket på Alfred.

"Mitt hjärta är en smula trasigt och inte redo för flickor. Jag vet inte om det någonsin kommer blir det. Uppriktigt sagt funderar jag på att leva ensam. Det känns enklare så."

"Trasigt?" undrar Sebastian. "Hur blev det trasigt?"

Ann daskar till Sebastian på armen.

"Du är så klumpig. Det är inte vår sak att rota i Alfreds privatliv."

"Det är ingen fara", svarar Alfred. "Jag hade en barndomskärlek när jag växte upp. Vi skulle gifta oss, men hon dog."

Medvetet valde han att inte säga något om hennes graviditet eller om Elin.

"Jag är ledsen att jag frågade nyfiket och klumpigt. Du behöver inte berätta om du inte vill. Jag beklagar din förlust."

"Ingen fara", svarar Alfred. "Tack Ann för den goda maten. Jag går upp till mig."

Alfred ligger på sängen och stirrar upp i taket. En fläck från en bit kåda ser ut som ett ansikte. Först ser det vänligt ut. Leende. Men så ändras känslan. Ansiktets förvrids. Det förflutna finns alltid där. Undra vad mor hade sagt. Hon hade alltid något klokt att säga till tröst. Här ligger han knappt myndig. Redan svedd av livet. Sofia och barnet. Elin. Är detta hans ok att bära? Skulle han gå genom livet utan familj? Hade han en förbannelse över sig? Hans far hade inte älskat honom och så fort han hittade en flicka att älska blev han av med henne. Han lovar sig själv att aldrig mer bli förälskad och dra sin egen förbannelse över någon annan. Om han varit mer försiktig hade Sofia levt idag och Elin hade inte behövt bli gravid. Hur såg hennes liv ut nu? Vad hade hänt med barnet? Hade hennes far tvingat henne göra sig av med fostret? Han hade hört flera berättelser om unga flickor som dog när de försökt fördriva fostret. Han är verkligen en olycksfågel som drar med sig sin otur över andra. Alfred somnar med skuld och skam som tungt täcke över sig.

Kapitel 25 (År 1890, sex år senare)

Alfred håller krampaktigt brevet i sin hand under hemfärden. Efter två år som lärling hos mäster Lundkvist i Mjölby har han förtjänat gesällbrevet. Han har blivit lovad anställning hos kakelugnsmakare Persson i Rök socken. Drömmen om att få mästarbrev och ha egen verkstad är ett steg närmre. Han tänker tillbaka på tiden på Omberg med Sebastian och Ann. Han saknar dem, men efter ett par år där som bärplockare och gårdspojke kände han sig för gammal. Det var något inom honom som sa att det var dags att gå vidare. Hans dröm hade så länge han kunde minnas varit att bli hantverkare. Jobba med händerna och skapa något användbart. En dag hörde han en av de andra pojkarna på Charlottenborg tala om lärlingsplatser hos en kakelugnsmakare i Mjölby. Alfred tog chansen och åkte dit. Han fick platsen direkt då han visade sina färdigheter. Och nu står han här med ett gesällbrev. Han nyper sig i armen. Tackar Gud, sig själv och slumpen.

Under sin tid som lärling har han haft ett rum ovanpå verkstan inne i Mjölby. Nu ska han bara samla ihop sina få tillhörigheter och vandra mot Rök. En dags vandring om han inte har turen med sig och får skjuts.

I ryggsäcken ligger en brödbit, gesällbrevet, några riksdaler, en kniv, en kopp och ett ombyte kläder. Det är varmt och kängorna är tunga. Efter en och en halv timme utan skjuts slår han sig ned under ett träd. I ett vattendrag sköljer han ansikte och händer. Tar av kängorna och doppar fötterna i det svala vattnet.

"Hallå där?"

Alfred vänder sig om och ser en oxkärra med en man i hans egen ålder. Han har stannat kärran alldeles nära Alfred.

"Behöver ni skjuts?"

Snabbt trär Alfred på sig kängorna igen och går mot kärran.

"Tack, gärna. Mycket vänligt av er. Vart är ni på väg?"

Mannen flyttar sig en bit så Alfred ska få plats.

”Jag har varit i Mjölby och sålt grönsaker. Nu är jag på väg hem till Rök igen. Och ni?”

Alfred hoppar upp och mannen visar oxen att det är dags att börja gå.

”Jag är på väg att påbörja resten av mitt liv. Och det startar i Rök.”

Mannen släpper tömmarna med ena handen och räcker fram den till Alfred.

”Välkommen till Rök. Jag heter Tage Mattiasson och har levt hela livet på en gård i Rök socken. Behöver ni något. Vad som helst så är ni välkommen. Min hustru och jag bor på Kälstad gård.”

Alfred tar hans utsträckta hand.

”Tack, jag heter Alfred Bergstrand. Jag ska arbeta för Kakelugnsmakare Persson. Känner ni honom?”

”Gubben Persson! Visst känner jag honom. Han är en vän till far min. Verkstaden ligger inte långt från Kälstad.”

De bekantar sig ytterligare med varandra under återstoden av de timmar resan tar. Färden är skumpig och går långsamt, men omgivningarna är vackra och Alfred njuter av färden.

Tage släpper av honom hos Perssons med ett lycka till. Alfred tackar för skjutsen och går mot verkstaden. Dörren står på glänt och han hör ljud inifrån. Han knackar på och kliver in. Det tar en stund att vänja ögonen vid mörkret. Endast ljuset från en eld som brinner i en ugn gör att han anar en stor mansperson längst in i rummet.

"God dag", säger Alfred, men mannen verkar inte höra.

Alfred harklar sig och säger med högre röst:

"Ursäkta mig?"

Mannen vänder sig om och synar Alfred. Mungiporna strävar ned mot golvet.

"Är ni Alfred? Se så kom hit får jag se."

Alfred tar ett steg närmare.

Mannen fnyser och hivar iväg en spottloska på golvet.

"Dagens ungdom va? Inte mycket muskler. Ni vet inte vad riktigt arbete innebär."

Alfred öppnar och stänger munnen flera gånger. Vet inte riktigt vad han ska svara. Nog har han jobbat allt, men han vill inte verka uppkäftig första dagen utan väljer att tiga och visar i stället gesällbrevet.

Persson tar på det med sina stora smutsiga händer. Alfred noterar att det blir ett smutsigt tumavtryck, men fortsätter tiga.

"Jag kan inte läsa. Har inte slösat tid på skola, som alla barn gör nu förtiden. Själv har jag arbetat sedan jag kunde gå. Det är viktigare än att läsa och skriva. Sådant ger inte mat på bordet. Du får allt visa vad du går för i stället för att vifta med ett tjusigt papper."

Alfred stoppar ned brevet i ryggsäcken igen.

Utan att fråga om Alfred är hungrig eller visa honom hans boende sätter Persson honom i arbete direkt. Fast att klockan börjar bli mycket får han ägna fyra timmar åt att skära ut raka kakelplattor och sedan bränna dem. Vid flera tillfällen kommer Persson och synar dem med bitsk min. Mer än hälften slår han sönder och säger att de är sneda och oanvändbara. När han till sist säger åt Alfred att de ska sluta för dagen är det mörkt ute. Luften är sval och luktar sött av torkande hö.

Alfred och Persson tvättar ansikte och händer vid pumpen på gårdsplan innan de går in i huset. Där doftar det ljuvligt från köttgrytan fru Persson lagat. Hon är rundlagd och har ett rutigt förkläde om höfterna. Hon torkar av händerna på det innan hon hälsar på Alfred.

"Har han varit snäll ve dig? Min make kan vara stelbent och snarstucken innan man lär känna honom, men det är inge ont i honom."

Alfred hälsar och presenterar sig.

"Det är ingen fara. Jag lär mig mycket och det är därför jag är här. Er make är en duktig hantverkare."

Alfred kan nästan skymta ett leende från herr Persson när han berömmer honom. De slår sig ned vid köksbordet. Fru Persson serverar männen och slår sig sedan ned själv vid bordet.

”Jag har gjort i ordning lillstugan där ute åt Alfred. Jag ska visa er efter maten”, säger hon.

Skönt, tänker Alfred, med ett eget litet hus. Och litet är det. När han och fru Persson går ut efter maten visar sig lillstugan göra skäl för namnet. Det är inte mer än en kvadratstång stort och sängen tar upp det mesta av golvytan. Det finns ett litet bord, en pall och en vedspis.

”Ved får Alfred hämta i vedboden, men han får hjälpa till att hugga också och fylla på. Vi äter middag tillsammans om kvällarna. Frukost och kaffe får han ordna med själv. Vi har en ko och höns. Alfred får hämta ett ägg om dagen från hönshuset. Kaffe finns att köpa nere vid handelsboden.”

Alfred tackar och fru Persson går tillbaka till huset. Han lägger sig på sängen och stirrar upp i taket. Detta är hans hem nu.

Kapitel 26

Morgonen därpå vaknar Alfred av tuppen som gal. Han sätter sig upp i sängen. Det tar några sekunder innan tankarna hinner ikapp och han förstår var han är. Utanför fönstret är solen på väg upp. Strålarna blandas med dimman över slätterna och allt blir till en pastellmålning av William Turner. Tuppen gal igen och Alfred förstår att det är dags att klä på sig och ordna med frukosten inför arbetsdagen. Han går ut från lillstugan. Drar morgonluften djupt ned i lungorna och styr stegen mot hönshuset. Fyra hönor ligger i sina reden. Han går fram till en ljusbrun lite mindre höna och lyfter försiktigt på hennes fjädrar. Hon kuttrar till, men har inga övriga åsikter när han plockar med sig ägget hon ligger på.

"Tack", viskar han till hönan innan han går tillbaka till sin stuga igen.

När elden sprakar i spisen ställer han stekpannan med lite flott i ovanpå och knäcker ägget där i. Så fort äggvitan stelnat tar han upp det. Gulan ska vara lagom rinnig.

Ute i verkstaden väntar redan Persson med en hög
kakelplattor som ska brännas. Det får bli Alfreds jobb.
Det är varmt och ensidigt. I slutet av dagen ömmar
ryggen och skjortan är både smutsig och luktar svett. Han
tvättar sig vid pumpen och går därefter till sin stuga för
att ta på sig en ren skjorta innan middagen. Den smutsiga
sköljer han med vatten och hänger på tork ovan spisen.

"Hur har det gått för dig idag Alfred?" frågar fru
Persson när de slagit sig ned runt middagsbordet.

"Jag lär mig hela tiden", svarar han med blicken fäst i
bordsskivan.

Inte kan han tala om hur dagen egentligen varit. Att
Persson skällt på honom, sparkat honom i baken och fått
honom känna sig som ett okunnigt barn. Tankarna
vandrade iväg till hans egen far. Han hade inte ens brytt
sig om att skälla på honom. Alfred hade varit som luft för
honom. Inte betytt något. Som från ingenstans väller det
upp helt nya tankar och känslor. Under uppväxten hade
han inte tänkt mycket på faderns kyla. Fokuset hade mer
varit på att vara snäll och duktig i hopp att fadern någon
dag skulle tycka om honom och vara stolt. Aldrig förr har

han funderat över fars del i det hela. Varför han verkade ointresserad av sin egen son. Han hade snabbt tagit på sig skulden och gjort sig själv till den det var fel på. Far hade verkat ouppnåelig. Om bara Alfred hade varit en bättre son hade far säkert älskat honom mer.

"Tack så mycket för maten. Det smakade gott."

Alfred reser sig och går mot dörren.

"Ska inte Alfred ha mer? Du har ju knappt ätit pojk", säger fru Persson.

"Han är vuxen och kan välja själv. Truga inte", svarar herr Persson.

Alfred stänger dörren bakom sig och går ut på gården. Tankarna om hans far hade överrumplat honom och han känner sig både trött och gråtfärdig. Han skäms också för sin oförmåga att hålla känslorna i schack. Som vuxen man bör han inte låta känslorna styra.

Det har börjat skymma. Luften är fuktig och sval mot hans bara armar. Han orkar inte vara helt ensam utan går in i den lilla ladugården där kon står. Hon är brun och vitfläckig, men mer vit än brun. Han ser hennes nyfikna ögon trots bristen på ljus därinne. Han tittar på de långa ögonfransarna och klappar henne över mulen. Hon slickar honom med sin långa sträva tunga. Tungt lägger han sin kind mot hennes hals. Hör hennes puls och känner värmen. Det känns tryggt som en mor och tårarna tränger envist fram och rinner nedför kinderna. Han gråter som ett barn. Låter det rinna ur honom. Sofia, mor och Elin fladdrar förbi. Det dödfödda och det ofödda barnen. Allt som kunde ha blivit, men aldrig blev.

Utmattad går han till sängs och somnar på stört. När tuppen återigen väcker honom tror han först det fortfarande är kväll. Inte kan en hel natt passerat redan. Men solens strålar säger något annat och det är bara till att gå upp igen. Alfred gnuggar ögonen. Går sömndrucken ut till hönsgården för att hämta ägg. Där möter han fru Persson.

”God morgon Alfred. Sovit gott?”

 ”Mycket gott, men kort.”

Hon skrattar till.

"Jo, även om vi rör oss mot hösten nu är nätterna ännu korta. Solen väcker tuppen alldeles för tidigt."

Alfred nickar instämmande och går tillbaka till lillstugan med ett färskt ägg. I morgon är det söndag och han planerar sova länge och sedan gå ned till handelsboden för att köpa kaffe. Det skulle hjälpa honom piggna till bättre om morgnarna.

Den här dagen går lite bättre än igår. Han får jämnare kakelplattor och bättre bränningar. Det är inte mycket för herr Persson att klaga på.

"Alfred verkar fått in snitsen nu när det gäller plattorna. På måndag ska det bli andra uppgifter."

Alfred tar det som en stor komplimang. Arbetsveckan hade inte kunnat avslutats bättre.

"Visst åker väl Alfred med oss till kyrkan i morgon?"

Fru Persson ser frågande på honom när de slagit sig ned med varsin tallrik soppa och en bit bröd. Alfred hostar till. Lite soppa hamnar i felstrupe.

"Jag hade tänkt gå till handelsboden och handla kaffe",
svarar han. "Och inte har jag några kläder som passar sig
i en kyrka", tillägger han.

"Nog hinner du till handelsbon efteråt. Vi kan släppa av
dig där på vägen hem. Du kan säkert låna något av
Anders."

Hon ser på sin make. Han mumlar något ohörbart och
fortsätter äta. Alfred har inte det minsta lust att gå upp
tidigt på sin lediga dag för att åka till kyrkan, men finner
ingen mer vettig anledning att säga nej längre, så han
nickar bara.

Kapitel 27 (Februari år 1891, fem månader senare)

Hönsen kacklar oroligt när Alfred kommer in för att kolla om det mot förmodan lagts något nytt ägg under natten. Det har det inte. Mörkret och kylan gör hönsen ovilliga till att lägga ägg. Som tur är har Alfred fått nybakat bröd från fru Persson dagen innan och kaffe finns att koka.

Han sitter vid det lilla bordet och ser ut i mörkret. Tar en stor tugga av brödet med flott på. Eldar i vedspisen för vatten till kaffet och för att hålla kylan utanför husväggarna. Tänk att han snart varit här i ett halvår nu. Om ett och ett halvt år har han ett mästarbrev och tillåtelse att starta upp en egen verkstad. Han sparar det mesta av lönen för att ha råd när det är dags.

Efter frukosten tar han på kängorna och rocken innan han går över gården till verkstaden. Det ryker redan ur skorstenen. Där inne är det tyst förutom sprakandet från elden. Han ser sig om efter herr Persson. Så får han syn på en kropp på golvet precis framför ugnen. Alfred rusar fram och sätter sig på knä. Persson ligger med ansiktet nedåt. Han har fortfarande puls. Alfred vänder honom och försöker väcka honom till liv. Persson blinkar till och ser förvånat upp på honom.

”Alfred, vad håller du på med!”

”Du hade ramlat. Hur mår du?”

”Det är inget fel på mig. Hjälp mig upp!”

Alfred stöttar Persson så han kommer upp på fötterna, men han är darrig på benen och Alfred hämtar en pall åt honom att sätta sig på.

”Kom så hjälper jag dig hem. Det är bäst du vilar idag.”

”Vila? Vad är det för dumheter. Alfred vet hur mycket vi har att göra.”

Alfred suckar. Persson är vit i ansiktet och händerna darrar, men han kan inte tvinga sin chef att låta bli att arbeta.

”Persson får lova att ta det lugnt idag och säga till om ni mår sämre.”

"Ja, ja. Nog tjatat om det. Nu arbetar vi."

De tar sig igenom dagen, men Alfred ser att Persson vilar oftare och inte alls arbetar i samma takt han brukar. Men han vet bättre än att fråga eller tjata på honom att ta ledigt. Vid middagsbordet på kvällen har Persson ingen aptit. Han går och lägger sig innan Alfred är färdig med maten. Fru Persson ser förvånat på Alfred när hennes make lämnat köket.

"Han var trött idag", säger Alfred och berättar om hur han hittat honom på golvet samma morgon.

"Vi borde kalla hit läkaren, men Anders skulle inte bli glad på oss. Han är för envis för sitt eget bästa", svarar fru Persson.

"Kanske han är utarbetad och behöver en god natts sömn bara. Det har varit många beställningar sista tiden och vi hinner knappt med."

"Jag hoppas du har rätt Alfred. Vi får be för att han är piggare i morgon."

Dagen därpå när Alfred kommer till verkstaden är den mörk och kall. Han vänder och går upp till huset. Fru Persson står i köket och kokar ägg.

"Alfred, god morgon."

"God morgon. Herr Persson har inte kommit till verkstaden så jag undrar hur det är med honom?"

Hon torkar händerna på förklädet.

"Det var en kämpig natt för honom. Han kallsvettades, hade hög puls och ångest. Jag förstår inte vad det är."

"Jag tar mig ned till handelsboden och telefonerar till doktorn", säger Alfred och går mot ytterdörren.

"Tack Alfred, det var vänligt av dig. Jag vet att Anders inte tycker vi ska störa doktorn, men jag är orolig. Det var inget vidare att se honom så hjälplös i natt."

Alfred skyndar ned till handelsboden, påpälsad från topp till tå. Isande vindar biter i kinderna. Snön yr och han ser inte långt framför sig. Tjugo minuter senare står han utanför handelsboden alldeles svettig om ryggen. Han flåsar efter springturen. De har inte öppnat ännu. Därinne är det lika mörkt som ute. Butiksägaren bor ovanpå så Alfred knackar hårt på dörren och ropar. Efter några evighetslånga minuter tänds ett ljus inne i lägenheten och han hör äntligen steg i trappan.

"Vad är det för ett herrans liv? Alfred, vad har hänt?"

Butiksägaren ser sömndrucket på honom.

"Det är herr Persson. Han är sjuk. Jag behöver telefonera på doktorn."

Utan ett ord släpps Alfred in i handelsboden och blir visad till telefonen som sitter på väggen i rummet bakom disken. På väggen sitter en lapp med akutnummer till både polis, brandkår och läkare. Alfred slår nollan för att komma till telefonisten, men linjen är död.

"Är telefonen trasig?" undrar Alfred.

"Jag tror inte det. Om inte nattens snöstorm fått någon tråd att gå av." Så skakar han på huvudet som om han kommit på något. "Klockan är inte mycket. Jag tror inte linjen är öppen än. Men du kan springa bort till Clara i Sättra. Det är hon som sköter linjen här."

Alfred får väganvisningar och en halvtimme senare står han utanför Sättra gård. En fotogenlampa lyser i köksfönstret. Han knackar på. Strax där efter öppnar en flicka, något yngre än han själv, dörren. Hon ser frågande på honom. Andfådd framför han sitt ärende och släpps in. Clara visar honom till telegrafstationen. Hon drar ut en sladd från ett ställe och stoppar in den på ett annat. Så lyfter hon en lur och ber att få tala vid Doktor Gravlund. Efter ett ögonblick räcker hon över luren till Alfred. Han har aldrig talat i en telefon tidigare och känner sig osäker. Men så hörs Doktor Gravlunds röst och Alfred berättar om herr Persson.

"Jag ger mig av omedelbart. Ni kan räkna med att jag är framme inom två timmar."

Alfred tackar och lägger på. Clara ser på honom med oro och medlidande.

"Vill ni ha en kopp kaffe innan ni fortsätter hem?" frågar hon.

Alfred tänker på snön, kylan och vägen hem.

"Ja, tack", svarar han. "En liten kopp kan värma gott inför hemvägen."

Kapitel 28

När Alfred kommer hem igen möter han en orolig fru Persson. Hon trampar av och an i köket.

"Fick Alfred tag på doktorn? Kommer han?"

"Han är på väg", svarar Alfred. "Hur är det med honom nu? Är det någon förändring?"

"Han har ont i bröstet. Lakanen är alldeles blöta av svett. Jag vet inte vad jag kan göra. Känner mig villrådig."

Alfred lägger en hand på hennes axel.

"Så, så. Han är en stark och envis man. Snart är doktorn här också. Det ordnar sig ska ni se."

Tre kvart senare knackar doktorn på. Alfred går ut till verkstaden för att inte vara i vägen. Han får fyr i ugnen och stirrar in i lågorna. De dansar meditativt och han står kvar en lång stund innan han tar tag i dagens göromål. Håller sig sysselsatt så inte tankarna ska vandra allt för mycket. Efter ett par timmar går han tillbaka in till huset för att höra vad doktorn sagt.

”Det är hjärtat”, säger fru Persson. ”För mycket arbete och kanske något medfött. Far hans dog av hjärtinfarkt bara femtio år.”

”Vad sa doktorn då? Finns det något vi kan göra? Något läkemedel?”

”Det ska finnas ett ny medicin, men den är alldeles för dyr och doktorn hade ingen egen erfarenhet så han kunde inte garantera något. Kanske vi ska höra med Berta i Boda i stället?”

”Berta i Boda?” undrar Alfred.

”Hon är en klok gumma som ofta råder bot och hon tar inte ens hälften i betalt mot doktorn.”

”Berätta vägen dit för mig så ska jag gå med detsamma”, svarar Alfred.

Återigen pulsar Alfred genom snön för att söka hjälp till herr Persson. Det är tur nog inte särskilt långt till Berta. Han ser den röda stugan på håll och känner igen den från fru Perssons beskrivning. En ko råmar från ladugården, någon småpratar där inne och går dit. En äldre rundlagd kvinna med grått långt hår står med kvast i handen och sopar golvet.

"Är ni Berta?" undrar Alfred.

"Vem frågar?"

"Jag heter Alfred och arbetar hos kakelugnsmakare Persson. Han har fått hjärtproblem och vrider sig i smärta. Kan ni hjälpa honom?"

Berta släpper kvasten.

"Vänta här så ska jag hämta yllekoftan och väskan."

Alfred och Berta skyndar sig till Perssons. Inne i huset säger Berta åt Alfred och fru Persson att vänta i köket. Hon vill vara ifred med Anders.

Medan de väntar på Berta tar de en kopp kaffe och en brödbit. De hör ramsor och golvstamp. Tiden känns som en evighet. Fru Persson har svårt att sitta still. Oroligt går hon mellan spisen, bordet och fönstret. Det börjar mörkna där utanför.

Inne hos Anders har Berta lagt hans avklippta naglar ihop med en hårtuss under tröskeln. Hon går tillbaka till köket och öppnar väskan. Plockar fram torkade örter som hon lägger på bordet.

"Detta är blad från en hjärtstilla", förklarar hon. "Koka te på det morgon och kväll till honom."

"Tack", säger fru Persson. "Tack Berta. Finns det något mer vi kan göra?"

"Be för honom", svarar Berta och går.

För att göra någon nytta börjar fru Persson direkt koka upp några blad av hjärtstilla.

"Jag går in till mig nu", säger Alfred. "Väck mig om han blir sämre. Jag ska be för honom."

"Tack Alfred."

Alfred blir inte väckt utan får sova hela natten. För första gången på många år drömmer han om sin mor. Han ser henne glad i köket hemma i Broddetorp. Hon lagar mat. Ler mot honom. Han är bara en liten pojk. Det är tryggt att sitta i köket och se på mor vid spisen. Så öppnas ytterdörren och far kommer in. Stämningen ändras. Alfred känner oro i magen. Far sätter sig vid bordet utan att se på honom. Det är som att han inte finns. Inte får finnas.

Så vaknar han och drömmen släpper taget, men oroskänslan dröjer sig kvar. Han kliver upp och klär på sig och går direkt upp till stora huset utan att ens tända eld i spisen eller äta frukost. Han ser fru Persson sitta vid köksbordet. Hon ser upp när han kommer in. Ögonen är sorgsna. Har hon gråtit?

"Han är borta", säger hon.

Det tar en stund innan orden sjunker in. Anders är död. Vad händer nu med Alfred? Kommer han behöva flytta? Vart ska han ta vägen? Hur går det med mästarbrevet? Är den tid han varit här bortkastad? Han väcks ur tankarna av snyftande från fru Persson. Han skäms. Här står han och tänker på sig själv när hon precis förlorat sin make.

"Vill Alfred se honom?"

Han nickar och följer henne in i kammaren. Där ligger mästaren med händerna knäppta över magen. Han ser att hon gjort i ordning honom. Vattenkammat håret och slutit ögonen. Runt sängen ligger lavendelpåsar och några granruskor för att mildra stanken som snart kommer spridas.

”Är det någon som ska informeras? Jag vet faktiskt inte om ni har barn? Vi har aldrig talat om det” säger Alfred.

”Vi har en son, men han bor i Amerika. Jag ska skriva till honom. Vi har inte mycket kontakt tyvärr. Han flyttade i vredesmod. Anders tyckte inte om att han lämnade Sverige och talade inte gärna om honom. Men Ander har två systrar som bor i Mjölby. Vi får telefonera till dem. Sedan behöver jag tala med prästen Kullbom.”

”Jag går över till fröken Clara så snart det ljusnar ute och telefonerar till Mjölby, så meddelar jag Kullbom på vägen.”

”Tack Alfred. Jag är glad att du finns här hos oss. Hos mig.”

Han får i sig frukost och skyndar till telefonisten så snart det börjat ljusna. Kylan håller i, men blåsten har lugnat sig. Han knackar på och Clara öppnar.

”Alfred? Behöver ni kontakta doktorn igen?”

Hon kliver åt sidan och släpper in honom i värmen.

"Nej, nu kan inte doktorn göra något mer för herr Persson. Han har lämnat oss och jordelivet. Jag behöver meddela hans systrar."

"Jag beklagar", svarar Clara och går ut i köket. "Jag ska bara ta kaffepannan från spisen så ska jag hjälpa er."

Kapitel 29

Fru Persson hade berättat om Anders båda systrar. Den äldsta, Majken, är gift rik. Hennes make äger en möbelfabrik med över tjugo anställda i Mjölby. De bor i ett vitt hus med stor trädgård. Eftersom Majken inte kunnat få barn ägnar hon all sin tid åt trädgården och välgörenhet. Hon har ett gott hjärta för de behövande, men kan uppfattas som lite förmer i vissa sammanhang. Anders har bjudit över dem flera jular, men hon kan inte tänka sig en sådan torftig jul utan har i stället erbjudit dem att komma till henne i Mjölby.

Det är till Majken Alfred telefonerar. Maken hennes har låtit installera en egen telefon i deras hem. Ett hembiträde svarar. Alfred frågar efter Majken, men får till svars att hon inte är anträffbar förrän om en timme. Alfred tvekar en stund över om han ska be hembiträdet ta emot beskedet om Majkens brors bortgång och förmedla det till henne.

"Då återkommer jag om en timme", svarar han till slut.

Han ringer av och går ut till Clara i köket.

"Skulle det gå bra att jag väntar här? Jag behöver telefonera tillbaka om en timme igen. Är jag i vägen för er kan jag naturligtvis gå till handelsboden i stället. Jag vill inte vara till besvär."

Hon häller upp en kopp kaffe och räcker honom.

"Klart ni kan vänta här. Slå er ned."

"Det var mycket vänligt av er."

Alfred studerar Clara. Hennes röda hår hjälper till att framhäva de vackra ögonen. Näsan är liten och uppnosig. Hon ser både blyg och stark ut på samma gång. Alfred tror hon är yngre än honom. Något år i alla fall. Men hon verkar bo själv och försörja sig. Han vill fråga, men är rädd att framstå som påträngande. Vill inte att hon ska känna sig obekväm. Hon är ensam kvinna och har släppt in honom i sitt hem. Det är modigt, tänker han.

"Har Clara arbetat länge som telefonist?"

Hon skakar på huvudet.

”Far var med om en olycka i skogen för ett par år sedan och omkom. Vi behövde hjälpas åt, så mor började sälja sina knypplade dukar på marknaden och jag fick turligt nog tjänst som telefonist. Det ger inte mycket, men vi klarar oss.”

”Har ni inga bröder som kan hjälpa till?”

”Jag har två storebröder, men de är gifta och har egna familjer att försörja.”

”Fint att er mor och ni själv kan försörja er. Bor hon här också?”

”Mor bor i stugan där”, säger hon och pekar mot ett mindre hus på gården.

”Och ni själv?” undrar Clara. ”Ni bor hos makarna Perssons. Vad händer nu när han gått bort?”

Hon kommer på sig själv och rättar sig kvickt.

”Jag menar inte att snoka. Ni behöver inte svara.”

Alfred skrattar.

”Det är ingen fara. Jag började fråga, så inte mer än rätt att ni också får fråga. Jag vet inte själv hur det kommer bli nu. Vi har inte hunnit tala om det än. Jag har arbetat åt Persson en tid, men har inte fått mästarbrevet än, så egentligen får jag inte driva egen verkstad. Det blir nog till att söka ny plats i annan verkstad.”

Alfred ser ut genom fönstret och tar en klunk kaffe. Fastnar en stund i egna tankar om framtiden.

”Ni är ung och driftig. Nog kommer ni finna annan verkstad som vill anställa er”, säger Clara.

Alfred ser på henne. Hon ser så säker ut att han tror på henne.

”Tack, det var vänligt sagt.”

Alfred ber Clara berätta om telefonistjobbet. Han kommer på sig själv med att fundera över ifall det finns någon särskild man i Claras liv. Snabbt slår han undan tanken. Han ska inte ha någon ny kvinna i sitt liv. Han gör bara dem och sig själv olycklig. Det är inte Guds plan att han ska ha egen familj.

”Nu har det passerat en timme gott och väl. Vill ni prova telefonera igen?” frågar Clara.

”Visst.”

Den här gången är Anders syster Majken hemma och kan ta samtalet. Hon tar emot beskedet med fattning. Ber Alfred hälsa till fru Persson att naturligtvis kommer de till begravningen och de vill också vara med och betala för kistan. Hennes önskan är att Anders begravs i familjegraven vid Röks kyrka. Alfred lovar att förmedla hennes önskemål.

På vägen hem hör Alfred kyrkklockorna ringa själaringningen för Anders. Han stannar till och ber en kort bön innan han går vidare.

När Alfred kommer hem är både prästen Kullbom och flera grannar där för likvaka. Många har tagit med mat och dryck. Runt Anders säng står tända ljus. I hans händer ett träkors. Kullbom ber för honom och flera andra faller in. Begravningen ska äga rum på söndag innan högmässan.

Dagen därpå snickrar Alfred på en kista. Han är ovan vid träplugg, men framåt kvällen är den färdig. Flera grannar hade lovat hjälpa till att bära kistan ned till kyrkan på söndagsmorgonen. Fru Persson är rörd av all hjälp. Hon och Anders hade inte varit några flitiga bybor utan mest hållit sig för sig själva. De flesta hade de träffat på i kyrkan om söndagarna eller i handelsboden. Men inte var hon sådan som sprang och drack kaffe hos folk och skvallrade. Anders var inte vidare talför heller. Ändå ställer de upp nu och hon blir överväldigad av tacksamhet.

På söndagen är kyrkogården full av folk som följer Anders till hans sista vila. Alfred går bredvid fru Persson tillsammans med Anders systrar. Prästen talar om Anders som en lojal make och duktig hantverkare. En man som strävade på i det tysta och alltid kom till kyrkan.

Alfred funderade över vad en präst skulle sagt om honom. Vilka skulle komma för att säga adjö? Han som flyttar runt och inte har någon riktigt nära.

Kapitel 30

Efter begravningen av Anders flyttade fru Persson till sin syster Majken. Hon sålde gården och verkstaden i Rök. En del av pengarna gav hon Alfred som tack för allt stöd. Han flyttade till Vadstena, där Majkens make lagt ett gott ord om honom till stadens smed. Han fick börja som lärling på nytt eftersom han inte hunnit få gesällbrev av smeden i Godegård. Tyvärr fanns ingen kakelugnsmakartjänst ledig, men med lärlingsplats hos en smed får han åtminstone mat och logi.

Återigen bor han inhyst i ett litet rum på övervåningen. Under bor smeden Karl Lindstrand, hans maka Gudrun och deras fyra barn. Huset ligger på Sjögatan och har en liten innergård med två dass och en verkstad. På samma gård ligger också ett skinngarveri och skomakeri. Alfred tycker det är skönt att vara i en stad. Det är enkelt att gå till affären och träffa folk om han vill. Det han saknar mest är fru Perssons hemlagade middag varje dag efter arbetet. Av Gudrun får han i stället matlådor att äta ensam uppe i sitt rum. Med sina fyra barn är det för trångt i deras kök för en person till. Maten är också torftigare. De har inte samma tillgång på ägg, mjölk och vete som de hade på landet. Det händer att det är slut i affären. Marknaden på Rådhustorget har bättre utbud. Dit kommer bönderna på lördagar för att sälja sina varor. Men efter några sämre skördar är det minskad försäljning även där. Först mättar bönderna sin egen familj, sedan säljer de själva på torgen och sist går det till handelsbodarna och affärerna i staden. Men när utbudet minskar ökar priserna och bönderna upptäcker allt mer att de tjänar mer på att sälja till affärerna i städerna och sedan för medlen de tjänar handla mat. Alfred tycker det blir bakvänt och konstlat när odlingsarealerna växer för att tillgodose städernas ökade efterfrågan. Alla vill sko sig på bekostnad av den egna hälsan. Han funderar över om de kommer inse att man inte kan äta pengar till slut.

Alfred går till marknaden. Inte för han behöver handla utan för atmosfären. Att vara i kommersen. Se kvinnorna som handlar, synar potatisen och förmanar barnen som suktar efter polkagrisar från Grenna. Han spatserar förbi huset där Elis morbror för många år sedan erbjöd dem ett rum för natten. Tänker på Elin. Vad har det blivit av henne? Hon som var gravid med hans barn. Något suger tag i honom och han kan inte sluta tänka på i fall barnet föddes. Han måste få veta. Barnet hade varit sju år nu om det fått födas. Sofia och hans barn hade varit nio. Tvåbarnsfar hade han kunnat vara om Gud och ödet velat annat. Han behöver ta reda på sanningen för att få ro i själen. Redan samma vecka bestämmer han sig för att resa tillbaka till Godegård och kräva svar. Han har inget att förlora och är inte längre rädd för herr De Geire.

Tidig söndagsmorgon stiger han upp före solen. Han har blivit lovad hästskjuts till Motala där han kan ta sig med järnvägen den sista biten till Godegård. Det är med darriga ben han går till fots från stationen till herrgården. Luften är kylig och inte en människa syns till. Gräsmattorna är frosttäckta. Allt är grått. Så ser han ytterdörren öppnas. Är det Elis? Det kan vara deras far också. Alfred ställer sig bakom en buske. En domherre skräms av hans rörelse och flyger iväg. Mannen vid herrgården ser åt hans håll. Alfred står stilla till skillnad från hjärtat som pumpar hårt och snabbt. Mannen sitter upp på en brun häst med svart man och kommer åt hans håll. Alfreds axlar åker ned när han ser vem det är.

"Alfred? Herre min Gud! Är det du Alfred?"

Elis håller in hästen och hoppar ned.

"Far slår ihjäl dig om han upptäcker dig. Vad gör du här?"

Alfred ser på Elis. Undrar om han är ond på honom för det som skedde, men det finns inget tecken på förebråelse, snarare glädje och förvåning.

"Jag måste få veta vad som hände efter jag flyttat. Födde din syster barnet? Bor Elin kvar här?"

"Hon födde barnet, men det adopterades bort. Elin vet inget. Far sa till henne att barnet dog under förlossningen. Du får under inga omständigheter berätta för henne Alfred. Lovar du?"

"Det är inte rätt", svarar Alfred. "Jag ska inget säga, men det är inte rätt att en mor inte får veta om sitt barn."

Elis rycker på axlarna.

”Kanske inte, men far gjorde det för att skydda henne.
Far kan vara hårdför och klumpig, men han vill väl. Det
är nog inte lätt för en man att agera både far och mor åt
sina barn.”

”Så är det nog. Och hur mår Elin nu? Är hon gift?”

”Hon vägrar gifta sig. Hon säger att hon vill ta över
bruket en dag. Det skulle far aldrig gå med på.”

På håll ser de hur två personer kliver in i en droska
utanför herrgården.

”Skynda dig i väg nu. Det är far som kommer.”

Elis hoppar upp på hästen och rider i väg. Alfred
gömmer sig tills droskan passerat och tar sig sedan
tillbaka till stationen.

Tillbaka i Vadstena igen går han genom den lilla staden.
Det är mörkt och han känner hur magen kurrar. Han
kommer på att han inte ätit på hela dagen. Hoppas
Gudrun sparat mat åt honom. Familjen har nog ätit för
länge sedan. Kyrkklockan slår nio slag. Han smyger sig

in för att inte väcka barnen. Trappan upp till hans rum
knarrar, men ingen verkar ha hört att han kommit hem.
Han vill smälta dagens händelser i fred och låter med flit
bli att hälsa. Uppe på rummet står en tallrik med mat.
Den är kall, men det gör inget. Maten fyller magen skönt
och han faller snart i sömn. Men det blir inte långvarigt.
Redan efter någon timmes sömn vaknar han. Tänker på
barnet. Någonstans finns ett barn till honom och Elin.
Han är någons far.

Kapitel 31

Det är varmt i smedjan och Alfred smiter ut för att
svalka sig. Idag ligger solen på och smälter det tunna
snötäcket som hållit sig envist kvar. Luften är isblå och
man hör bofinkens pigga sång i fjärran. Han sätter sig en
stund på träbänken utanför verkstaden. Vänder sitt
vinteransikte mot solen. Den värmer samtidigt som luften
är sval. Blandningen blir en mjuk smekning som doftar
fuktig jord och framtidshopp. Ännu har han inte talat
med en endaste själ om sitt barn. Han tänker desto mer.
Men nu pockar känslor och tankar på och han är i stort
behov av att vädra det med någon. Men med vem? Han
har ingen vän i staden. Elis och Elin stod honom närmast
förr. Fru Persson tyckte han mycket om, men de stod inte
varandra nära så de var förtroliga. Clara är den han
känner sig närmast. Underligt ändå. De har bara talas vid
ett fåtal tillfällen och ändå är det som att de känt varandra
länge. Kan han telefonera Clara? Eller skulle det vara
framfusigt?

Karlkikar ut från verkstaden och väcker honom ur tankarna.

"Du har gjort ett gott dagsverk, Alfred. Gå in och få dig lite middag. Jag kommer strax."

Dagen har varit lång och slitsam. Alfred är trött.

"Tack", svarar han och går ut till den mörka innergården. Han ser Karl och Gudruns barn genom fönstret. Den äldsta är säkert sju år fyllda. Som mitt barn. Han ångrar sig att han inte frågade Elis ifall det blev en flicka eller gosse. I dörren möter han Gudrun.

"Fisk och potäter finns det", säger hon. "Hoppas det ska smaka."

"Tack, det gör det säkert. Gudrun kan sin matlagning."

Hon backar så han ska kunna gå förbi, men han står kvar.

"Har Alfred något på hjärtat?"

"Jo, det känns lite genant att fråga, men jag har ingen annan och Gudrun är sådan klok kvinna", börjar han trevande.

"Se så, ut med det Alfred. Vad är det som gör dig generad inför mig?"

"Skulle det uppfattas som allt för framfusigt om jag telefonerade en ung kvinna i all vänskaplighet utan andra baktankar?"

"Om Alfred inte har giftastankar bör han vara tydlig med det till stackars flickan. Ge inga falska förhoppningar som väcker hopp."

"Tack, jag ska tänka på det."

Söndagen därpå tvättar Alfred ansiktet och tar på de rena kläder Gudrun så vänligt tvättat. Han går ut på bakgatan och upp mot Rådhustorget. Där viker han av åt vänster och når snart handelsboden som har en telefonapparat till förfogande för sina kunder. Snart hör han Claras mjuka röst.

"Alfred, är det du?" frågar hon. Det hade jag inte väntat mig. Hur har du det i staden?"

De kallpratat en kort stund. Alfred försöker hitta de rätta orden för att föra barnet på tal, men kommer fram till att det är lättare att tala om sådant när man möts på riktigt och kan se varandra. Han ger Clara sin adress och ber henne söka reda på honom ifall hon har några ärenden i Vadstena vid tillfälle. Det skulle hon tänkas kunna ha bekänner hon. De lägger på.

På hemvägen passerar han några damer som säljer sina knypplade dukar kragar i ett stånd. Han hälsar och ser på dukarna.

"Vilket hantverk. Så smått. Är det inte mycket svårt att arbeta med sådana små detaljer."

De fnittrar som flickor åt komplimangen.

"Inte är det svårt när man är van. Men visst ligger det många års erfarenhet bakom", svarar en av dem.

"Nå, säljer ni mycket då?"

Han ser på deras lappade kläder och magra ansikten att det inte gjort dem rika i alla fall.

"Så här års får man vara glad om man säljer något alls, men till sommaren kommer turisterna. De köper gärna våra knypplade dukar."

"Hulda här sålde till en amerikan förra sommaren. Tänk
er va, att Huldas knypplade duk pryder ett bord i Amerika
nu."

"Inte illa", svarar Alfred. "Jag får önska er lycka till
med försäljningen."

Han går en sväng ned till hamnen. Där ligger ett par
fiskeskutor och samma ångbåt han själv tog sig från Hjo
till Hästholmen med åtta år tidigare. Det väcker minnen.
Han tänker på Elis och hur han klätt ut sig till en enkel
arbetare för att komma undan fars krav ett slag. Det
verkade som att oavsett vad man tillhörde ville man vara
något annat. Han själv hade inte haft något emot att bo på
herrgården i Godegård för en tid. Dock kände han sig
alltid felplacerad. Visste inte hur han skulle föra sig under
middagarna eller hur man förväntades tilltala vare sig
tjänstefolket eller Elis far med vänner. För Elis och Elin
var allt sådant självklart. Undra hur vårt barn växer upp.
Ju mer Alfred tänker på det ju mer säker blir han. Han
måste söka upp Elins far och få honom att berätta allt.
Den här gången får inte modet svika honom.

Kapitel 32 (Juni år 1891, tre månader senare)

Med fumliga fingrar knäpper Alfred skjortan. Han ska strax möta fröken Clara vid hotell Bellevue. De har stämt träff för att äta en bit mat tillsammans. Det tillhör inte vanligheterna att Alfred strör sina medel på sådana utsvävningar, men Clara hade meddelat att hon hade ärende i staden så han tillät sig använda några riksdaler från de han fått av fru Persson. Det är flera månader sedan han träffade Clara och hotell Bellevue är ett fint ställe han aldrig satt sin fot på tidigare. Osäkerheten, som växer i kroppen, beror till lika stor del på Clara som på ovanan vid att föra sig bland finare folk.

Alfred är först på plats och inväntar Clara utanför hotellet. Det är lördag eftermiddag och många flanerar längs storgatan förbi där han står. Han får syn på Clara. Hon går arm i arm med en något äldre kvinna. Det torde vara hennes mor. Han kan urskilja likheter i ansiktena. Samma skrattgropar och fint rundade hakor. Han lyfter på hatten och hälsar när de kommer närmare.

Clara presenterar mor och Alfred för varandra. Alfred blir osäker på hur han ska bete sig. Han hade trott att det bara var han och Clara som skulle äta middag. Hade han tillräckligt för att bjuda även hennes mor? Vad skulle de tala om? Det han tänkt skulle inte alls passa sig nu.

"Mor ska möta sin syster här och jag har lovat att hålla henne sällskap tills moster dyker upp. Vi har väl inte bråttom Alfred?"

"Nejdå, inte alls."

Han skäms över sin osäkerhet, men är mest lättad. Det blir han och Clara som planerat. Systern dyker upp efter bara någon minut och sedan går Alfred och Clara in genom dörrarna till Belleveu. De möts av finklädda damer, prydliga herrar med höga hattar. Ett sorl av röster slår emot dem samtidigt som matdofterna blandas med parfymer. Clara tar tag i Alfreds arm. Han ler mot henne. En kypare möter dem med en meny och visar dem till ett mindre bord som står lite avsides intill en vägg. Ovanpå den vita linneduken står en vas med en gul ros och bredvid ett tänt ljus.

”Önskas något att dricka”, undrar kyparen.

Alfred letar efter något fint, men inte allt för dyrt på dryckesmenyn.

”En flaska Rhenskt vin tack”, svarar han och ser frågande på Clara som nickar.

Kyparen går iväg och Alfred och Clara fortsätter se på menyn efter något att äta.

”Vad tror ni om Orre med sallad eller kanske en Gös a la Gratine.”

”Gös låter bra”, svarar Clara.

Båda ser sig överväldigade om i den pampiga matsalen i väntan på maten. De smuttar på vinet.

”Inte så tokigt”, säger Alfred.

”Helt ärligt är jag inte särskilt van vid sådant här”, säger Clara. ”Inte att vara i staden och definitivt inte att äta på restaurang. Jag känner mig lite klumpig.”

Alfreds axlar sjunker ned en aning.

"Det är samma för mig", erkänner han. "Jag är glad att få vara här med er idag, men annars föredrar jag att äta något enklare hemma i lugn och ro."

Spänningen lättar och de fnittrar tillsammans. För ett tag glömmer Alfred bort att han ville anförtro sig till Clara om sitt barn. Nu när de sitter här tillsammans och har trevligt snuddar han i stället vid tanken att hon skulle kunna bli hans. Då kanske det inte är rätt läge att avslöja att han redan är far åt ett barn och att han haft inte bara en utan två kärestan innan. Inte heller ville han tala om Sofias död eller att Elins far inte tyckte han dög som svärson.

"Vad tänker ni på?" frågar Clara. "Det såg ut som att ni försvann bort ett slag."

"Förlåt mig. Jag drunknade i era ögon för en stund."

Clara viftar med servetten mot honom och skrattar till.

"Är det med sådana ord ni får flickor på fall?"

"Inte tror jag att jag har fått någon på fall", svarar han. "Eller fick jag det nu?"

Clara tar en klunk vin.

"Om det är så beror det nog snarare på vinet än era ord."

De skrattar båda två.

Efter maten betalar Alfred och de går ut i stadens myller igen. Inne i matsalen hade det varit levande ljus och ganska mörkt. Nästan som att det var kväll redan, men ute påminns de om att det fortfarande är dag. Solen skiner med skarpa strålar. Båda rättar till sina hattar så ögonen skyddas. De ser på varandra och ler. Alfred räcker sin arm till Clara och hon tar den. De strosar längs storgatan och ser i skyltfönstren och på alla de möter. Där storgatan slutar viker de av mot klosterområdet. Går via Lastköpingsgatan ända ned till Vättern. De slår sig ned på en bänk utanför växthuset.

"Åh, det är vackert här", säger Clara.

"Ja, det är rofyllt här vid vattnet", svarar Alfred.

De sitter en stund i tystnad.

Senare samma kväll ligger Alfred i sängen och ser ut genom det lilla vindsfönstret. Klockan är elva, men det är ännu inte helt mörkt. Natten är ljummen. Han tänker på dagen med Clara. Önskar att de bodde närmare varandra. Så smyger sig andra tankar in. Tankar fyllda med tvivel. Inte ska han förstöra livet för ännu en kvinna. Tänk vad han gjorde mot Sofia och Elin. Om han inte gjort Sofia gravid hade hon levt idag. Och hade han inte gjort Elin gravid hade hon säkert haft ett lättare liv. Han borde hålla sig borta från kvinnor. Så ser han Clara framför sig. Hennes ögon och leende mun. Han slits mellan begär och tvivel tills han framåt småtimmarna faller in i en drömlös sömn.

Kapitel 33 (två månader senare)

Morgonen är fuktig och i luften vilar dimman. Innergårdens gräsmatta bär upp tusentals små daggdroppar. Löven skiftar i gult och rött. Alfred går mot verkstaden för att tända upp elden innan Karl kommer ut. Han trivs med livet här i Vadstena, men längtan efter kakelugnsmakeriet och leran finns i honom. Även om det finns en tacksamhet över att vara smedslärling hos Karl för att få mat och tak över huvudet, så finns drömmen om en egen kakelugnsverkstad kvar. Han har gesällbrevet och ett drygt halvår som anställd. Skulle han få ett års anställning till kan han få mästarbrevet och möjligheten att starta egen verkstad sedan. Han börjar bli för gammal för att vara lärling. Även om han släppt tanken på familjeliv med hustru och barn, lever drömmen om eget hus och verkstad. Att få vara sin egen.

Han lyfter fram säcken med träkol. Ser över hur mycket skrotjärn som finns kvar. De har en beställning på sexton hästskor som ska vara färdiga inom en vecka. En stund senare när Karl kommer in brinner elden och Alfred har börjat smälta en sprucken kanna tillsammans med ett par trasiga grytor. Det ska återanvändas och bli till nya fina hästskor.

”Vi kommer behöva mer järn”, säger Alfred.

”Ja, det finns en bit tackjärn kvar, men det vore bra ifall någon kunde undvara lite skrotjärn också.”

”Jag kan kila bort till Bellevue och höra.”

”Det är bra Alfred. Ge inte mer än 5öre kilot. Annars gör vi ingen vinst.”

Alfred nickar och ger sig av. Det är fortfarande tidig morgon och endast några av hotellets gäster sitter i matsalen och äter frukost. Alfred känner igen kyparen från när han och Clara var där.

”Ursäkta, jag söker köksmästaren.”

”Ett ögonblick”, svarar kyparen och går genom svängdörren ut till köket.

Efter en kort stund kommer en helt kostymklädd vattenkammad herre ut. Han synar Alfred och rynkar på näsan.

"Ni är alldeles för ohygienisk för att beträda mitt kök. Vi vill inte få sjuka matgäster."

"Jag kommer från smeden och söker efter trasiga järnföremål att köpa", svarar Alfred.

Utan ett ord går köksmästaren tillbaka genom svängdörrarna. Alfred vet inte riktigt vad det betyder. Ska han stå kvar och vänta eller ska han gå igen? Han beslutar sig för att vänta en liten stund. Några gäster som passerar honom kastar ogillande blickar. Han tittar ned på sina kläder och föreställer sig hur han ser ut i deras ögon. En sotig, smutsig ung man. De kanske misstar honom för en luffare. En arbetsskygg vagabond som försöker tigga till sig en bit mat på deras flotta hotell.

Dörrarna åker upp och köksmästaren kommer ut.

"Gå runt på baksidan så står det några spruckna grytor där. Ni kan ta dem."

Alfred tar fram penningbörsen och ska precis fråga hur mycket han blir skyldig, men köksmästaren har redan gått sin väg. Alfred skyndar sig ut och till baksidan så ingen annan ska hinna före honom. På grusgången

utanför köksingången står några gamla järngrytor
staplade på varandra. Han tar dem och går tillbaka mot
smedjan, men hinner bara till Rådhustorget innan någon
lägger en hand på hans axel. Alfred vänder sig om och
ser två konstaplar.

”Var har ni fått grytorna ifrån?”

”Från köksmästaren på Bellevue.”

”Har ni betalat för dem?”

”Jag fick dem”, svarar Alfred.

”Följ med oss.”

En av konstaplarna tar Alfreds arm och leder honom
mot polisstationen som ligger ett kvarter bort. Den andra
tar grytorna.

”Vänta, det måste vara ett missförstånd. Jag fick dem.
Ni kan fråga köksmästaren.”

”Lustigt”, svarar konstapeln. ”Det är köksmästaren som
anmält grytorna stulna av en luffare med ert
signalement.”

Folk runt om dem stirrar på Alfred och konstaplarna. Alfred vill skrika, slita sig loss, men inser att det inte skulle förbättra situationen. Det är bäst att lugnt och sansat följa med och förklara hur allt ligger till.

Inne på stationen låser de in Alfred i ett litet utrymme. Väggarna är av sten och golvet är smutsigt och blött. Det stinker kräks och urin. Trots ett litet gallerförsätt fönster på ena väggen är det mörkt i rummet. Efter en stund när ögonen vant sig ser Alfred att det sitter någon i ena hörnet.

"Hallå", viskar Alfred.

Han får ett mumlande till svar. Spritlukten avslöjar att det är en berusad man de omhändertagit. Alfred suckar och slår sig ned på en bänk. Tiden går långsamt och det fuktiga rummet gör att han fryser. Den berusade mannen i hörnet snarkar högt. Ingen av konstaplarna har synts till på länge. Hoppas han slipper sitta här över natten. Undra vad Karl tänker när inte Alfred kommer tillbaka. Kommer han gå till Bellevue och fråga efter honom? Han tror inte det. Karl har fullt upp med arbete. Hade verkligen köksmästaren anmält honom för stöld? Varför? Tankarna snurrar och till slut somnar han till.

Ljudet av nycklar som vrids om i ett lås väcker honom. Alfred gnuggar sig i ögonen och tittar upp. En konstapel för ut den berusade mannen och låser dörren bakom sig.

"Hallå", ropar Alfred, men hör stegen försvinna bort från cellen utan svar.

Han ser ut på himlen genom fönstergluggen. Det har börjat mörkna. Hur länge har han varit här? Han reser sig upp och börjar gå runt. Det känns skönt att röra på kroppen och få upp lite värme. Magen kurrar. Han stannar till framför dörren och ropar igen:

"Hallå?"

Inget svar nu heller. Alfred suckar och fortsätter promenera runt i det lilla rummet. Det klafsar under skorna när han trampar i pölarna på golvet. Han ryser till när han tänker på vad det är för pölar. Säkert både urin, kräks och blod. Det är för mörkt för att se. Stanken är vedervärdig. Plötsligt slås han av hur ensam han är. Ingen vet var han är. Han har ingen familj som letar efter

honom. Karl och Gudrun undrar säkert vart han tagit
vägen, men nog inte med oro och omtanke som ens egen
familj hade gjort. Så kommer tårarna. Över mor, Sofia
och Elin. Över bristen på kärlek från far. Över barnet som
aldrig fick leva. Och barnet han aldrig får lära känna.
Han sjunker ned på golvet. Struntar i pölarna och
stanken. Gråten vill aldrig ta slut. Där i mörkret, på
golvet i en polisstation kan han låta allt komma ut.

Kapitel 34

"Res dig upp."

Alfred kikar upp. En konstapel står lutad över honom. Solen letar sig in genom fönstret. Han inser hur han måste se ut och lukta efter flera timmar på det smutsiga golvet. Han leds genom en korridor till ett kontor. Där sitter polismästaren bakom ett skrivbord och på en annan stol ser han kyparen från Bellevue.

"Det verkar skett ett misstag", säger polismästaren. "Köksmästaren anmälde er för att ha stulit grytor från hotellet, men sedan kom kyparen här till polisstationen och berättade hur allt gått till. Köksmästaren var ute efter belöning från hotelldirektören för att ha satt dit en tjuv. Men så vitt vi förstår är ni alls ingen tjuv. Vi ber om ursäkt för missförståndet. Grytorna står där och ni kan ta med dem och gå. Ni är fri."

Alfred tar grytorna och går ut från stationen. Via bakgator tar han sig hem. Det blir en omväg, men han vill inte gärna bli sedd som han ser ut. Han tar sig upp till sitt rum där han byter kläder och tvättar av sig innan han går ned till verkstaden.

"Alfred? Var har du varit? Vi har varit oroliga för dig."

Karl ser frågande på honom. Alfred berättar hela historian och ställer fram grytorna.

"Oj, vad hemskt med en sådan anklagelse. Vilken tur att kyparen gick till polisen och berättade sanningen."

"Ja, jag tackade honom inte nog. Jag ska söka upp honom och tacka ordentligt. Det hade kunnat sluta illa utan honom", svarar Alfred.

"Du, det kom ett telegram till dig i morse. Jag la det i köket. Gå och kika det kan vara något brådskande."

Alfred går tillbaka till huset. Gudrun sitter i köket och lagar barnkläder.

"Alfred, så skönt att du är hemma igen. Vi var oroliga när du försvann igår."

Han berättar om missförståndet och natten i cellen för Gudrun och frågar efter telegrammet.

"Det ligger där på bänken."

"Tack."

Alfred tar med sig det upp till sitt rum. Sätter sig på sängen och viker upp lappen.

Det har flyttat in en ny kakelugnsmakare i Perssons gamla verkstad. Jag berättade om dig och han vill gärna anställa dig. Det skulle vara fint att ha dig här i Rök igen. //Clara

Hjärtat rusar. Vilken möjlighet. Han skulle kunna få sitt mästarbrev och vara nära Clara. Tänk att han för ett halvt dygn sedan låg i en pisspöl på polisstationen och grät över hur livet blivit. Nu älskar han livet och känner både tacksamhet och vördnad. Ibland förstod han sig knappt på sig själv. Nu måste han berätta för Karl och telegrafera svar till Clara eller skulle han kanske telefonera i stället.

Han rusar ned för trappan. Kramar om Gudrun på vägen. Hon skrattar och frågar vad som flugit i honom.

"Goda nyheter, Gudrun. Goda nyheter", svarar han och springer vidare ut till Karl.

”Trist för mig, men det är dig väl förunnat Alfred. Jag förstår vad det betyder för dig”, säger Karl när Alfred berättat om telegrammet.

Dagen därpå telefonerar han till Clara och ber henne tacka ja till arbetet hos den nya kakelugnsmakaren. Två veckor senare är han på väg tillbaka till Perssons gamla gård i Rök socken.

Han anländer en lördagseftermiddag i oktober. Träden är röda och luften krispig. Mannen i huset är ute på gården och hälsar glatt när han kommer.

”Alfred? Jag har hört mycket gott om dig från grannarna och inte minst från Clara. Välkommen. Johan Winsell heter jag.”

Alfred räcker fram handen och hälsar.

”Jag är så tacksam över att få komma hit och arbeta. Sist bodde jag i lillstugan där. Går det bra nu också?”

”Javisst, det var så vi tänkt oss. Anna, min hustru, har städat den till er och bäddat.”

När Alfred lagt in sina saker och hälsat på Anna går han över till Clara.

"Hej Alfred, vad fint att ni är tillbaka i Rök."

"Jag ville bara tacka för tipset om arbete hos Winsells. Det betyder mycket. Jag har längtat tillbaka både hit och till kakelugnsmakeriet."

"Vill ni komma in ett tag? Jag kan koka lite kaffe."

Alfred och Clara går in i huset. Han slår sig ned på kökssoffan och Clara häller vatten i kaffekannan och ställer den på spisen. Innan hon sätter sig slänger hon in en vedklabb i spisluckan.

"Jag har saknat Alfred", säger Clara lite förläget.

"Jag har saknat er också", svarar Alfred.

Vattnet börjar koka och Clara tar kannan från spisen och häller i kaffepulvret. Slår i en skvätt kallvatten och häller upp i varsin kopp.

"Hur känns det att vara tillbaka här då? Kommer ni sakna stadslivet?"

Alfred skakar på huvudet.

"Ska man bo i en stad är nog Vadstena bästa alternativet, men jag är ingen stadsbo. Jag trivs med lugnet på landet. Föredrar naturen framför alla tillgjorda människor."

"Tillgjorda?" undrar Clara. "Hur då?"

"Jag menar uppklädda och alla dessa outtalade regler som verkar finnas. På restaurangen ska man veta vilket vin som passar vilken mat och vilka bestick som används till vad. Gör man fel är man okunnig och korkad. Allt sådant har jag svårt för."

"Jag förstår vad ni menar. Jag gillar inte heller sådant påhitt."

"Nä, det är enklare såhär på landet. Man kan vara som man är och det duger gott nog."

"Det har ni rätt i. Det är skönt att få vara som man är."

Alfred lägger sin hand över Claras. Hon ser på honom. Känslan som tar form i Alfred skrämmer honom. Han reser sig, tackar för kaffet och går.

Kapitel 35

Det drar från fönstret. Alfred ligger i sängen och ser ut på regnet som slänger sig ned mot marken. Han ser grenarna från ett träd. Snart helt kala. Bara några enstaka bruna löv klänger sig kvar. De flesta dagar är han glad och sorglös, men några är lite tyngre. Idag är det Sofias födelsedag. Det känns som i ett annat liv och samtidigt är det som att det hände igår. Tiden är märklig. Men kanske det är dags nu att han ger sig själv en chans att bli lycklig igen. Vad är sannolikheten att även Clara skulle dö ung? Och inte skulle hennes mor köra iväg honom ifall Clara blev gravid, men den här gången ska han göra allt rätt. Fria först och barn sedan. Han ler för sig själv i mörkret. Det pirrar till i magen av längtan och förväntan. Ska han våga?

Han kliver upp ur sängen och tänder fotogenlampan på bordet. Lyfter sin slitna ryggsäck och tar fram den lilla asken han burit med sig överallt. Där ligger vigselringarna som Sofia och han skulle haft. Han ser på graveringen. Stryker fingret över bokstäverna. Inte hade

Sofia velat att han skulle leva ensam hela livet. Visst hade hon sagt åt honom att fria till Clara. Han ska be Johan att få följa med till Mjölby någon dag så guldsmeden kan gravera om. Nu måste han sova ett par timmar innan det blir ny dag.

Tre veckor senare har första snön kommit. Marken är täckt av ett tunt täcke. Luften är grå och tjock. Alfred sitter bredvid Johan bakom hästen. I innerfickan på rocken ligger asken med ringarna. Alfred har inte avslöjat för Johan än varför han vill med till stan.

"Får man vara nyfiken och fråga vad Alfred har för viktigt ärende i Mjölby?"

Alfred hade inte tänkt berätta, men han vill inte ljuga för Johan.

"Jag ska till guldsmeden. Jag har tänkt fria till Clara."

Han känner pulsen öka.

"Det gör mig glad att höra. Jag har sett hur Clara skiner upp när ditt namn kommer på tal och samma sak med dig."

Johan klappar Alfred på axeln.

"Tack", säger Alfred.

Han vill inte avslöja att han har med sig sina gamla vigselringar. Han vill inte tala om Sofia och barnet. Att gravera om ringarna blir som en ceremoni som slipar bort gammal sorg och gör plats åt ny lycka. Han hoppas läka såren och få behålla de goda minnena. En dag ska han berätta, men inte idag.

Söndagen därpå efter gudstjänsten står Alfred tillsammans med Johan och Anna på kyrkbacken. Han skymtar Clara och hennes mor en bit bort och går dit.

"Kalla vindar idag", säger han. "Hur står det till?"

Clara ler stort.

"God dag Alfred", svarar hon. "Du känner igen min mor, ni sågs en kort stund i Vadstena. Mor det här är Alfred som jag berättat om. Han arbetar hos Winsells."

"Visst minns jag Alfred", svarar Claras mor och nickar. "Edith Landell, fint att ses igen."

Alfred funderar på hur han ska kunna få en stund ensam med Clara. Hans lillstuga är för liten att bjuda hem till och ute är det för kyligt att promenera idag.

"Vill Alfred följa oss hem och få något varmt att dricka?" frågar fru Landell.

"Tack gärna, jag ska bara tala om det för Johan och Anna så de inte står och väntar på mig."

Han skyndar bort till Johan och berättar. Johan blinkar åt Alfred i samförstånd. Alfred för handen mot innerfickan, men kommer på att asken är kvar hemma.

"Har du inte med ringen?", viskar Johan.

Alfred skakar på huvudet.

"Säg att jag behöver hjälp av dig, så kan du ta hästen själv sedan."

"Tack", svarar Alfred och går bort till Clara och fru Landell.

"Jag kommer strax, vi skulle bara lyfta en stock som Johan inte orkar själv."

Johan, Anna och Alfred åker hemåt.

"Vad viskade ni om?" undrar Anna.

"Jag ska fria till Clara", svarar Alfred och kan inte hindra det stora leendet som tar form i hans ansikte och når ända till ögonen.

"Ja, men det var väl på tiden", skrattar Anna.

Alfred skyndar sig ned från kärran och in i stugan. Asken ligger i ryggsäcken och han stoppar den i fickan. Utanför står Johan och håller hästen åt honom.

"Lycka till", ropar Johan när Alfred rider iväg.

Hos Clara ryker det ur skorstenen, han knackar på efter att ha ställt hästen i stallet och gett henne hö och en spann vatten. Clara ropar kom in och han kliver på. Sparkar av sig snön och hänger upp rocken. Med bultande hjärta och asken i handen går han in i köket. Claras mor sitter i kökssoffan och Clara plockar fram kaffekoppar och skorpor. Alfred harklar sig och vänder sig mot fru Landell.

"Ursäkta mig för min framfusighet, men det är något med det här huset och er familj som får mig känna mig hemma och bekväm. Jag kan se varifrån Claras jordnära vänlighet kommer. Och jag hoppas innerligt att få bli en del av er familj framöver. Jag vill nämligen be om er dotters hand", säger Alfred och öppnar asken. När han ser fru Landells leende vänder han sig mot Clara.

"Vill du göra mig lycklig och bli min hustru?"

Claras ögon tåras.

"Ja Alfred, ja."

Claras mor ler i kökssoffan och nickar mot Alfred. Han trär ringen på Claras finger och den passar perfekt. För en kort sekund flimrar minnet av hur han trär samma ring på Sofias finger till framför honom, men han blinkar snabbt bort det och fokuserar på Clara. På här och nu och framåt.

Kapitel 36 (Våren år 1892, tre månader senare)

Alfred och Clara står på trappan till Röks kyrka. Han i lång mörk rock, vita handskar och vit fluga. Hon i lång vit slöja och volangförsedd klänning med hög krage. Brudbukett av trädgårdens gula tulpaner och skogsdungens liljekonvaljer. Clara ser rakt in i kameran. Alfred ser på Claras mor som ler och torkar tårarna. Paret Winsell står bredvid Fru Persson och hennes syster Majken. På andra sidan står Karl och Gudrun med sina barn. Alla kastar de risgryn över de nygifta.

 Efter kyrkan bär det av till Claras familjegård där mor hennes smyckat logen med blomster och kransar. Alla har hjälpts åt med maten som serveras vid långbord, dukat ute i trädgården. Ett par av byns musikaliska gossar har tagit med dragspel och fiol. Det sjungs, skrattas och dansas till långt in på småtimmarna. När det blir mörkt ute flyttar festen in i logen där fru Landell hängt upp fotogenlampor i taket. Innan musiken tystnat smiter Clara och Alfred iväg till boningshuset. Det som nu även är Alfreds hem på Sättra gård.

Clara fortsätter arbeta som telefonist och Alfred jobbar på hos Johan. På lördagarna hjälper de Claras mor på marknaden där hon säljer sin knypplade kragar och dukar. En gång i månaden reser de tillsammans med Johan till den större marknaden i Mjölby för att sälja både mors saker och Johans lerkrus, tallrikar och skålar. Livet rullar på och Alfred börjar sakta lita på äktenskapet och att livet som familjefar ändå kan vara något även för honom. Till hösten samma år de gift sig avslöjar Clara att hon väntar barn.

"Ska jag bli far? Är det sant?"

Alfred lyfter upp Clara och dansar runt.

"Alfred, sätt genast ned mig", säger hon med spelad barsk ton.

Så skrattar de båda. Kan det verkligen vara så här bra, tänker Alfred. Han tränger undan tankarna som kommer. Så här lycklig var jag med Sofia också innan hon och barnet dog. Och när Elin och jag för en kort stund trodde vi skulle få lov att gifta oss. Tänk om det går fel även denna gång. Med all sin kraft fokuserar han på Clara som ler strålande mot honom. Han vill verkligen njuta av stunden de delar här och nu. Vill inte ha kvar tankarna som envist pressar sig fram. Säger att han inte är värd lyckan. Inte ens hans far kunde älska honom.

”Är du inte glad?”

Clara ser oroligt på honom.

”Jo, såklart. Jag är överlycklig”, svarar Alfred.

Han lovar sig själv att berätta allt för Clara, men inte nu. Hans förflutna ska inte svärta ned deras lycka.

Under vintern växer livet i Clara. Magen börjar synas och Claras mor syr och stickar barnkläder. Alfred snickrar en barnsäng. Så en tidig morgon i april 1893 vaknar Alfred av att Clara skakar hans arm.

”Alfred, barnet kommer nu. Vattnet har gått.”

Alfred sätter sig yrvaket upp i sängen.

”Barnet, vad ska jag göra?”

”Gå ned till telefonen. Sätt ena änden i nummer noll och den andra i fjorton. Då kommer du till prästbostaden. Be dem skicka hit Berta i Boda. Hon brukar hjälpa till vid barnafödande här i socken.”

Alfred gör som han blivit tillsagd. Prästen Kullbom svarar efter några signaler och Alfred stammar fram sitt ärende.

”Jag förstår. Jag ska genast gå över till Berta och kan skjutsa henne till er”, svarar prästen.

När Kullbom och Berta anländer är värkarna i full gång.

”Hon är däruppe”, säger Alfred.

Berta går upp och prästen stannar hos Alfred. De tar en kopp kaffe i köket. Efter en kort stund kommer Berta ned igen. Alfred ser oroligt på henne.

”Alfred, hämta Claras mor.”

”Är något på tok?” frågar Alfred.

”Nejdå, allt går bra. Men Clara vill ha mor sin hos sig.”

”Jag hämtar henne”, svarar Alfred.

Skönt att få röra på sig och göra något. Att bara sitta och
vänta är förfärligt. Han känner sig oduglig. Den kyliga
aprilluften slår emot honom när han öppnar ytterdörren.
Han går över gårdsplanen och knackar på. Det förblir
mörkt i huset och inget ljud hörs inifrån. Han knackar
igen och ropar på svärmodern. Så tänds en lampa i
fönstret på övervåningen och fönstret åker upp.

"Alfred? Är något på tok?"

"Clara föder nu. Berta och Kullbom är här. Hon vill ha
dig hos sig."

Fönstret åker kvickt igen och snart hör han steg nedför
trappan. Ytterdörren öppnas och Claras mor kommer ut.

"Mår hon bra? Varför är prästen där?"

"Hon mår bra. Kullbom skjutsade hit Berta."

Modern går upp till övervåningen och Alfred går tillbaka
till prästen i köket. En fickplunta står på bordet.

"Ta dig en liten klunk du", säger Kullbom och nickar
mot pluntan.

Alfred är ingen van drickare, men nu känns som ett bra tillfälle att ta en klunk. Uppmanad av prästen för han pluntan till läpparna och låter en munfull glida ned i strupen. Han ryser till och hostar. Det smakar helvete, men värmen sprider sig skönt i bröstet. Prästen skrattar till. Då hörs ett skrik från övervåningen. Det skär genom morgonluften och fåglarna i päronträdet utanför flaxar upp i ren förskräckelse.

Alfred och Kullbom ser på varandra. Nedför trappan kommer svärmor.

"Gratulerar Alfred. Du har blivit far till ett redigt gossebarn."

Alfred tar en klunk till från pluntan innan han reser sig upp och omfamnar henne.

"Jag har en son", säger han tyst. "Jag har en son", ropar han högre.

Svärmor skrattar.

"Du kan gå upp till dem strax. Berta ska bara tvätta av dem."

När allt är klart åker prästen och Berta iväg. Alfred sitter på sängkanten och ser på sin hustru och deras son. Får man vara så här lycklig? Han har en egen familj. En son. Hans son. Han ska aldrig svika honom. Aldrig avvisa honom kallt som hans far hade gjort mot honom. Han ska alltid veta att han är älskad och välkommen. Tårar rinner ned för Alfreds kinder. Glädjens tårar.

Kapitel 37

I början av juni, en vacker och magisk försommardag, hjälper hela byn till att skapa en minnesvärd dopdag för deras lilla gosse. I kyrkan står Alfred och Clara hand i hand bredvid prästen Kullbom, som böjer ned gossebarnet mot dopfunten.

"Jag välkomnar dig till Röks församling och döper dig, Georg Alfred Bergstrand, i faderns och sonens och helige andens namn. Amen."

"Amen."

Prästen lämnar över lilla Georg till sin mor.

Efter dopet samlas de alla i Rök församlingshem, ett stenkast från kyrkan. Det blir kaffe och småkakor. Clara och hennes mor har bakat. Till dopet har även Claras bröder med familjer kommit. De lite större barnen leker utanför medan de vuxna skvallrar och skrattar i takt med porslinsklirret där inne. Lite senare på kvällen när Georg somnat sitter Clara och Alfred i kökssoffan och talar om dagen.

”Vad duktig han var, lilla Georg. Han skrek inte ens när prästen öste vatten på honom”, säger Clara.

”Ett starkt och tåligt barn. Det har han efter mor sin.”

Clara ler mot sin make. Han fylls av stolthet och värme. Tar hennes hand och leder henne upp för trappan. Hon tittar till i vaggan där Georg sover gott. Sedan kryper de ned i sängen och älskar lidelsefullt, mjukt och långsamt.

I slutet av augusti samma år ber Johan att få tala med Alfred efter arbetsdagens slut. Det hugger till i Alfred. Det är nu det kommer. Han ska få sparken. Det var för bra för att få fortsätta. Nu skulle de bli tvungna att flytta. Inte kunde de ha råd att leva på enbart Claras telefonistlön.

”Du kan väl följa med in ett tag”, säger Johan.

Tyst följer Alfred med. Oron gnager i honom. Han kliver ur stövlarna i hallen och går in i köket som doftar underbart av Annas kåldolmar.

”Vill du ha lite mat Alfred?” frågar hon.

"Det vågar jag inte", svarar Alfred sanningsenligt. "Clara väntar med mat där hemma."

Anna skrattar till.

"Då är det inte värt att du kommer hem mätt."

Johan harklar sig.

"Slå dig ned, Alfred."

Alfred drar ut en av stolarna och Johan går till byrån och hämtar ett dokument innan han sätter sig mittemot honom.

"Hur trivs du med arbetet i verkstaden?" frågar Johan.

Nu blir han uppsagd. De har inte råd att ha honom kvar. Eller så jobbar han för långsamt och de behöver anställa någon annan.

"Bra", svarar han kort.

Johan lägger dokumentet framför honom. Mästarbrev läser han högst upp. Till Alfred Bergstrand.

Nu rinner de där förgrymmade tårarna igen. Att han ska vara så blödig.

”Tack”, får han fram. ”Tack.”

Axlarna sjunker ned och han andas ut.

”Jag trodde du skulle sparka mig”, säger han.

Anna ger honom en kram.

”Sparka dig? Är du helt galen? Du är den bästa anställda jag haft och jag hoppas såklart du vill jobba kvar även om jag förstår att du vill ha en egen verkstad snart.”

”Jag är gärna kvar ett tag till. Tills jag hittar något eget som vi har råd med.”

”Kila hem till Clara nu så får ni fira”, säger Johan. ”Vi ses imorgon.”

Alfred skyndar på hem till Clara. Han möter henne i trädgården där hon sitter i gräset med Georg. Bredvid står en korg full av äpplen som ramlat ned från träden.

”Jag tänkte baka en äppelpaj”, säger Clara. ”Vill du ta Georg en stund?”

"Såklart vill jag det. En stund med Georg och äppelpaj därefter. Kan inte bli bättre."

Alfred stannar med sin son i trädgården. Han knäpper knapparna på Georgs lilla kofta. Det börjar bli fuktigt om kvällarna när solen är på nedgång. Mormor kommer ut från sitt hus och går fram till dem.

"Ni ser ut att ha det bra", säger hon.

"Vi har det fantastiskt bra", svarar Alfred och hissar upp Georg i luften så han tjuter av skratt.

"Det är härligt med barnskratt på gården igen. Det var länge sedan. Jag är glad att ni bor kvar här. Sönerna flyttade tidigt och det blir sällan man ses nu för tiden."

"Vi trivs bra här och det är bra för Georg att ha mormor nära."

Clara kommer ut på farstukvisten.

"Kom alla som vill ha äppelpaj!"

"Äppelpaj nu?" säger mormor. "Nu har mor blivit galen Georg."

”Bäst vi går in och ser efter vad som tagit åt henne”, skrattar Alfred.

De går in alla tre. Alfred bär Georg och sätter ned honom på en pläd på köksgolvet. Köket är varmt och luktar kaffe och paj.

”Firar vi något?” undrar Alfred.

”Det gör vi”, svarar Clara. ”Slå er ned så ska jag berätta.”

Alfred och Claras mor sätter sig bredvid varandra på kökssoffan. Clara slår upp kaffe till dem och ger Alfred en kniv att skära upp pajen med. När de alla börjat ta för sig slår Clara skeden i kaffekoppen. Så vänder hon sig mot lilla Georg på pläden.

”Georg, du ska bli storebror.”

”Va?” säger Alfred. ”Ska vi få ett barn till allaredan?”

Clara nickar.

”Det var goda nyheter. Mera barnskratt på gården”, säger mormor.

Alfred reser sig, går runt bordet och kramar sin hustru. Han tar hennes hand.

"Jag är så lycklig", säger han. "Och då kan jag berätta en till god nyhet, även om den inte slår din."

Han plockar fram mästarbrevet och lägger det på bordet.

"Grattis Alfred", säger Clara. "Jag vet att du längtat efter det."

"Vilken glädjens dag", säger Claras mor och lyfter kaffekoppen i en skål.

Kapitel 38

Clara somnar omedelbart när hon lägger huvudet på kudden. Georg ligger bredvid i vaggan. Bara Alfred är vaken och lyssnar till regnet mot fönstret. Han är full av lycka och njuter av stunden. Ser på sin hustru och son. Just när han ska till att somna ser han ett besynnerligt ljus utifrån. Mot den annars mörka himlen fladdrar ett ljussken. Så hör han ett knäppande ljud och känner röklukten. Det brinner. Herregud, det brinner! Han slänger av sig täcket och väcker Clara.

”Telefonera prästbostaden och säg att de ska ringa i klockan för att samla ihop männen.”

”Är det hos mor? Alfred! Snälla, hjälp mor!”

Som tur var håller regnet elden i schack och förhindrar att den sprider sig, men övervåningen i svärmors hus är redan övertänt. Alfred doppar sina kläder i vattentunnan innan han rusar in i huset och ropar. Men inget svar hörs. Bara eldens sprakande när det äter upp väggar och tak.

Trappan till övervåningen och sovrummet brinner för fullt och det finns ingen möjlighet att ta sig upp.

Utanför dyker det upp grannar med spannar som öser vatten från brunnen. De bildar kedjor och langar hinkar till varandra. Regnet gör sitt, men de kan inte rädda huset. Det faller samman med en öronbedövande smäll. För en hundradels sekund blir allt dödstyst.

"Alfred!" skriker Clara.

Hon söker efter hans ansikte. Det är folk överallt nu. Med Georg i bärsjal tryckt mot sitt bröst springer hon runt.

"Alfred!"

Så ser hon honom bredvid Johan, insvept i en filt. Han omfamnar henne och Georg.

"Förlåt Clara. Jag kunde inte rädda henne. Förlåt."

De står länge tätt intill varandra. De andra fortsätter släckningsarbetet tills de är säkra på att allt är släckt och det inte kan flamma upp igen och nå andra byggnader på gården. Några av männen stannar kvar och hjälper till att leta reda på kroppen efter Claras mor. Prästen ber en bön. Kroppen, eller det som är kvar, lastas på en kärra och tas med till kyrkan i väntan på begravning. Clara gråter hejdlöst. Georg gråter också. Han vet inte varför hans mor är ledsen. Anna och Johan stannar kvar när alla andra gått hem. Anna kokar kaffe till dem och de samlas i köket och ser soluppgången tillsammans. Det som nyss hänt är redan igår.

"Jag hjälper dig med lillpojken idag", säger Anna.

Alfred följer Clara upp till sängkammaren och bäddar ned henne. Väntar tills hon somnar och går ned till Johan och Anna igen.

"Jag vet inte hur jag ska kunna tacka alla som hjälpte till i natt", säger Alfred.

"Det behöver du inte göra", svarar Johan. "Man hjälper varandra. Precis som du skulle hjälpa till om det hände någon annan. Eller hur?"

Alfred nickar.

"Anna stannar här och tar hand om Georg och ser efter
Clara. Hur vill du göra Alfred? Vill du skingra tankarna
med kroppsarbete eller stannar du hemma?"

Alfred är tom på handlingskraft och kommer sig inte för
att svara.

"Följ med Johan du", säger Anna. "Jag blir här hos
Clara och gossen."

Johan reser sig och tar på rocken. Alfred följer efter och
de går tillsammans till verkstaden. Allt sitter i ryggraden
nu och går på rutin. Alfred tänder i ugnen medan Johan
tar fram leran och skär den i lagom stora bitar. De vet vad
som ska göras och inga ord behövs. Hela dagen jobbar de
på. Till kvällen går Alfred hem, mör i kroppen och
genomtrött. Han möter Anna i dörren. Där inne är det
varmt och doftar nybakat blandat med matos.

"Hon har mest sovit idag", viskar Anna. "Men nu äter
hon i alla fall. Georg är badad och färdig för natten."

"Tack Anna. Din hjälp är ovärderlig."

"Jag kommer imorgon igen", säger hon och går ut i höstmörkret.

Alfred går ut i köket och ser Clara sitta med en tallrik mat framför sig. Kinderna är våta och ögonen rödkantade. Georg jollrar från golvet. Han lyfter upp sin son och slår sig ned bredvid Clara. De äter under tystnad. Just i stunden behövs inga ord. Allt har sin tid.

Efter en lång dag går familjen upp för att lägga sig. Clara somnar direkt. Hon vrider och vänder sig under täcket. Georg ligger i vaggan. Mätt och belåten och snuttar på sin lilla tumme. Alfred står vid fönstret och ser bort mot det som en gång var svärmors hus. På söndag är det begravning. Vad ska hända sedan? Hennes mor ägde gården, inte Clara. De är tre syskon som delar arvet. Kommer bröderna vilja sälja för att få loss pengarna? Hur blir det med Clara och honom då? Alfred kryper ned i sängen bredvid sin hustru, men tankarna håller honom vaken ett bra tag till.

Morgonen därpå vaknar han i en tom säng och ingen Georg i vaggan. Han hör ljud nedifrån köket och en doft av kaffe sprider sig. Han klär på sig, tvättar ansiktet och går ned. Lilla Georg sitter i bärsjalen på Claras rygg. Han spricker upp i stort leende när han ser sin far. Alfred går fram och pussar honom på huvudet och ger Clara en på kinden.

"Hur mår du?" frågar han.

Hon rycker på axlarna.

"Något bättre, men det kommer över mig ibland och då kommer tårarna. Sedan kan det gå en tag då jag inte tänker på det. Det är skönt att vara sysselsatt. Jag tänkte höststäda ute i landet idag. Anna kommer över och passar Georg."

"Har du talat något med dina bröder?"

"Bara kort om begravningen. Jag vill inte tänka på allt det andra. Jag orkar inte det nu."

"Vi tar en sak i taget. Vad som än sker har vi varandra. Jag ska ta hand om dig och Georg och lilla knytet i magen."

Alfred lägger en hand på Claras mage. Hon vänder sig om och kramar honom. Så kommer nya tårar. Han stryker henne över ryggen. Georg sparkar med benen och jollrar glatt. Både Clara och Alfred brister ut i skratt. Tänk vad mycket kärlek och glädje ett litet barn består av.

Alfred äter frukost och går till Johan för att arbeta. Han möter Anna på vägen.

"Hur mår hon idag?" frågar Anna.

"Bättre", svarar Alfred. "Det kommer bli bra."

Kapitel 39

Clara står vid köksfönstret och ser på regnet som sköljer över trädgården. Alfred sitter på soffan med Georg i knät.

"Vilket passande väder", säger Clara tyst, nästan för sig själv.

Idag ska hennes mor läggas ned i jorden för sista vilan och all framtid. Bredvid hennes far. Nu är hon föräldralös. Alfred tänker på sina egna föräldrar. Undrar om far hans lever. Clara hade frågat om han inte ville skicka telegram till sin far när Georg föddes. Han blev i alla fall farfar. Men om han inte brydde sig om sin son skulle han väl inte bry sig om sin sonson hade Alfred svarat. Kanske det var fel av honom. Han berövade även Georg på en farfar. Särskilt nu när det varken finns mormor eller morfar kvar i livet. Så knackar det på dörren och Alfred går för att öppna. Där ute står Johan. Anna sitter med paraply på kärran. De kommer för att hämta dem till begravningen. Alla är tysta under resan. Bara regnet och hiven mot gruset hörs. Georg kinkar. Tycker inte om att sitta stilla.

Vid kyrkan står prästen Kullbom i dörröppningen och tar alla i hand. De flesta byborna är där. Claras bröder sitter redan längst fram till höger med varsin psalmbok. De omfamnar sin syster och tar Alfred i hand. Prästen som var jämngammal med Claras mor och hade gått i skolan med henne kunde berätta många historier som visade hennes stora hjärta och vilja att hjälpa andra. Inte ett öga är torrt när avskedsmusiken spelar på orgeln. Efteråt blir det kaffe och minnesstund i Sättra hemma hos Clara och Alfred. Bara de närmaste är med dit och Kullbom.

Claras äldsta bror Einar lyfter frågan om gården. Lillebrodern Sten blickar ned i bordet. Alfred ser på dem. De måste ha talat om detta innan. Båda behöver pengarna. Einar har sin familj att försörja och har inte så mycket arbete han behöver. Sten säger inget, men Alfred vet att även han behöver pengar. Han har fyra barn och hustrun hans bär på den femte. De bor trångt och behöver flytta till större. Han förstår dem, men det innebär att Alfreds egen familj måste flytta mot sin vilja. De trivs här. Han ser hur Clara blir ledsen och upprörd. Alfred lägger armen runt hennes axlar.

”Bröderna dina har rätt till arvet efter er mor. Det ordnar sig ska du se.”

”Ja, vi kör inte ut er meddetsamma. Så klart ska ni få tid att hitta annat först”, säger Einar och lägger en hand över sin systers arm.

Clara reser sig och tar med Georg till övervåningen. När begravningsgästerna till slut gått hem är det bara Johan och Anna kvar.

”Jag hjälper er plocka undan”, säger Anna.

”Jag behöver få lite luft”, säger Alfred och tar på sig rocken och går ut på gården.

Det har slutat regna nu, men det är mulet och blåsigt. Johan följer efter Alfred. De blir båda ståendes framför det nedbrunna huset.

”Ska gården säljas skulle det behöva städas upp efter branden först”, säger Johan.

Alfred nickar. För en vecka sedan var de lyckliga. Allt såg ljust ut. Mästarbrevet, barn i magen och Claras mor i livet. Nu vet de inte längre var de ska bo. Kommer de

finna något i närheten de har råd med så Alfred
åtminstone kan arbeta kvar hos Johan? Är det Alfred som
drar olyckan till familjen? Han kan inte riktigt släppa den
tanken och känslan. Skulden.

"Jo, det behöver städas upp", svarar han.

"Jag och fler gubbar i byn hjälper dig naturligtvis",
säger Johan.

Alfred vill protestera och säga att han kan göra det själv.
Han vill inte vara till besvär och han har redan fått så
mycket hjälp och omtanke att han står i evig skuld, men
han har ingen ork kvar.

"Tack", säger han. "Det uppskattas mycket."

Där inne har Anna städat undan efter gästerna och Clara
har somnat med Georg på ovanvåningen. Alfred tackar
Anna och Johan när de går hem. Johan lägger en hand på
Alfreds axel.

"I den här byn hjälps vi åt. Ni ska inte behöva känna er
ensamma i detta. Nästa gång är det någon annan som
behöver hjälp."

Alfred stänger dörren efter dem och slår sig ned en stund i köket. Han är trött och tung i kroppen, men hjärnan går fortfarande på högvarv. Mestadels funderar han på var de ska ta vägen. Helst vill han inte till stan, men kanske de blir så illa tvungna. Där finns bostäder och arbete. Bröderna sa sig inte ha bråttom med att sälja, men det vore bäst att få flytten gjord så snart det går. Det kommer hänga över dem annars och Clara som väntar deras andra barn också.

Morgonen därpå tar han försiktigt upp frågan med Clara. Förstår att det är svårare för henne att lämna föräldragården där hon är född.

"Du som är uppväxt här i byn, har du någon idé om vart vi kan ta vägen? Visst vill väl du också helst stanna kvar här i socken?"

Clara suckar tungt. Blicken vandrar ut genom fönstret och bort mot resterna av hennes mors hus.

"Jag vet inte", svarar hon. "Jag känner mig helt tom. Just nu kan jag flytta vart som helst. Kanske vi skulle lämna socken och få en nystart någon annanstans? Men

det skrämmer mig också. Här har vi stöd och vänner som
månar om oss.”

”Ja, sådant är värt mycket. Att börja om som utbölingar
i annan by kan vara tufft.”

Alfred reser sig och går ut i hallen för att klä på rock
och stövlar.

”Jag går till verkstan nu. Vill du att jag ber Anna komma
över och hjälper dig med Georg idag?”

”Nej, vi klarar oss”, svarar Clara.

Ute har första frosten kommit. Luften är frisk och
Alfred fyller lungorna med den. Han trevar i rockfickorna
efter sina handskar. Hittar dem och stoppar händerna i
dem. Knäpper den översta knappen i rocken och börjar
gå med raska steg mot Johan och Anna för att få upp
värmen.

Kapitel 40

Söndagen därpå ligger årets första snö på marken. Knappt en tum tjockt täcke. Solen kikar fram på en klarblå himmel. Det känns snarare som en vårdag än sen höst. Alfred, Clara och Georg har slagit följe med Anna och Johan till kyrkan. Gudstjänsten har varit och de står utanför på kyrkbacken. Alfred går fram till prästen.

"Alfred, hur går det för er på Sättra?"

"Det väntar oss en försäljning och flytt är jag rädd", svarar han. "Men än vet vi inte var vi ska ta vägen. Vi trivs bra här i Rök."

Kullbom ser ut över folket på kyrkbacken som att han söker efter någon. Det blir tyst en lång stund. Så pekar han bort mot två äldre män som stor bredvid en oxkärra.

"Där har du bröderna Olsson. De har bott ihop på sin föräldragård alltsedan föräldrarna deras gick bort för över tjugo år sedan nu. Jag vet att de börjar bli gamla och skulle behöva hjälp. Det finns flera bostadshus där också, men vilket skick de är i vet jag dessvärre inte. Kanske ni kan höra med dem om de vill hyra ut något?”

”Tack”, svarar Alfred och går direkt fram till bröderna.

”God dag”, säger han när han kommer fram och räcker fram handen för att hälsa.

Han berättar om deras situation med gården och om branden som tog svärmors liv.

”Nog kände vi Claras mor”, svarar den yngre brodern. ”Hon var lekkamrat till vår lillasyster för en massa år sedan. Men vår syster dog i sin ungdom. Hon fick lunginflammation. Vi hörde om branden. Tyvärr orkade vi inte komma över och hjälpa till. Vi börjar bli skröpliga.”

”Det kanske är framfusigt av mig, men vi är verkligen i behov av nytt boende och jag hörde av prästen att ni har fler hus på gården. Skulle ni kunna tänka er hyra ut till mig och min familj?”

Alfred pekar bort mot Clara och Georg som står och samtalar med Anna och en annan grannkvinna.

"Husen är inte så omhändertagna som vi hade önskat",
svarar den äldre brodern. "Men vi har ett hus som är
något mindre slitet. Där bodde mor och far de sista åren.
Om du själv kan tänka dig fixa fönstren och delar av
taket, ska det nog gå att bo där."

Den andra brodern nickar.

"Det vore trevligt med ungfolk och liv på gården igen."

Alfred känner en tyngd släppa. Clara kommer bli glad.
Även om flytten från föräldrahemmet är en sorg slipper
de åtminstone byta socken.

"Jag kommer över efter jobbet någon dag så kan jag
kika på huset och vi kan tala närmare om allt."

De skakade hand och Alfred går tillbaka till Clara.
Georg sträcker sig efter far, som tar emot honom med ett
leende.

"Vad glad du ser ut", säger Clara. "Har du goda
nyheter?"

"Jajamän, du ska få höra dem strax."

Johan kommer med hästkärran och Alfred hjälper Clara och Anna upp. Så hoppar han själv upp med Georg. När kärran rullar hemåt berättar Alfred om bröderna Olsson och deras gård. Clara omfamnar Alfred. Han ser glädjen och lättnaden i hennes blick.

”Det låter som en riktigt bra lösning”, säger Johan. ”Brödernas gård är bara ett par kilometer härifrån.”

”Märkligt ändå att jag aldrig stött på dem tidigare”, säger Alfred.

”De har mest hållit sig på gården. Lite skygga ungkarlar, men alltid arbetat hårt och gjort rätt för sig. Jag tror föräldrarna deras drog sig tillbaka när dottern dog”, svarar Johan.

”Jag minns att mor talade om deras syster”, säger Clara.

Framme vid Sättra kliver Alfred och Clara av med lilla Georg. Han har somnat i Alfreds famn. De tackar för skjutsen och ser Johan och Anna åka hemåt. Alfred lägger ned den sovande gossen i vaggan och slår sedan vatten i kaffekannan. Clara tar fram en bit bröd hon bakat dagen innan.

"Hur känner du inför att flytta till bröderna Olsson?" frågar Alfred.

Clara brer fett på varsin smörgås och sätter fram dem på bordet medan Alfred får eld i spisen.

"Jo, någonstans måste vi ta vägen och då kan jag se det som en bra lösning."

"Vi ska köpa oss eget ställe när vi hittar något och jag ska ha min egen verkstad", säger Alfred. "Men vi behöver lite mer tid för att få ihop pengar och hitta något passande ställe först."

När kaffet börjar sjuda lyfter Alfred kannan och slår en skvätt kallvatten i pipen innan han serverar dem båda.

"Ja, det vore fint att en dag äga vårt eget", säger Clara och tar en stor tugga av brödet.

"Det kommer bli bra ska du se", säger Alfred och ler mot Clara.

Hon nickar och ler tillbaka.

"Ja, det tror jag också."

Ett gnyende avslöjar att Georg vaknat. Clara skyndar till vaggan och lyfter upp honom. Han gnuggar sina ögon och gäspar stort.

"Tänk att du snart är storebror Georg", säger Alfred.

"Ja, tänk", säger Clara. "Storebror. Kanske till en lillasyster. Vad tror du Alfred? Är det en liten flicka vi får denna gång?"

"Jag vet inte, men det vore roligt med en dotter också."

"Det tycker jag med", svarar Clara. "Då vill jag att hon heter Gerda, efter mor."

"Klart hon ska heta Gerda."

Clara matar Georg medan Alfred plockar undan disken efter dem, sedan går han ut en sväng på gården. Kollar att allt ser bra ut. Står en stund framför det nedbrunna huset.

"Gerda", viskar han. "Hon ska heta Gerda."

Han får en kall vindpust som svar. Innan han går in igen står han utanför köksfönstret och ser in på sin hustru och lilla gosse. Hjärtat svämmar över av kärlek, men det finns ett stygn av rädsla också att förlora allt.

Kapitel 41 (Senvåren år 1894, fem månader senare)

Utanför sovrumsfönstret blommar körsbärsträdet. Några rosavita skira blad släpper grenen och far iväg i vinden. En fågel landar på en av grenarna och flyger strax därpå in holken som Alfred snickrat ihop. Clara funderar på ifall de också har småbarn nu. Tätt intill bröstet ligger lilltösen Gerda. Alldeles nykommen till världen. Hon såg världens ljus för knappt en vecka sedan. I barnsängen bredvid sover Georg. De hann med ettårs kalaset för honom några veckor innan Gerdas födsel. Clara hör steg från taket ovan dem. Det är Alfred som byter ut gamla trasiga pannor. De två månader de bott här nu i huset på Olssons gård har de städat och fixat för att få det hemtrevligt. Nu när värmen börjar komma ska Alfred ordna tak och fönster, men det är svårt att hinna allt när han behöver arbeta i verkstaden också och Clara har två småbarn att ta hand om. På gården finns en mindre ladugård med två kor, två grisar och en hönsgård. Bröderna odlar potatis, morötter och ärtor. Det är ingen stor gård, men det är en hel del att sköta om ändå.

”Vad fasiken!” ropar Alfred.

Han går snabbt ned för stegen och bort till hönsgården. Dörren står öppen och inte en höna syns till. Det kan inte varit räven. Han är säker på att det var stängt igår kväll och det finns inga tecken på att något djur bitit ihjäl någon höna. Det måste vara en tjuv som tagit dem. Han går mot brödernas boningshus, men innan han hinner fram kommer yngre brodern ut från ladugården.

”Har du lånat verktygslådan som stod därinne?”

Alfred skakar på huvudet och pekar mot den tomma hönsgården.

”Jag tror minsann vi haft påhälsning i natt”, säger han.

”Hör du med Johan sen om han sett eller hört något ifall någon annan i byn drabbats?”

”Jag går över direkt”, svarar Alfred.

När Alfred kommer fram till Johan och Anna ser han Anna hänga tvätt ute i trädgården. Hon trallar på någon låt Alfred inte känner igen. Han harklar sig så hon ska höra honom.

"God morgon Alfred. Hur står det till? Jag tror Johan är kvar inne. Han är lite sen idag. Hade visst svårt att sova i natt. Sa att hundarna skällt, men det hörde inte jag."

Alfred går in i boningshuset och hälsar på Johan som sitter med en kopp kaffe i köket.

"God morgon."

"God morgon Alfred. Ta en kopp och slå dig ned. Jag är lite sen ut i verkstaden idag."

Alfred tar sig en kopp från hyllan och häller upp kaffe.

"Ja, jag hörde av Anna att hundarna höll dig vaken."

"Hon säger att jag inbilla mig, men jag hörde dem flera gånger. Kan ha varit räven eller något annat djur, men något var det i alla fall."

"Vi hade påhälsning av tjuvar", svarar Alfred. "Kanske de varit här också?"

Johan ser förvånat på honom.

"Tjuvar? Tog de något?"

”Höns och verktyg verkar det som. Det är vad vi
upptäckt hittills.”

”Jag ska ta ett varv på gården och se om de tagit något
här också, men förhoppningsvis skrämde hundskallen
bort dem.”

Alfred nickar.

”Vi kanske borde skaffa hund.”

”Vår tik är dräktig. Ni kanske vill ha en av hennes
valpar sedan?”

”Jag ska höra med Clara.”

Alfred häller i sig kaffet och går ut i verkstaden medan
Johan tar en runda på gården.

Senare på kvällen när Alfred kommit hem berättar han
för Clara om den dräktiga tiken hos Johan och Anna.

”Det låter som en bra idé med vakthund, men du får väl
höra med bröderna också. Det är deras gård.”

”Jo, det ska jag göra, men kan inte tänka mig att de
skulle ha något emot det. Förresten kom Kullbom förbi

på eftermiddagen. Han berättade att flera gårdar haft tjuvar hos sig de senaste nätterna."

"Så obehagligt", svarar Clara. "Det måste väl vara genomresande? Inte är det någon från byn?"

""Det är säkerligen någon vagabond som passerar här och passar på när vi sover", säger Alfred.

Gerda gnyr och Clara lägger henne vid bröstet.

"Ja för inte kan det väl vara sonen i Sättra?"

Familjen som köpt Claras familjehem har två söner. Den yngste var visst ett bekymmer för dem och anledningen till att de flyttat från den tidigare platsen de bott på. Han drack och slogs och ville helst inte arbeta fast han var nästan arton år.

"Nej, det tror jag inte", svarar Alfred. "Nog verkar han ställa till med problem för sig och föräldrarna, men han är väl ingen tjuv."

"Är det någon som talat med fjärdingsmannen?"

"Prästen Kullbom hade visst telefonerat tidigare idag."

Samtidigt som Alfred säger det knackar det på ytterdörren. Alfred sätter ned Georg på golvet och går för att öppna. Där står fjärdingsmannen. Alfred ber han komma in.

"Ursäkta att jag kommer så här pass sent, men jag har varit runt i byn och talat med flera och hörde av Johan att ni också var drabbade av tjuvens framfart."

"Jo, eller egentligen är det Bröderna Olsson som drabbats. De äger gården och vi hyr bara av dem."

"Jag var där först, men tänkte jag skulle höra med er också. Det var ni som upptäckte det om jag förstått allt rätt."

Clara tar med barnen upp för att lägga dem medan Alfred fortsätter tala med fjärdingsmannen.

"Jo, jag såg i morse när jag var uppe på taket att hönsburen stod öppen. Jag tyckte det var konstigt eftersom jag såg att det var stängt när jag gick och lade mig kvällen innan. Sedan kom en av bröderna och sa att verktygslådan var borta. Då la vi ihop ett och ett."

Fjärdingsmannen antecknar och nickar.

"Tack, då har jag allt för nu. Min gissning är att det är en vagabond som passerat byn. Jag ska höra med grannbyn och se om de haft samma problem där."

Kapitel 42

Efter flera veckors solsken kommer äntligen regnet. Alla drar en suck av lättnad. Det kom i sista stund för att rädda fruktträden, potatisen och annat de odlat och förlitar sig på för att ha mat över vintern. Alfred går mot handelsboden. Han störs inte det minsta av regnet som blöter ned håret och får med sig saltsmak till munnen. Clara är hemma med småttingarna och har skickat honom att handla socker så hon kan baka vetebullar. På söndag väntar dop för Gerda och efteråt ska de bjuda in till dopkaffe. De hoppas på soligt väder så de kan duka långbord i trädgården.

I dörren till handelsboden möter han fjärdingsmannen.

”Har ni hört något mer om stölderna?” frågar Alfred.

”Inga andra närliggande byar verkar haft besök, så tyvärr misstänker jag att tjuven är kvar här eller att det är någon som bor här.”

”Har ni förhört sonen i Sättra?”

”Jag har talat med både honom och några andra, men
det finns inga bevis.”

Alfred går in i affären och ber om ett skålpund socker.

”Två riksdaler tack.”

Han öppnar börsen och letar fram två mynt och räcker
handlaren. På hemvägen skyddar han papperspåsen med
sockret innanför rocken. Nästan hemma kommer en man
gående emot honom. Det är sonen från Sättra.

”Är du ute i regnet?” frågar Alfred.

Ynglingen ser surt på honom utan att svara.

Alfred skrattar till.

”Ja, ska jag säga. Jag är också ute i regnet. Frugan
skickade mig till handelsboden. Vi bodde i ert hus innan
er. Jag heter Alfred. Vet inte om du känner igen mig?”

Han svarar fortfarande inte, men nickar lätt till svar och
ser något mindre butter ut.

”Hälsa mor och far”, säger Alfred och fortsätter gå
hemåt.

När han kliver in i hallen hörs ett illvrål. Han kikar in i
köket där Clara sitter och ammar lilltösen medan Georg
sitter nedanför och drar henne i kjolfållen. Clara har tårar
i ögonen. Georg ställer sockret på bänken och lyfter
sedan upp Georg i famnen.

”Ta med Gerda upp så kokar jag gröt till gossen”, säger
Alfred. Han förstår att han är trött och behöver hjälp.

Clara ler tacksamt genom tårarna. Alfred killar Georg på
magen. Han skrattar så han hisnar. Georg sätter ned
honom på golvet och tar fram råg och fyller vatten i
kastrullen.

När Georg en stund senare fått magen fylld med gröt
somnar han och Alfred bär försiktigt upp honom till
sängkammaren. Där ligger Clara och lilltösen. Båda har
somnat. Han lägger Georg bredvid dem och går ned igen.
En kort stund därpå kommer Clara också.

”De sover bägge två”, viskar hon. ”Jag ska se om jag
hinner göra klart degen till bullarna innan de vaknar igen.

”Det verkar ha slutat regna nu så jag går ut och hugger
ved så länge.”

Alfred pussar henne lätt på pannan och går ut. Det doftar friskt efter regnet. Några pölar har bildats på gårdsplanen och maskar har hittat upp ur marken. Han går till boden och hämtar yxan. Lyfter upp en stor bit trä på huggkubben, höjer yxan och låter den falla mot träbiten som delar sig villigt i flera mindre bitar. En ny träbit och ett nytt yxslag. En timme senare är Alfred genomsvettig och runt hans fötter ligger många vedträn. Han slår yxan i vedkubben och börjar stapla veden. Så hör han steg på gårdsplan utanför. Han stannar upp och lyssnar. Det är helt tyst. Kanske han hörde fel, men när han börjar stapla veden på nytt hörs steg igen. Det är säkert någon av bröderna. Alfred lägger ifrån sig veden och går ut ur bon. Det är nästan mörkt ute nu. Bara en smal strimma ljus i horisonten gör att man kan urskilja skuggor. Han går in i bon igen för att hämta lyktan. Han sträcker sig för att nå den när han känner en kraftig knuff i ryggen. Han faller handlöst in bland veden och får med sig lyktan i fallet. Utanför hör han hur någon springer snabbt i gruset bort mot vägen. Han kommer kvickt upp på benen igen, men lyktan slocknade i fallet och han ser inte mycket. I stället för att springa efter går han med snabba steg mot huset. Bara ingen varit inne och skadat Clara och barnen. Det susar i öronen, benen är som av gelé. Han måste slagit i knäet i fallet för det värker.

"Clara!"

Han rusar in i köket med rock och kängor på.

"Alfred? Vad har hänt? Du ser blek ut."

"Det var någon på gården som sprang iväg bortåt vägen. Jag blev knuffad in i bon."

"Oj, är du skadad", frågar Clara.

Hon synar honom oroligt.

"Nejdå, det är ingen fara med mig. Jag går över till bröderna och kollar så allt är som det ska. Jag är snart tillbaka."

Alfred knackar på hos bröderna. Inget hörs inifrån och han lägger örat mot dörren. Inte ett ljud. Han knackar igen. Så backar han ett par steg och ser efter om det lyser därinne. Jodå, det lyser i köket och det kommer rök ur skorstenen. Han går fram till dörren igen och känner på handtaget. Det är öppet.

”Hallå?” ropar han.

Fortfarande inget svar. Han hör elden spraka från spisen i köket, men i övrigt hörs inte ett ljud. Han kliver ur stövlarna och går in. Det första han ser är ett par ben. Han känner igen byxorna. Det är den äldre brodern. Alfred drar efter andan. Han ligger på köksgolvet med ansiktet nedåt. Från bakhuvudet rinner det fortfarande blod som bildar en pöl bredvid på träplankorna. Alfred hukar sig ned och känner efter pulsen, men han verkar redan vara död.

Alfred tar en vass kniv från bänken och smyger ut i allrummet. Där finns inget ljus. Han går tillbaka ut i köket och hämtar fotogenlampan på bordet så han kan se något. Visst ligger det någon på golvet. Han håller fram lampan. Jo, det är den andra brodern. Även han med ett blodigt sår i bakhuvudet. Alfred letar efter puls. Jo, det är en svag puls. Han springer ut i köket och hämtar en handduk som han pressar mot det blödande såret. Vänder försiktigt över honom på rygg och lägger stöd under huvudet tillsammans med handduken. Så springer han snabbt in till Clara.

”De är skadade. Jag springer efter hjälp! Håll dig inne
och lås om dig!”

Han vill inte berätta att en är död. Det skulle bara
skrämt upp Clara än mer. Alfred tar sig så snabbt han
förmår till Johan och Anna. Ber Anna hämta Berta i Boda
och Johan att hämta fjärdingsmannen. Därefter skyndar
han sig tillbaka hem igen. Hoppas Clara låst om sig.

Kapitel 43

Alfred ser Clara genom fönstret. Allt ser lugnt ut och han går fort vidare till brödernas hus. Det ser ut som när han lämnade det. Han går in till allrummet och sätter sig ned för att känna om hjärtat fortfarande slår. Det gör det. Han andas ut och vänder försiktigt på broderns huvud för att se om blodet stannat av. Blödningen verkar ha stannat.

"Hallå? Göte?" säger han. "Hör du mig?"

Ingen reaktion alls. Alfred sitter med Götes huvud i sitt knä ända tills Anna och Berta kommer in. Berta sätter sig på huk bredvid dem.

"Du kan gå in till Clara och barnen", säger hon.

Alfred reser sig och blir ståendes. Berta öppnar en väska hon haft med sig och plockar fram glasflaskor, färska gröna blad och olika skålar. Anna nickar åt honom att gå.

Ute på gården hör han hässteg närma sig och strax ser han fjärdingsmannen, prästen Kullbom och Johan komma åkandes.

Prästen går in till brödernas hus, medan fjärdingsmannen och Johan följer med Alfred in till Clara. De slår sig ned i köket.

"Berätta", säger fjärdingsmannen. "Så ska jag ta titta i det andra huset sedan."

Alfred berättar hur han blev knuffad, hörde steg och direkt efter sprang till Clara och sedan gick till bröderna. Hur han sett den äldste broderns kropp och sedan upptäckt att Göte fortfarande hade puls.

"Har ni sett någon härikring tidigare idag? Har ni haft besök?"

"Nej", svarar Alfred. Men så minns han. "Eller jag hälsade på sonen från Sättra när jag kom från handelsboden."

"Vart precis såg du honom? Sa han något?"

"Det var en halv fjärdingsväg nedåt by. Vi möttes i regnet och jag bad han hälsa sina föräldrar, men han svarade inte."

Fjärdingsmannen antecknar och nickar. Därefter går han till brödernas hus där Berta håller på att lägga omslag på såret. Kullbom ber en bön för den döde broderns själ och för Göte.

Johan och Alfred sitter kvar i köket när Clara går upp med barnen till sovkammaren.

"Vill ni sova hos oss i natt?" frågar Johan. "Det kan vara olustigt om gärningsmannen återkommer. Han kanske blev störd och kommer tillbaka för att avsluta sitt arbete."

"Jag tror inte den som gjort detta återkommer", svarar Alfred. "Det var säkert en tjuv som blev påkommen och fick panik och nu har han ännu mer panik över detta som skett."

"Tror du det kan vara han? Sonen på Sättra?"

Alfred rycker på axlarna.

"Om det är samma tjuv som sist verkar det tyvärr inte troligt att det är en vagabond. Han borde gått vidare till nästa by vid det här laget. Men det kan även vara två

olika vagabonder som inte alls har med varandra och
göra."

"Jo, olustigt oavsett", säger Johan. "Vi får låta
fjärdingsmannen göra sitt jobb."

Kullbom kommer in.

"Berta stannar med Göte över natten. Vi tar med oss
kroppen efter bror hans till kyrkans likbod.
Själaringningen ordnar jag med imorgon."

Anna, Johan, fjärdingsmannen och Kullbom ger sig av.
Innan Alfred går för att lägga sig tittar han in till Göte
och Berta.

"Hur är det med honom? Behöver ni något?"

"Natten kommer vara avgörande. Klarar han den
kommer han överleva. Jag stannar och vakar, men det är
inget jag behöver. Försök sova så ses vi imorgon bitti",
svarar Berta.

Alfred går tillbaka till sitt hus. Låser noga dörren och
känner på den en extra gång. Blåser ut ljuslyktan i köket
och ser ut genom fönstret. Rörde det sig vid ladugården?

Eller inbillar han sig bara? Han står en stund och försöker vänja ögonen vid mörkret, men ser ingen mer rörelse. Känner en sista gång på ytterdörren och går upp till familjen. Barnen sover, men Clara är vaken. Han böjer sig över henne och kysser pannan. Hon ser oroligt på honom.

"Det är ingen fara. Sov kära du, så du får lite sömn innan barnen vaknar", viskar han och kryper ned på sin sida.

Clara somnar så småningom, men Alfred förblir vaken. Lyssnar spänt till varje ljud. På småtimmarna går han upp för att kissa. Den råa morgonluften och tystnaden ger honom rysningar. Han vill inte gå till dasset utan ställer sig bakom husknuten. Ser ut över ängen och bort mot träddungen. Han har älskat att stå här om mornarna ensam och känna lugnet, men nu har stillheten blivit en möjlig fara. Han ser brödernas kroppar framför sig. Såret i deras huvuden. Vem kan göra så mot de där snälla gamla människorna? De har aldrig gjort en fluga förnär. Alfred känner hur det snörper till i halsen när han tänker på Göte och hur han ska ta broderns död. De har levt tillsammans på gården hela livet.

Just när han ska gå in igen ser han att det lyser i köket hos bröderna. Någon går där inne. För ett ögonblick stelnar han till. Sedan kommer han på att det måste vara Berta. Han går dit och knackar försiktigt på dörren. Hör hur låset vrids om och möter en trött Berta.

"Kom in Alfred. Vill du ha en kopp kaffe. Det finns varmt i pannan."

Alfred går in och slår sig ned på en stol i köket.

"Hur har natten varit?" frågar han.

Hon häller upp kaffe i en kopp och ställer framför honom.

"Socker?" frågar hon.

Han nickar.

"Jag har dessvärre tråkiga nyheter om Göte", säger Berta. "Han klarade inte natten."

Kapitel 44

En vecka senare kan man läsa om dubbelmordet i Östergötlands dagblad. Tvenne äldre män och bröder har bragts om livet i vad som tros vara ett rånförsök. En ryslig händelse som upprör alla i Rök socken. Stadsfiskalen i Mjölby rycker ut för att bistå fjärdingsmannen. Misstankarna fallo på en inflyttad yngling som ska ställas inför tinget.

Clara mjölkar korna med lilla Gerda i bärsjal på ryggen. Georg staplar runt med för stora stövlar och försöker klappa den skygga kattan. Det är mycket arbete nu när bröderna är borta. Inga levande släktingar har hittats, så var arvet går och vem som ska ta över gården är inte utrett än. Alfred arbetar vidare hos Johan, men tills arvsfrågan är färdig behöver han bara vara där fyra dagar i veckan för att få mer tid att sköta gården också. Clara gör vad hon kan med en nyfödd och en ettåring att se efter.

Alfred kommer in i ladugården.

”Hur går det? Ska jag ta med mig Georg ut?”

Clara ser upp från mjölkspannen.

”Det går bra. Han verkar nöjd.”

”Så bra, då ger jag grisarna mat innan jag går över till Johan och Anna.”

”Till Johan och Anna? Jag trodde du var ledig idag och skulle arbeta på gården.”

”Jadå, jag ska bara ordna med en sak och är strax hemma igen.”

Han blinkar åt henne och går till grisstian.

När han är tillbaka igen står Clara i köket och kokar soppa. Gerda sover i vaggan och Georg sitter på golvet med några träslevar han undersöker noga med både händer och mun. Alfred går in i köket med en filt i famnen.

”Vad har du där?” undrar Clara.

”Vår egen lilla vakthund”, säger Alfred och sätter försiktigt ned en vit rufsig liten hund med nyfikna ögon.

Han går fram till Georg och nosar honom i ansiktet. Georg skrattar förtjust.

"Han ska få bo i hönsgården så länge. Tänkte att det passar bra när det ändå inte finns några höns kvar", säger Alfred.

"Det blir bra sedan, men nu när han är liten kan han väl inte sitta själv därute?" säger Clara.

"Tror du inte?" frågar Alfred. "Johan och Anna har sina i hundgården, men de är flera. Jag tänkte inte på att han blir ensam."

"Kan han vara i ladugården om nätterna? Där gör det inget om han kissar inne och så finns korna som sällskap."

"Ja, vi kan väl prova det", säger Alfred.

Han tar upp valpen i knät och stryker honom över ryggen. Hunden besvarar med att slicka på byxbenen. Georg tultar fram till hunden och känner på hans lena öron.

"Vad ska han heta?" frågar Clara.

”Ja, han är vit och rufsig. Kanske Rufs eller Rufsen?”

”Rufsen”, säger Clara. Vad är det för ett namn? Rufus kanske?”

”Det blir bra”, svarar Alfred. ”Rufus får han heta.”

”Juf, Juf”, säger Georg och pekar på Rufus.”

Clara och Alfred skrattar och ser på varandra.

”Jag älskar dig och vår lilla familj”, säger Alfred och ögonen vattnas.

”Jag älskar dig min tok”, svarar Clara.

Dagarna går. Georg, Gerda och Rufus kräver Claras uppmärksamhet och omtanke. Samtidigt tar hon hand om hushållet och gården de dagar Alfred arbetar hos Johan. I tinget döms sonen i Sättra till livstids straffarbete. En kvinna i byn vittnade om att han försökt sälja stulna höns till henne. Hans egen mor angav att han varit borta de nätter som saker blivit stulna och mordkvällen. Hon hade också funnit en hammare med blod på gömd under hans säng tillsammans med de kläder han haft på sig den kvällen. Själv hade han nekat och angett att hans egen

familj ville sätta dit honom för att bli av med honom.
Han hade alltid känt sig som en börda för familjen. Allt
gick att läsa om i Östergötlands dagblad. Kort därefter
var Sättra till salu. Familjen vill inte bo kvar och utpekas
som dubbelmördarens familj. Claras familjegård är till
salu. Hon vet inte riktigt vad hon känner för det. Det är
hennes älskade barndomshem, men också ett hus drabbat
av brand, hennes mors död och nu ett hem som inhyst en
mördare.

"Den kan nog bli svårsåld", säger Alfred. "Men de
kanske vill hyra ut den om ingen köper."

"Menar du att vi ska hyra den?" undrar Clara.

"Ja, vi har inte råd att köpa än, men vi skulle kunna hyra
så länge. Jag kan rusta upp det nedbrunna huset och göra
en egen verkstad där. Du kan arbeta som telefonist igen."

"Arbeta? Med två små barn och en hundvalp utöver
hushållssysslorna?"

"Du måste inte. Det var bara en tanke. På så vis skulle
vi kunna köpa det fortare, men jag förstår att det blir
svårt."

Alfred stryker Clara över håret. Hon biter sig i underläppen för att hindra tårarna.

”Är du ledsen? Du behöver inte arbeta. Det var dumt av mig. Förlåt”, säger Alfred.

”Det är inte därför jag gråter dummer. Det är tanken på att komma tillbaka hem till Sättra. Jag hade stängt av den möjligheten. Men först nu känner jag hur mycket jag längtat hem. Tror du vi skulle kunna få hyra det?”

”Jag ska höra med dem imorgon.”

Dagen därpå går Alfred direkt till Sättra efter morgonmålet. Han knackar på den välbekanta dörren och tänker på när han första gången kom hit för att telefonera efter läkare till Anders Persson. Clara hade öppnat dörren och hennes ögon förtrollade honom. Nu öppnas dörren av en man några år äldre än han själv. Han ser tärd ut, tänker Alfred. Hur känns det att ha en mördare och tjuv till son?

”Jag ska gå rakt på sak och inte ta er tid”, säger Alfred. ”Jag har hört i byn att ni vill flytta från Sättra. Det är min hustrus barndomshem och vi vill gärna ta över gården, men har inga medel att köpa den för än. Om ni kan tänka er hyra ut den i stället är vi mycket intresserade."

Mannen ser på Alfred med trötta ögon. Axlarna sluttar nedåt, tyngda av skuld och sorg.

"Tack, vi ska tänka saken", svarar han och drar sedan igen dörren efter sig.

Två dagar senare kommer han hem till Alfred och Clara.

"Vi har tänkt på det där med att hyra ut. Vi får nog lov att göra så tills vidare så vi kan ta oss härifrån. Är ni fortfarande intresserade? Vi ska flytta till min hustrus syster i Ekeby och vill göra det så kvickt det går."

Alfred och Clara ser på varandra. Clara nickar.

"Vi kan flytta direkt", säger Alfred.

Kapitel 45 (Sensommaren år 1895, ett år senare)

För att få ihop pengar till att förvandla det nedbrunna huset till en verkstad arbetar Alfred kvar hos Johan, men det går sakta att spara. Pengarna går åt nu med två barn i hushållet. Han funderar på att ta lån i stället för att kunna färdigställa verkstaden innan vintern anländer.

Alfred åker till Östgöta Enskilda Bank i Mjölby utan Claras vetskap. Han vill inte oroa henne för det ekonomiska.

"Så Alfred Bergstrand vill låna för att slutföra arbetet med att omvandla ett nedbrunnet hus till en verkstad som ni inte äger utan hyr? Vad har ni för säkerhet?"

"Säkerhet?" säger Alfred osäkert.

"Ja, om ni inte kan betala av lånet behöver ni äga något av värde som vi kan få i stället."

Han tänker efter. Har han något av värde? De fick ta med korna och grisarna efter bröderna Olsson. De har ett värde och går att sälja. Han föreslår det. Bankmannen ler stort.

"Tyvärr, det räcker inte som säkerhet och jag måste dessvärre avslå er ansökan om lån."

Resan hem är tung och han vet inte hur han ska få tag på medel för att kunna färdigställa verkstaden innan vintern. Kanske han kan höra med Johan. Han är en klok man och har ofta goda råd att dela ut. Alfred stannar till hos Johan och Anna på hemvägen. Johan är i verkstaden och arbetar.

"Alfred? Skulle inte du till Mjölby? Är du redan hemkommen?"

Alfred berättar om vad som skett på bankkontoret.

"Jag behöver få det klart, men har inte tillräckligt med pengar till virket och jag hinner inte arbeta ihop det heller."

Johan funderar. Så ser han på Alfred.

"Du kan få lön i förskott. Ska vi säga för ett halvår? Men det betyder att även om du gör färdigt din egen

verkstad behöver du arbeta av skulden innan du kan sluta
här.”

Utan att tveka räcker Alfred fram handen till Johan.

”Tack”, säger han. ”Tack, du är en sann vän.”

”Det är inte helt utan egen vinning”, skrattar Johan. ”Jag
får ha kvar dig här ett tag till.”

Med pengar på fickan anländer Alfred en tid senare till
skogsägaren Friberg. Han får lov att köpa virke, men
priserna har gått upp på grund av virkesbristen i
Östergötland och han inser att pengarna inte kommer
räcka.

”Finns det något jag kan göra för att få ned priset?”

Friberg synar Alfred.

”Om ni själv kapar stockarna och hämtar dem i skogen
kan jag avvara ett par omkullblåsta träd i stort sett
gratis.”

”Det var ett riktigt frikostigt erbjudande. Dessvärre har
jag ingen tillgång till verktyg för att såga och hyvla hela
plankor.”

”Ni kan få vara i sågverket efter arbetstid.”

Alfred funderar. Det skulle betyda att han måste arbeta i stort sett dygnet runt en tid. Men vad hade han för alternativ?

”Vad skulle det kosta om jag tar ned träden själv, tar dem till sågverket, men någon av era anställda gör plankorna?”

Friberg knappar på en räknemaskin och visar summan för Alfred. Det är nästan hela summan han lånat av Johan. Han nickar och räcker fram handen för att besegla affären. Lättad åker han hem till Clara. Hon möter honom med en kyss i hallen. Tar hans rock och hänger upp den åt honom.

”Oj, vad glad du ser ut. Har dagen varit bra?”

”Det har den. Gerda tog sina första steg idag. Georg har varit en ängel och jag är gravid.”

Alfred lyfter upp sin hustru i en omfamning och dansar runt.

"Vi ska få ett till barn. Lilla Gerda ska bli storasyster.
När tror du det blir?"

"Stämmer mina beräkningar blir det i början av nästa år.
Du blir trebarnsfar, Alfred. Kan du tänka dig?"

Fembarnsfar, tänker Alfred. Sofias och Elins barn
räknas också. Det vet inte Clara och nu har det gått så
lång tid att det skulle kännas konstigt att berätta. Hon
skulle bli sårad av att han inte sagt något tidigare. Sofias
och hans barn är dött och Elins och hans är bortadopterat
så Clara kommer aldrig få veta något. Det kanske är bäst
även om det skaver i honom. Nu med ett tredje barn på
väg vågar han äntligen tro på att han inte är född med
otur ändå. Trots tidigare sorger och förluster är han här
idag med hustru, snart tre barn och snart egen verkstad.
Allt han kunnat drömma om. Han är lyckligt lottad och
den otursförföljda Alfred är ett minne blott.

Han tar Claras ansikte i sina händer. Ler stort och ser in
i hennes ögon.

"Jag ber för att vårt barn blir en kopia av dig, min
vackra hustru."

Till kvällen sitter familjen runt bordet tillsammans. Clara har kokat potatis, ärtor och stekt fläsk. De äter det med en skysås. Georg sitter i barnstolen som Claras far tillverkat en gång i tiden. Gerda sitter i mors knä och pillrar i sig ärtorna en och en. Fläsket hivar hon iväg över bordet. Det landar på golvet, men får knappt ligga ett ögonblick ens innan Rufus tuggat i sig det. Alfred blir varm i hjärtat av att se familjen samlad. Det här är värt alla timmar och pengar han lagt ned på deras hem och verkstad. Nu skulle han spara för att kunna köpa loss deras älskade Sättra. Så länge de hyr kan de när som helst bli tvingade att flytta. Tanken skrämmer Alfred.

Kapitel 46 (Januari år 1896, sex månader senare)

Clara vrålar på övervåningen. Alfred försöker trösta Gerda och Georg.

”Såja, det är inget farligt. Ni ska få ett litet syskon.”

Georg ser storögt på honom.

”Du ska bli storebror igen”, säger han. ”Och du ska bli storasyster Gerda.”

Gerda slutar gråta för en stund, men så snart nytt skrik hörs från Clara börjar hon igen.

Anna och Berta är där uppe hos Clara. Anna hämtar mer vatten och trasor.

”Hur går det?” frågar Alfred.

Anna hummar bara till svar och går upp igen. Alfred vankar av och an i köket. Kastar in ett par vedträn i spisen. Det är en kall morgon. Fönstret har fått vackra froststjärnor. Idag stod man inte längre än nödvändigt vid morgondrillen bakom knuten. Snön nådde honom upp till stövelkanten. Ännu ett vrål tränger genom golvplankorna och ned till Alfred och barnen. Men nu måtte väl ungen vara ute snart. Stackars Clara. Tur man inte är kvinna. Ett helt annat skrik fyller huset. Ett barnskrik. Alfred tar Georg på ena armen och Gerda på den andra, så dansar han runt och sjunger: Vi har fått ett barn, vi har fått ett barn...

Anna kommer ned med ett knyte i famnen.

"Grattis familjen. Ni har fått en liten flicka."

Hon håller fram småttingen så de ser hennes näpna ansikte. Illröd näsa och panna, blå ögon och en ljusröd hårlock på hjässan. Alfred böjer sig ned och drar in doften av sin alldeles nya lilla dotter.

"Far ledsen?" frågar Georg.

"Nej Georg, jag är glad. Det är lyckotårar."

Han sätter ned Georg och Gerda på golvet och tar försiktigt sin dotter i famnen.

"Välkommen lilla Bergstrand", viskar han.

Sedan tar Anna barnet och går tillbaka upp till Clara.

"Anna?" ropar Alfred.

Hon stannar till i trappan.

”Hur mår Clara? Kan jag komma opp?”

”Det var en tuff förlossning. Vänta en stund. Låt henne hämta sig lite.”

Alfred går ut i verkstaden ett slag medan Anna passar barnen och Berta tar hand om Clara och lilltösen. Det finns något lugnande i doften av eld och lera. Efter en stund kommer Anna ut.

”Jag ska lägga Gerda att sova en stund. Tror du Georg kan vara hos dig under tiden? Jag hämtar honom så snart hon somnat.”

Alfred har inte låtit barnen vara i verkstaden förut när ugnen är igång, men Georg börjar förstå mer nu. Han blir snart tre år gossen.

”Det går bra”, svarar han. ”Kom Georg ska du få se vad far arbetar med.”

Georg släpper Annas hand och går till far.

Anna har lovat stanna hos Clara de första dagarna och hjälpa till med Georg och Gerda. Den lilla äter inte tillräckligt och Clara får mjölkstockning och feber. Berta kommer tillbaka och gör omslag och ger en örtblandning för att mildra febern och sätta igång flödet. Barnet får en trasa doppad i kamomillte för att lugna ned, släppa spänningar och öka aptiten. Det verkar hjälpa för redan efter ett par dagar börjar lillan äta mer och mjölkstockningen släpper.

Det tar sin tid för både Clara och Alfred att finna sina nya roller som trebarnsföräldrar. Georg får också han en ny roll med mer ansvar som storebror till två småsystrar. Under dopet är det Georg som står och håller Gerda i handen medan Kullbom häller dopvatten på lillflickans huvud och hälsar Ines Bergstrand välkommen till församlingen.

I Röks församlingshem, ett rött trähus med vita knutar ett stenkast från kyrkan, ordnar Clara och Alfred dopgille för alla som deltagit under dopet av deras Ines. Prästhustrun Frida Kullbom har bakat en fantastisk krokan i fyra våningar. Därtill finns bröd och soppa som Anna lagat. Clara är tacksam över all den hjälp dessa kvinnor gett när hon själv haft fullt upp med att bara ta sig igenom dagarna med tre små barn och hund i hemmet.

Alfred ser ut över byborna som samlats för att fira deras dotters dop. Inom honom pågår en kamp. Samtidigt som han gläds åt den gemenskap och omtänksamhet som finns i deras by oroar han sig för ekonomin. Lånet från Johan har han arbetat av, men verkstaden har inte gett så mycket arbete han önskat och han har blivit tvungen att handla på krita i handelsboden och när ny brunn behövde grävas i höstas fick han göra upp en avbetalningsplan som han nu släpar efter med. Kostnaderna för dopet idag vet han inte hur han ska reda ut. Kanske Rök är för liten plats för att två kakelugnsmakare ska kunna försörja sig. Men inte kan de flytta nu när de äntligen kommit tillbaka till Sättra. Vad skulle Clara säga om det? Tankarna och oron maler i honom. Han kan inte släppa det och enbart njuta av dopet.

"Vad tänker du på?" viskar Clara och ser på honom med kloka kärleksfulla ögon.

"Jag tänker på hur lyckligt lottad jag är som har dig och barnen", svarar han.

När januari övergår i februari slår kylan till på allvar. Det går åt mer ved än någonsin för att hålla värmen i huset. Alfred ser över deras vedförråd och hoppas det ska räcka fram till våren. Det råder brist på brännved i hela socken. Familjen byltar på sig alla klädesplagg och filtar som finns att tillgå. Clara stickar sockor och tröjor till dem alla. Varje torsdag träffas flera av byns kvinnor i kyrkans församlingshem på kafferep där de samlar in gamla kläder och textilier som de sedan repar upp för att återanvända till garn. Att köpa nytt garn i affären är inte att tänka på. Det är alldeles för dyrt. Trots att Alfred inte pratar ekonomi med Clara märker hon att de behöver strama åt. Hon får en allt mindre hushållskassa att handla för. Tur de har kor och höns så de får egen mjölk och ägg åtminstone. Men med mörkret och kylan värper inte hönsen som de brukar och med ont om föda till korna är inte heller mjölken av samma mängd eller kvalitet som tidigare. Grisen de slaktade i december ger dem korv och fläsk ett tag till, men de behöver vara sparsamma. Med kylan ökar hungern och det är lätt att äta för mycket för att sedan stå utan innan förråden kan fyllas på igen. Clara har lärt av mor sin hur man får lite mat att räcka länge.

Hon bakar bröd på eget mjöl hon gjort av den vita delen från barken.

Kapitel 47 (År 1898, två år senare)

Nästan på dagen två år efter dopet av lilla Ines ser dotter nummer tre dagens ljus för första gången. Den här gången går förlossningen så snabbt att varken Berta eller Anna hinner komma till undsättning. Clara vaknar av att vattnet går. Värkarna startar nästan omgående och hon förstår att det är bråttom.

"Alfred, ta med Ines och gå över till Anna. Be henne skynda sig för det kommer gå fort."

Men Alfred hinner inte tillbaka innan det är dags att krysta. I stället ber hon Georg tända i spisen och koka vatten. Gerda hämtar tygtrasor. När Anna till slut kommer är barnet ute och ligger på Claras mage. Anna kör ut barnen från kammaren. Säger åt dem att gå ned till far sin.

"Berta är på väg. Johan hämtar henne. Hur mår du Clara?"

"Jag kan knappt fatta att jag fött ett till barn. Det gick så fort. Jag känner mig tom och matt."

Anna tvättar av lillflickan och klipper navelsträngen.

"Har moderkakan kommit ut?" frågar hon.

Clara skakar på huvudet. Pannan är svettglansig och ögonen tomma. Glädjen som funnits efter tidigare förlossningar saknas denna gång. Fyra barn på sex år tar ut sin rätt. De hade hoppats på en gosse. Någon som kunde hjälpa Alfred på gården tillsammans med Georg så småningom. Den snabba förlossningen och att det blev ännu en flicka tog på Clara. Hon försöker påminna sig själv att hon har fyra friska barn och en snäll make. Det är inte alla förunnat.

De kan höra hur Berta och Johan kommer in i huset, sedan steg uppför trappan.

"Då ska vi se hur det ser ut", säger Berta och lyfter på filten över Claras ben.

Hon lägger en hand på Claras mage och trycker till. Clara kvider av olust och smärta.

"Jag vet", säger Berta mjukt. "Men det måste göras."

Clara känner hur moderkakan glider ur henne och hur Berta rengör med varmt vatten och tvål efteråt. Därefter lägger Berta ett kompress med vallört som ska hjälpa läkningen. Barnet suger mjölk från Claras bröst. Tafatt stryker Clara flickan över hjässan.

"Jag ska försöka älska dig lika mycket som de andra. Det är inte ditt fel att du är barn nummer fyra och flicka", viskar Clara i barnets öra.

Inte heller Alfred känner samma odelade glädje som med tidigare barn. Han kämpar med att få maten att räcka redan nu. Ännu en mun att mätta är inte vad de behöver. Men när Anna kommer med barnet och lägger den i hans famn fylls han ändå med värme och kärlek. Han sträcker fram ett finger och känner barnets små fingrar knyta sig runt det. Han ser förundrat på de små naglarna. Flickan har samma ögonfärg som han själv. Den lilla näsan är helt perfekt. Han stryker henne ömt över kinden. Hon verkar vara ett förnöjsamt barn. Skriker inte lika mycket som de andra gjorde första dygnet.

Flickan döps till Linnea, men den här gången står de över dopgillet. De har inte råd att bjuda hela byn. I stället kommer Kullbom med hustrun Frida samt Johan och Anna över på en kopp kaffe efter dopet i kyrkan. Anna har stickat en tröja till Linnea och räcker den till Clara.

"Tack", säger hon och drar med handen över den.

"Jag var osäker på vad ni behövde mest. Johan har sagt att det inte blivit så mycket arbetsuppdrag som Alfred önskat. Säg till om ni behöver något. Lova det", viskar Anna.

"Tack för omtanken, men vi klarar oss. Vi får strama åt lite ett tag, men det lossnar nog snart."

Clara vet inte om hon tror sina egna ord. De har stramat åt i två år nu och det ser inte ljust ut. Arbetsuppdragen verkar minska snarare än öka även om inte Alfred talar högt om det. Han är en stolt man som inte ber om hjälp eller beklagar sig i onödan. Clara har alltid litat på hans förmåga att försörja dem, men med en till mun att mätta nu börjar hon tveka. Kanske hon ska höra om telefonistjobb ändå. Utrustningen står kvar där hemma. Det var tiden hon var tveksam till. Skulle tiden räcka till både arbete och barn? Alfred kan förstås ta hand om

barnen då han inte hade något arbetsuppdrag och Georg
är sex år snart. Han kan hjälpa till med småsyskonen.

Georg, Gerda och Ines sover i kammaren. Alfred och
Clara äter en bit bröd de doppar i fett. Bönorna Clara
kokat räckte till barnen.

"Här, ta den sista biten du", säger Alfred. "Du behöver
få i dig mat så du kan amma Linnea."

"Vi delar på den", svarar Clara. "Du arbetar hårt och
behöver också äta för att orka."

"Jag har tänkt på hur jag kan bidra mer till vår
försörjning", fortsätter Clara. "Bara tills du får mer
arbete."

Clara berättar om hur hon tänkt med telefonistjobbet,
Alfred och barnen.

Alfred får en bekymmersrynka mellan ögonbrynen.

"Jag vet att det skulle vara till god hjälp om du kunde
arbeta."

Alfred tystnar och ser ut att leta efter rätt ord innan han
tar till orda igen.

"Det bär mig emot att säga ja till att du ska bidra till familjens försörjning. Du arbetar redan många timmar med barn och hushåll, men som det ser ut nu skulle jag vara en dåre om jag sa nej. Våra barn behöver mat. Det vi får från gården och djuren räcker inte till."

Alfred ser ned i bordet. Clara stryker honom över kinden.

"Vi är en familj och vi hjälps åt", säger hon. "Det är inte en svaghet att be om hjälp i nöd."

Kapitel 48

Clara har fått dispens från telegrafverket. Egentligen får inte gifta kvinnor arbeta som telefonister efter en incident några år tidigare. En gift kvinna hade avslöjat affärshemligheter för sin make som hon råkat höra i ett samtal. Telegrafverket ansåg dock inte Alfred som kakelugnsmakare vara någon som kunde dra vinning från sin hustrus yrke. Hon fick lov att skriva under på tystnadsplikt och sedan bytte de hennes gamla utrustning mot nytt och större växelbord eftersom antalet abonnenter vuxit sedan sist hon arbetat. Deras hem är ett kontor mellan åtta på morgonen till åtta på kvällen. Folk kommer och lämnar telegram och vill telegrafera från den telefonhytt de nu också har. Clara är telefonisten och Anna har anställning som nummerflicka. De hjälps åt att se efter barnen. Samtidigt som telefonistjobbet tar fart ökar även beställningarna till Alfred. Han har fullt upp i verkstaden och tar hjälp av Georg för att hinna med. Gerda som nu är fem år, hjälper mor och Anna med småbarnen.

Halv åtta varje morgon kommer Anna till Sättra. Hon ser efter barnen medan Clara får klä på sig och äta frukost innan arbetspasset startar. Alfred och Georg är redan i verkstaden. Linnea sitter i Annas knä medan Ines och Gerda leker på köksgolvet. Gerda leker mor som lagar mat till sitt lilla barn Ines. Anna skrattar när Gerda tillrättavisar Ines som inte alls vill bli matad med låtsasgröt.

Prick åtta startar de växeln och genast ringer det. Clara svarar:

"Växeln. Vart vill ni bli kopplad?"

"Är det fru Clara Bergstrand i Sättra jag talar med?"

"Jaa", svarar hon förvånat.

"Det här är fröken Waldner från skolan. Jag ringer eftersom ni har ett barn i skolåldern, Georg Bergstrand. Jag kan inte se i mina papper att han är anmäld för skolgång till hösten. Ni vet väl att det är skolplikt för alla över sex år?"

Clara och Alfred har diskuterat Georgs skolgång, men hoppats kunna skjuta på det något år eftersom han behövs i verkstaden. Skolplikten har funnits många år, men barnen kan också hemskolas. Dock innebär de att de ska examineras i skolan varje år för att se att de får alla kunskaper som förväntas hemma. Clara kan inte se hur tiden ska räcka till det också. Georg arbetar långa dagar med far sin. Hur ska han orka studera om kvällarna?

"Hallå? Fru Bergstrand? Är ni kvar?"

"Ja, förlåt. Ni förstår Georg behövs här hemma och vi har hoppats på att kunna skjuta upp skolgången ett år om det är möjligt."

"Jag hoppas ni förstår allvaret. Att kunna läsa och skriva och ha kunskaper blir allt viktigare för att få arbete. Det är nya tider nu. Hamnar man efter ett år redan från början är det inte enkelt att komma ikapp. Tänk på Georg. Det vi kan göra är att se mellan fingrarna om han kommer till skolan tre dagar i veckan. Men bara om han läser sina läxor och tar igen resten hemma. Förstår ni?"

”Tack”, svarar Clara. ”Tack snälla ni. Det är till stor hjälp.”

Alfred och Georg kommer in för en bit mat mitt på dagen och äter med familjen. Anna går alltid hem en stund då för att servera Johan mat. Johan är en modern make och har inget emot att hans hustru arbetar. Bara hon inte försummar sitt eget hem och man.

Clara berättar vid matbordet om vad fröken Waldner sagt. Georg skiner upp. Han har längtat efter att börja skolan. Räkna kan han lite grann. Det har far lärt honom i verkstaden. Men han har länge sett fram emot att lära sig skriva och läsa.

”Det var för väl att han inte behöver gå till skolan alla dagar. Då får jag fortfarande hjälp tre dagar i verkstaden.”

Clara nickar.

”Nästa år är det Gerdas tur också att börja skolan.”

Alfred skrattar till.

"Kära Clara. Vi får ta en sak i taget. Det är ett helt år kvar."

"Jo", säger hon. "Men vi kommer ha ett barn till då. Jag är nästan säker på att jag väntar barn igen."

Alfred tystnar och blir allvarlig för en stund.

"Det ordnar sig kära du. Nu har vi bättre ekonomi och kan mätta vår familj."

"Jovisst, men jag vet inte om jag kan fortsätta arbeta då med Georg och Gerda i skolan och tre småttingar hemma."

Claras ögon tåras. Den här gången är det inte glädjetårar över graviditeten utan trötthet och rädsla. Hur ska hon räcka till som mor och hustru och samtidigt arbeta. Hon får inte ihop det och bara tanken gör henne tung i kroppen.

Alfred reser sig ur kökssoffan och går fram till Clara. Han lägger armarna runt henne och drar henne intill sig.

”Vi kommer lösa det. Vi är inte de första i världen som får fem barn. Vi har arbete, tak över huvudet och hjälpsamma grannar. Det kunde vara mycket värre.”

Alfreds ord och omtanke lugnar Clara för stunden.

”Jag kan hjälpa till mor”, säger Georg. ”Ines kan vara med far och mig i verkstaden när jag inte är i skolan.”

Alfred klappar sin son på huvudet.

”Du är en redig pojk”, säger han.

Sommaren passerar snabbt och när hösten anländer tillsammans med Georgs första skoldag syns Claras graviditet tydligt. Förlossningen beräknas till tidig vår. Denna graviditet tar hårt på Clara. Hon får svår foglossning och blir sängliggande redan i december.

”Hur ska vi klara arbetet och barnen fram till förlossningen?”

Clara ser oroligt på Anna som kommit med en kopp kamomillte.

"Jag kan höra med jäntan på Walla gård. Vad jag hört så söker hon anställning. Familjen har åtta barn och behöver bli av med en mun att mätta. Flickan är fjorton år och färdig med skolan. Skulle det vara möjligt för er att ha henne boendes här?"

"Det är en bra lösning om hon kan arbeta för mat och boende, men jag vet inte var hon skulle sova?"

"Ni kanske kan ordna en jungfrukammare innanför köket, där skafferiet är nu?"

Clara funderar. Det är ingen dum idé. Hon ska höra med Alfred ikväll ifall det går att ordna. Det skulle underlätta mycket för dem.

Kapitel 49

”Det låter som en god idé att ta hjälp”, säger Alfred när
Clara berättar om Annas idé. ”Kan nya barnet bara vänta
med sin entré till februari, så ska jag nog hinna spika upp
ett par väggar till en jungfrukammare också.”

Familjens femte barn väntar längre än så. Två veckor
över tiden föds han en ovanligt varm marsdag.
Tussilagon har redan trängt upp i dikeskanterna. Av snön
finns bara smältvatten kvar. Lilla Verner kommer snabbt
ut när han väl bestämt sig. Två timmar från första värken
tills hans skrik ljuder i det allt mer trångbodda huset.
Efteråt sitter Alfred på sängkanten hos sin hustru. Hon
ser på honom utmattad.

”Jag tycker det räcker med barn nu”, viskar hon.

Alfred ser på det lilla knytet och nickar.

”Jo, det är svårt att få mat till alla och kläder, men
samtidigt är det Guds vilja som sker.”

"Guds vilja?" fräser Clara med en för henne ovanlig
styrka i rösten. "Så det är inte din vilja när du kommer till
mig om nätterna?"

Alfred blir generad. Ovan vid att tala om det. Älska med
sin hustru är något man gör, men inte talar om.

"Du kan inte mena att vi redan nu, inte ens fyrtio år
fyllda, ska sluta älska som man och hustru?"

Clara mjuknar vid åsynen av honom. Tar hans hand.

"Nej, men vi kanske kan vara försiktiga. Du vet vad jag
menar."

Alfred ser lättad ut. Kysser henne på kinden.

"Jag ska vara mer försiktig. Jag lovar."

Trots löftet blir det två barn till efter lilla Verners
ankomst. Året därpå kommer Svea och ytterligare ett år
senare, 1901, föder Clara Valter. Med en familj på sju
barn, fyra döttrar och tre söner, börjar Alfred dra på sig
nya skulder igen. Han kämpar på i verkstaden dygnets
alla vakna timmar. Pausar endast för måltider och sömn.
Georg hjälper far när han inte är i skolan. Clara hinner

inte arbeta alls längre. Allt fler växeltelefonister arbetar i
städerna och växlarna på landsbygden blir färre.

Georg och Gerda går till skolan tre dagar i veckan. De
andra dagarna hjälper de mor och far. Ines, Linnea,
Verner, Svea och Valter är hemma med mor. På
söndagarna åker familjen till kyrkan.

Clara passar på att skura köksgolvet när Valter somnat i
vaggan. På spisen kokar råggröten och hon reser sig
emellanåt för att röra om. Ute är det fortfarande mörkt.
Hon har varit vaken ett par timmar. Valter har kolik och
oftast är det värst på mornarna. Hon får vanka av och an i
köket och vagga honom. Av Berta har hon fått rådet att ge
han kamomillte. Det ska hjälpa magen slappna av och
släppa på koliken. De andra barnen kunde som tur var
somna om idag, men Alfred kunde inte få ro och gick i
stället ut till verkstaden tidigt. Hon ser hur det lyser där
ute.

”Mor?”

Gerda och Ines står i dörröppningen till köket.

”God morgon, är ni redan vakna?”

Gerda går fram till spisen och rör om i gröten. Ines börjar duka fram tallrikar och skedar. Strax därpå kommer Georg med Svea i famnen och efter går Verner. Alla barnen slår sig ned runt köksbordet. Trots tröttheten ler Clara stort när hon ser sina barn samlade. Hon har haft tur, tänker hon. Även om de får gå hungriga vissa dagar och sällan eller snarare aldrig får nya kläder, är de alla artiga och hjälpsamma. Aldrig knorrar de när Clara ber dem hjälpa till. Ofta gör de det redan innan hon hunnit be dem.

Mitt i frukosten vaknar Valter med ett illvrål. Genast reser sig Gerda och tar upp lillebror.

"Vill mor att jag stannar hemma från skolan idag?"

Clara skakar på huvudet.

"Det är fint av dig vännen, men gå du till skolan. Vi klarar oss. Men du kan stanna till hos Anna på vägen och be henne titta över om hon har tid."

Efter frukosten borstar Gerda håret och säger hej då till småsyskonen innan hon och Georg går till skolan. Det är nästan fyra kilometer till skolan och tar sin tid att gå, men

Georg har god fantasi och brukar hitta på sagor som han
berättar för Gerda medan de går.

  ”Just här där vi går nu red kungen av Storberget för mer
än tvåhundra år sedan”, börjar han.

  ”Hur vet du det?” undrar Gerda som är mer förnuftig
och har mindre fantasi än sin bror.

  Georg suckar över hennes oförmåga att föreställa sig det
i stället för att ifrågasätta dess riktighet.

  ”Man har hittat hans skelett inte långt härifrån. Ty han
blev nämligen överfallen och ihjälslagen där borta.”

  Han pekar mot en skogsdunge. Gerda tittar skeptiskt,
men lite mer nyfiket nu.

  ”Han var på väg hem till slottet i Vadstena där hans
älskade hustru väntade på honom.”

Nästan mot sin vilja dras Gerda in i historien om den
stackars kungen som aldrig fick komma hem till sin
älskade. När de kommer fram till skolan är berättelsen
inte slut.

  ”Du får höra slutet på vägen hem”, säger Georg.

”Vet du ens slutet själv eller hittar du bara på?”

Georgs ögon glittrar och han rycker på axlarna innan han öppnar dörren åt lillasyster.

Kapitel 50 (År 1905, fyra år senare)

Clara drar filten över huvudet och kväver en hostning.
Hon låtsas sova, men hör hur Alfred och barnen donar
nere i köket. Någon tappar ett kärl i golvet. Hon blir varm
i kroppen av deras kärlek och ansträngning. Det är
hennes namnsdag idag och vanligtvis är det hon som
kommer ihåg alla namnsdagar i familjen och gör lite
extra gott om de har råd, men idag är det de som
anstränger sig för hennes skull. Hon förstår att det delvis
beror på att hon varit sjuk en tid och de vill muntra upp
henne. Det är den förbaskade hostan som inte vill ge med
sig. I går kom det blod, men det har hon inte berättat för
Alfred. Han är tillräckligt orolig ändå. Berta säger att det
är bröstilskan och hon borde åka till sanatoriet för att få
vila och inte smitta barnen eller Alfred. Flera i byn har
drabbats av bröstilskan eller lungsoten som de också
kallar den och flera har strukit med. Det skrämmer henne
mest. Tänk om hon dör och lämnar Alfred och barnen
själva. Hur ska det gå för dem då? Hur ska Alfred kunna
ta hand om alla barnen ensam och arbeta samtidigt? Hon
måste tala med honom om det. Om det värsta skulle ske

måste han se till att skaffa ny hustru fort, för barnens skull. Hon måste säga att han har hennes välsignelse och att han inte ska ha dåligt samvete ifall det sker.

Steg hörs i trappan. Dörren till sovkammaren knarrar när den glider upp. Clara gör sitt bästa för att inte fnittra. Först går Gerda med en ljuslykta. Efter kommer Georg med Valter i handen. Linnea håller ett fat med en smörgås på. Ines har en kopp med kaffe och Svea går bredvid och sjunger. Sist kommer Alfred med ett stort leende, men oro i ögonen. Alla försöker få plats i sängen när mor äter frukosten och gör sitt bästa för att kväva hostningarna. När hon tar sista tuggan reser sig barnen för att gå ned och äta sin frukost.

"Alfred", säger Clara. "Kan du stanna en liten stund?"

Hon berättar om sin oro för döden. Inte för egen skull, men för honom och barnen. Hon talar om sina tankar om att han borde skaffa ny hustru snarast om det värsta skulle inträffa. Han lyssnar till hennes ord och känner hur det envist börjar sticka bakom ögonen. Det går inte att svara på det hon säger. I stället nickar han bara och stryker henne ömt över kinden innan han går ned till barnen.

Alfred ser på Clara i smyg. Hon står framåtlutad över tvättfatet. Öser kallvatten, nyss hämtat från brunn. Gnuggar ansiktet med den hemkokade tvålen och lite under armarna. Hon är vackrare än någonsin och sju barn har hon givit livet. Hans kära Clara. Hennes röda hårsvall över den bleka ryggen. Han minns första gången han såg henne för femton år sedan. En kall vinterdag då han behövde hjälp att telefonera doktorn. Utan att ifrågasätta hade hon ställt upp. Värmt honom med kaffe och omtanke.

Hostattacken väcker Alfred ur hans tankar. Han rusar fram med en handduk. Klappar henne över ryggen där hon står dubbelvikt. Handduken fläckas av blodet som kommer upp som en kaskad.

 ”Älskade Clara, ska du inte till sanatoriet en tid alla fall?”

 ”Men barnen då?”

”De klarar sig. Georg hjälper till. Han är en redig gosse nu. Tolv år fyllda.”

En ny hostattack kommer över henne. När den avtar ser hon på honom.

”Du har rätt. Ska jag bli frisk igen behöver jag nog dit ett tag.”

Clara åker iväg till sanatoriet i Linghem. Alfred talar med barnen. Säger att deras mor behöver få vård och vila för att kunna bli frisk igen. Georg får hjälpa till mer hemma nu i mors ställe. Ta större ansvar. Han är äldst med sina tolv år och färdig med skolan. Gerda ska gå kvar ett år till och går tillsammans med Ines, Linnea och Verner. Det är bara Svea och Valter som ännu inte börjat skolan. De är hemma med Georg och far. Alfred ser dem sällan om dagarna. Han knotar på i verkstaden. Trots det växer skulderna. De har ännu inte kunnat köpa loss Sättra som de tänkt. Oron över Clara, barnen och skulderna har fått Alfred att allt oftare döva känslorna med brännvinet. Han vet att det inte är en bra lösning, men han ser ingen utväg och alkoholen lindrar skönt i stunden. Han dricker inte framför barnen utan oftast blir det i verkstaden och de flesta dagarna har de somnat innan han kommit in. En kväll när han druckit en hel del sitter Georg i kökssoffan när han kommer in.

"Är du vaken än?"

Alfred anstränger sig för att det inte ska märkas att han druckit.

"Jag kan inte sova", svarar Georg. "Varför kommer inte mor hem? Tror du hon kommer dö?"

Georg säger högt det Alfred försöker trycka undan varje dag med hårt arbete och sprit. Nu ekar orden i det mörka köket. Alfred får panik. Vill inte höra.

"Tror du det far? Kommer mor dö?"

Alfred lyfter handen och ger Georg en örfil. De ser förvånat på varandra för ett kort ögonblick, sedan springer Georg upp till sina syskon i kammaren. Han kryper ned under filten och lägger en hand på sin brännande kind. Alfred går tillbaka ut i verkstaden och öppnar spritskåpet.

Morgonen därpå förstår Georg att far inte sovit i huset. Han går ut till verkstaden för att kolla till honom. Alfred står med ryggen åt honom när han kommer in.

”Far”, säger han.

Alfred vänder sig om och ser på sin son.

”Förlåt för det jag sa igår. Såklart kommer mor hem igen.”

Alfred går fram till Georg och rufsar honom i håret. Huvudet dunkar och han har svårt att tänka klart.

”Gå in till dina syskon nu. Jag behöver jobba.”

Dagen därpå kommer ett brev. Det värsta har hänt. Clara har avlidit på sanatoriet och ska begravas dagen därpå. Tankarna snurrar i Alfreds huvud. Clara sa att han skulle skaffa ny hustru. Hur skulle han kunna det? Han ser Sofia och Elin framför sig. De ser medlidande ut. Så ser han Clara som ser uppfodrande på honom. Nu skaffar du dig en fru och tar hand om våra barn tycks hon vilja säga. Helst vill han ta till flaskan igen och dricka bort sina syner. I stället går han in till Georg och berättar vad som skett. Ber honom att inte säga något förrän han kommer tillbaka från begravningen. Han ska åka dit själv. Georg behövs här hemma.

”Jag litar på dig. Ta hand om dig och de små.” För första gången på många år omfamnar han sin äldste son. Håller kvar honom en stund. Georg står helt stilla med armarna hängande rakt ned. Låter sig omfamnas.

Tidigt morgonen därpå åker Alfred iväg. Han kommer aldrig mer tillbaka till Sättra eller till sina barn. Färden går inte mot sanatoriet.

Kapitel 51

Alfred lutar sig fram och ber kusken köra mot hamnen i Vadstena. I fickan har han penningpungen med de få mynt han äger. Med hela sin styrka tvingas han trycka ned självföraktet. Han tar fram fickpluntan och sväljer med en grimas ned brännvinet. Om och om igen blinkar han bort bilderna som envist flimrar för ögonen. Georgs förvånade blick vid örfilen. Claras förebrående ögon. En oskyldig ovetandes liten Valter. Hans och Claras älskade barn. Han är inte värd dem. Han upprepar orden som ett mantra. Jag är inte värd att vara deras far. De kommer få ett bättre liv utan mig.

”Ursäkta?” säger kusken och ser frågande på honom.

Han har visst råkat tala högt.

”Ingenting. Jag tänkte lite högt.”

Kusken saktar in hästarna när de närmar sig hamnen.

”Ni kan stanna här”, säger Alfred och håller fram ett mynt.

Hoppas de han har kvar kan ta honom över Vättern. Han minns sin förra båtresa för många år sedan tillsammans med Elis. Hur Elis lurat honom med sina enkla skeppgossekläder för att sedan visa sig vara en herreman. Och Elin. Vackra älskade Elin. Hur hade livet blivit för henne och för deras bortadopterade barn?

Alfred går ostadigt fram till luckan och ber om en biljett till Hjo. Flickan ser osäkert på honom, men tar emot pengarna han lagt på disken. Mynten räcker precis och han går ombord. Han slår sig ned ute på däck. Det regnar, men det bryr han sig inte om. Det är bara skönt att få sitta ifred. Båten lägger ut och ger ifrån sig ett bröl när hon lämnar Vadstena.

"Ni ska väl inte hoppa i och ta ert liv? Jag är inte säker på att man dör av det. Såvida man ej kan simma förstås. Kan ni simma?"

Alfred ser upp med berusade rödgråtna ögon.

"Men hur ser han ut? Vad har hänt?"

Mannen slår sig ned bredvid Alfred. Han är välklädd och luktar gott. Det är något bekant över honom. Alfred letar runt i minnet.

"Elis? Är det du?"

"Det är jag min gamle vän. Du ser inte ut att må väl. Kom så tar vi en bit mat och så får du berätta."

Alfred kan knappt tro det. Elis. Elins bror. Det måste vara tjugo år sedan de sågs första gången på samma båt. De slår sig ned vid ett fönsterbord i matsalen. Elis beställer in trerätters till dem båda. De blir serverade hönssoppa till förrätt, därefter lammsadel med sparris och som avslutning varsin glassbomb med chokladöverdrag. Även om Alfred är en smula berusad och avtrubbad blir han hänförd av måltiden. Han hade aldrig i sitt liv kunnat drömma om detta. Han visste inte att det fanns något som en glassbomb med chokladöverdrag. Tänk så olika det kan vara. De är lika gamla och lever samtidigt, bara en dagsresa från varandra, men så olika. Och det endast för att de blev födda av olika föräldrar. Livet är inte rättvist. Han säger det högt.

”Livet är inte rättvist.”

”Det har du rätt i”, svarar Elis. ”Se bara på min syster.”

För ett ögonblick nyktrar Alfred till och ser med fokuserad blick på Elis.

”Elin? Vad är det med Elin?”

Elis skakar på huvudet.

”Det är en lång historia. Jag ska berätta, men först vill jag höra vad som hänt dig min vän.”

Alfreds blick grumlas igen. Han sjunker in i sitt elände och självömkan och börjar fumlande berätta.

”Clara dog. Lungsot. Jag min idiot övergav barnen. Jag svek alla...”

Tårar väller upp på nytt. Elis räcker han en struken näsduk med monogram. Alfred snyter sig, tackar och ger tillbaka den.

”Behåll den du”, säger Elis. ”Och fortsätt. Vem var Clara? Vilka barn? Era?”

"Jag träffade Clara när jag skulle telefonera efter en läkare. Hon var telefonist och jag blev genast förtjust i henne. Hon var vacker, men det jag föll för var hur hon lyssnade på mig och hur vi kunde tala med varandra. Som vänner. Det tog ett par år innan vi blev ett par. Vi gifte oss och fick sju barn. Sju fantastiska barn. Vår minsting Valter är fyra år nu. Clara var den bästa finaste mest kärleksfulla mor och hustru. Så dog hon. Lungsot..."

Nya tårar sipprar ut. Alfred tar fram fickpluntan, men den är tom.

"Har de brännvin här?" undrar han och ser sig om efter kyparen.

"Är du säker på att du ska ha mer sprit?" frågar Elis.

"Det gör så ont annars."

Elis ropar på kyparen och beställer varsin snaps. Alfred sveper sin direkt.

När båten ett par timmar senare lägger till i Hjos hamn reser sig Alfred.

"Tack för maten", sluddrar han.

”Du kan komma och bo hos mig en tid”, säger Elis.
”När du återhämtat dig kan du åka tillbaka till dina barn.
Du älskar dem och vill inte överge dem. Alfred? Du
behöver bara få sörja ifred en stund.”

Alfred ger Elis en ilsken blick och kliver av båten.

”Du förstår inte. De har det bättre utan mig”, ropar han
och försvinner in i folkmyllret vid hamnen.

Kapitel 52

Efter två dygn av vandring genom skog och över fält i ett ihållande sommarregn kommer Alfred fram till sitt föräldrahem i Broddetorp. Han stannar en bit ifrån och slår sig ned på en sten vid vägkanten. Solen skiner nu, men regnet fortsätter ändå. Han är redan blöt ända in på skinnet så det gör varken till eller från längre. Platsen och dess hemtama dofter väcker upp minnen. Han ser mor baka bröd. Far i sin ytterrock. Sofias ansikte när han friar till henne. Och John, som han inte tänkt på alls under många år. Han ser honom som barn i skolbänken och som präst när han skulle viga honom och Sofia. Så ser han på huset. Det hus han växt upp i. Varit lycklig i och grått i. Sett mor tyna bort i och sörjt sin Sofia i. Alfred blir matt av alla känslor som väller fram nu när brännvinet är slut och inte kan döva dem längre. Plötsligt känner han tröttheten, kylan och hungern. Det sliter i hans kropp. Magen skriker och han darrar.

Alfred vaknar av att det är varmt. Var är han? Det är mörkt i rummet och han ligger i en säng med flera filtar

över sig. Dörren till rummet är stängt, men i springan
under den kan han se att det brinner en brasa i rummet
bredvid. Han hör steg och någon slänger in mer ved i
elden. Doften av mat når honom. Han viker undan
filtarna och gör ett försök att sätta sig opp, men huvudet
bultar och det känns som han ska svimma sittandes. Han
kvider till och lägger sakta ned huvudet igen. När han
sluter ögonen snurrar det. Någonstans i fjärran hör han en
dörr gnissla och det blir ljust.

”Hallå? Är du vaken?”

Försiktigt öppnar Alfred ögonen. Han ser en suddig
figur stå en bit från sängen. Först skrämmer det honom,
men sedan uppfattar han en gammal krum man med
käpp. Inte kan han utgöra någon fara.

Alfred öppnar munnen för att svara, men får bara fram
kraxande läten. Mannen har ett glas i handen. Han hjälper
Alfred upp till halvt sittande. Sätter bolstret som stöd
bakom ryggen och för sedan glaset till Alfreds torra
läppar. Det är kallt vatten och han dricker girigt. Hostar
till när det kommer för mycket och för snabbt. Mannen

tar bort glaset. Alfred ser på honom. Drömmer han? Är han inte nykter än?

"Far?"

"Alfred, du är tillbaka. Jag hade tappat hoppet."

Han somnar igen. Under de närmaste dygnen tampas Alfred med feber och sorg. Far hans ser efter honom som han aldrig tidigare gjort. Den omsorg han känner för sin pojk är ny för dem båda. Alfred har svårt att få grepp om vad som är verkligt och vad som är dröm. Han glider in och ut ur sömnen. Blir matad med soppa och somnar om. Drömmer om mor. Känner hennes svala hand mot sin panna. När han ska tala till henne byter hon ansikte och blir till Clara. Sorgen väller över honom. Hjärtat gör fysiskt ont. Alla kvinnor i hans liv har tagits ifrån honom. Han ondgör sig över gud. Frågar vad han gjort för att förtjäna detta. Minns fars kyla mot honom som barn. Hans längtan efter fars bekräftelse. Nu får han den, men kan inte ta emot den. Självhatet äter upp tacksamheten. Far är gammal nu. Visst borde det väl vara han som tog hand om far och inte tvärtom. Vad är han för man? Han äcklar sig själv och står inte ut i sitt eget skinn. Elis ord på båten ekar i huvudet. "Ni ska väl inte hoppa i och ta ert liv?" Ska han det? Ta sitt liv. Vad har han för liv framför sig? Han ligger ynklig i sitt föräldrahem och tas om hand av sin gamle far.

Alfred vaknar och känner för första gången sedan han kom hit ingen feber eller huvudvärk. Han sätter sig upp och sträcker sig efter vattenglaset. Tar en klunk och sätter ned fötterna på de lena golvplankorna. Ser sig om i rummet efter sina kläder. Upptäcker dem hängandes över en stolsrygg vid fotändan. Kroppen ömmar efter flera dygn i sängen. Han sträcker på sig och det knakar i lederna. Kläderna är torra och varma. Han klär på sig och öppnar dörren ut till köket. I skumljuset ser han far ligga i kökssoffan och sova.

"Tack", viskar han och smyger ut till farstun och tar på sig ytterkläderna.

"Ska du ge dig av igen?"

Alfred rycker till. Han hade inte hört far komma. Han vänder sig om och ser far sin i ögonen.

"Jag vill inte vara till besvär", säger han.

"Hör på mig nu min son. Vi vet båda att jag hållit mig borta från dig under din uppväxt. Din mor stod för ömheten och fostran. Jag tyngs av skuld över det. Att du kommit tillbaka och behöver mig nu har känts som en möjlighet att göra något rätt även om det inte kan väga upp för allt."

Alfreds ögon svider. Orden stockar sig. Han omfamnar sin far länge och viskar i hans öra:

"Tack."

Han öppnar sakta ytterdörren och kliver ut i sommarnatten. Får en känsla av att han upplevt detta tidigare. Den gången Sofia dött och mor hans låg för döden. Är det sådan han är? En som smiter när det blir jobbigt? Han skäms, men vet inte annars vad han ska göra. Han kan omöjligt vara kvar här. Kroppen går vant vägen genom byn. När han upptäcker vart han är på väg är det för sent. Han är nästan framme och kan lika gärna fullfölja. En kort stund stannar han till utanför de stora järngrindarna. Han lyfter av haspen och skjuter upp ena grinden. Gruset under hans stövlar knastrar när han går mot kyrkan och gravarna. Där vilar Sofia, deras barn och

Alfreds mor. Han sörjer dem alla. Trycket över bröstet gör det svårt att andas. Han vet inte hur länge han blir sittandes där, men han ser solen gå upp och känner hur dess strålar börja värma ryggen. Så hör han knastret i grusgången. Någon närmar sig honom.

Kapitel 53

"God morgon, vill ni komma in i kyrkan. Jag har låst upp nu."

Alfred vänder sig om och kisar för solen. Framför honom står prästen. Solstrålarna bakifrån får prästen att se glödande ut. Nästan överjordisk. Alfred reser sig mödosamt upp.

"Alfred? Är det du Alfred?"

"John!"

De gamla vännerna omfamnar varandra.

"Kom, vi går in och tar en kopp kaffe", säger John och går mot kyrkporten.

Alfred stannar till framme vid altaret. Ser Sofia framför sig i bröllopsklänning. Så ung och vacker med deras barn i magen. Han känner en arm om sina axlar. John säger inget. Står bara nära. Trygg och stadig. De står tysta tillsammans och delar samma minne. Så släpper John Alfred och vinkar åt honom att följa efter. De går in genom en dörr som leder till ett mindre rum med ett bord, två stolar, en liten vedspis och ett fönster högt upp på ena väggen. Rummet har vitmålade väggar med grått stengolv. Det är svalt och luktar stearin, eld och fukt. John ber Alfred slå sig ned på ena stolen medan han värmer på kaffet.

Konstigt, tänker Alfred. Det har passerat ett par decennier sedan sist och ändå känns det naturligt att sitta här med John. Han är sig lik. Det ljusa håret har mörknat något och några gråa strån har hittat fram vid tinningarna. Huden under ögonen har ett par fler veck än sist, men blicken är lika intensivt blå som förr. Hans närvaro har samma påverkan på Alfred nu som då. Alfred rodnar vid tanken. Här sitter han fylld av sorg och kan ändå uppslukas av åtrå till prästen. Det finns så många fel med det och han kämpar febrilt med att trycka ned sin lust.

John ställer ned varsin kopp kaffe och slår sig ned på stolen mittemot Alfred.

”Alfred”, säger han med ett varmt leende. ”Jag har tänkt på dig under åren. Undrat vad som hände när du försvann från byn. Vart du tog vägen. Om du skaffade familj. Om du blev lycklig."

Han tystnar och ser frågande på Alfred. Efter en stunds betänketid harklar sig Alfred och börjar berätta. Han pratar om båtresan till Hästholmen. Elis och tiden på Godegård. Elin och barnet hon födde som adopterades bort utan hennes vetskap. Flytten till Omberg och sedan till Vadstena. Hur han hamnade i fängelse en natt. Sist talar han om Rök och hur han fick sitt mästarbrev som kakelugnsmakaren och fick sin egen verkstad. Men han utelämnar Clara och barnen. Han orkar inte berätta den delen utan alkohol i kroppen. Han låter John få uppfattningen att det som skedde med Sofia och Elin fått honom ge upp alla tankar om barn och äktenskap, vilket var sant tills han träffade Clara.

När Alfred tystnar lägger John sin hand över hans. Det bränner till. Alfred vill rycka undan, men förmår inte. Vill inte såra John, men känner sig inte värdig hans medkännande. Här sitter han i guds hus med en präst och vän och ljuger honom i ansiktet. Vad är han för en man? Nej, han är verkligen inte värd någons medlidande.

"Vad fick dig att lämna verkstaden och huset i Rök och komma tillbaka hit nu?"

Alfred letar febrilt efter ett vettigt svar.

"Jag kunde inte sluta tänka på far. Undrade om han fortfarande levde."

John ser ut att tro på hans lögn.

"Det gör han. Har du träffat honom?"

Alfred nickar.

"Och nu då? När du träffat honom. Ska du tillbaka till Rök igen?"

"Kanske, men inte direkt. Jag känner mig vilse i livet. Vet inte var jag hör hemma längre", säger han sanningsenligt.

"Stanna här ett tag. Jag bor ensam i prästgården. Det är stort och ensamt. Det finns plats till dig om du vill."

Alfred ser upp mot fönstret. Man kan ana den blå himlen där utanför.

"Ja, varför inte", svarar han. "Men jag vill inte att någon annan i byn ska få veta."

John pekar på sin krage och ler stort.

"Jag har tystnadsplikt."

John visar Alfred till hans rum i prästbostaden och lämnar honom för att göra sig hemmastadd.

"Jag går tillbaka ned till kyrkan. Är du hungrig så ta för dig av det som finns i köket. Efter lunch kommer Sirkka, min städerska. Hon har nyckel och går in själv. Hon är diskret och kommer inte berätta om dig för någon."

"Tack."

Alfred ser sig om i rummet. Det är vitmålat och högt i tak. Genom det höga fönstret med spröjs högst upp kommer mängder av dagsljus in. Två större målningar hänger på ena väggen. De föreställer samma plats, men den ena under vintern och den andra sommartid. Platsen är en skogstjärn omringad av tallar. Alfred studerar målningarna och ser ett J längst ned. Inget mer. Inget efternamn. Kan det vara John? Han var duktig på att teckna i skolan. Alfred slår sig ned på sängen. Solstrålarna träffar honom och han blir varm och dåsig. Strax därpå faller han i sömn. Sover drömlöst i timmar innan han vaknar av en lätt knackning på dörren.

"Jaa?"

Dörren öppnas och en kort, rundlagd kvinna med mörkt hår kommer in. Hon har en skurhink i handen och han förstår att det måste vara Sirkka. För att inte vara i vägen går han ut ur rummet och ned till köket. Det ser annorlunda ut från sist han var här med Sofias far för att renovera kakelugnarna. Då var det mörkt och murrigt. Nu är det ljust. I köket är väggpanelen målad i ljust grått. Fönsterbågarna är vita och på golvet ligger en trasmatta som går i vitt och ljusgult. Han öppnar skafferidörren och hittar färskt bröd, tomater och en gurka. Tar en bit av brödet och en av tomaterna. Slår sig ned vid bordet och äter med god aptit. Går sedan ut i trädgården.

Längst ned under ett äppelträd ser han en man med en såg på en lång pinne. Mannen vinkar åt honom. Alfred går dit.

"Ni måste vara Johns gode vän som ska bo här en tid. Han berättade att ni är en barndomskamrat som behöver få vara ifred. Jag ska låta er vara, men ville bara hälsa och presentera mig."

Mannen sträcker fram sin hand. Alfred tar den.

"Göran Lind."

"Alfred Bergstrand."

"Jag är trädgårdsmästare här. Håller på att gallra äppelträden idag. Man måste det förstår ni. Alla äpplen behöver utrymme för att kunna växa och må bra. Lite som oss människor. Tror ni inte?"

"Jo, kanske", svarar Alfred.

Han slår sig ned på en vitmålad bänk och ser på när Göran gallrar äpplen. Tänker på det han sa, att behöva utrymme för att växa och må bra. Är det vad jag ger barnen? Utrymme? Han skakar på huvudet åt sina egna tankar. Vem försöker jag lura? Jag sviker dem. Det är vad jag gör. Genast kommer suget efter brännvin.

Han går tillbaka in i huset. Söker i skåpen efter alkohol.
Något måste det väl finnas. Nattvardsvin borde en präst
ha hemma. Han öppnar luckor och dörrar. Går ut till
salongen och hittar ett högt skåp med flera luckor och
lådor. Han hittar finporslin, glas och en flaska med något
sött och starkt. Portvin måste det vara. Han tar en sipp
direkt ur flaskan och en rysning letar sig upp från
svanskotan till käkarna. Det är hemskt sött, men styrkan
värmer skönt i bröstet och han känner kroppen slappna av
och alkoholen lägger sig som bomull kring tankarna.
Alfred tar med flaskan upp till sitt rum.

Kapitel 54

"Alfred?"

Det knackar på dörren. Först får han inte upp ögonlocken. Halsen är öm. Tinningarna bultar. När till slut ögonfransarna släpper taget om underkanten på ögat och ljuset når in, snurrar rummet och munnen vattnas av illamående.

"Alfred?"

Det knackar igen. Prästbostaden. John. Portvinet. Minnet kommer tillbaka i små fragment.

"Ja?" kraxar han till svar.

Dörren öppnas och John kommer in. På en bricka har han med sig ett glas vatten, en kopp kaffe, ett kokt ägg och en smörgås. Han ser på portvinsflaskan som ligger tom nedanför sängen. Ställer brickan på sängbordet.

"Jag finns i kyrkan om du behöver mig."

John lämnar rummet och stänger dörren efter sig. Alfred håller händerna mot ansiktet. Vill skrika högt, men besinnar sig. Skammen är outhärdlig. Johns tystnad och vänlighet gör det bara värre. Han förtjänar inte vänlighet.

Alfred dricker kaffet och äter med stor möda smörgåsen. Han ger ägget en chans, men lukten ger kvällningar och han lägger tillbaka det på tallriken. Tar i stället en stor klunk vatten. Somnar om en stund för att vakna två timmar senare av regndroppar mot fönstret. Huvudet är piggare, men skammen håller sig kvar. Han vill återgälda Johns gästfrihet, men vet inte riktigt hur. Han sköljer ansiktet i tvättfatet och drar på sig kläderna. De är smutsiga och luktar illa. Skulle behöva tvättas, men han har inget ombyte med sig. Han tar på skorna och går över till kyrkan. Stannar till vid grinden. Ena handen vilar på den svarta järnstolpen. Han ser på kyrkan, guds hus. Det tornar upp sig som en vit oskuldsfull kropp omgiven av en mörk orolig himmel. Som tårar över alla döda släpper regnet från molnen ovanifrån. Gud gråter över vår otillräcklighet, tänker Alfred. Under en högrest kastanj faller han på knä. Knäpper händerna och riktar orden upp mot himlen.

”Förlåt mig. Förlåt mig”, rabblar han.

Tårar och regn blandas på kinderna. Han ser kyrkporten öppnas och John som kommer springandes mot honom med ett paraply. Alfred vill resa sig, men förmår inte. John kommer fram och tar honom under armen. Håller paraplyet över honom medan de går in i kyrkan. De slår sig ned på den bakersta bänkraden. Där blir de sittandes en lång stund utan ord.

Det är till slut Alfred som tar till orda först.

"Jag har inte varit helt ärlig", säger han. "Jag hade en hustru i Rök. Clara. Hon gav mig sju barn. Sju vänliga, fina, underbara barn. Jag svek dem alla när Clara dog. Hon togs ifrån mig precis som Sofia. Jag tänkte att det är jag som är smutsig och för med mig otur. Att barnen skulle klara sig bättre utan mig. Men sanningen är nog att jag är svag. Vek."

Han bryter ihop på nytt. John säger fortfarande inget. Lägger bara en arm om Alfred och låter honom gråta. När tårarna tar slut reser sig John.

"Kom", säger han.

De går till prästbostaden. John springer upp för trappan
och ber Alfred vänta där nere. Efter en kort stund
kommer John tillbaka med famnen full av kläder.

"Ta av dig så ska du få varma rena kläder."

Alfred gör som han säger. Drar tröjan över huvudet.
John hjälper honom ur byxorna. De är våta och klibbar
fast mot benen. John drar och sliter. Alfred faller omkull
och de hamnar bredvid varandra på hallgolvets matta.
John drar honom intill sig och de kysser varandra.
Trevande först och sedan allt mer hungrigt. De fortsätter
upp till Johns sovkammare. Hamnar på sängen. John tar
av sig sina kläder. Den längtan Alfreds kropp haft i
decennier, men som huvudet förträngt, får nu utlopp.

Efteråt somnar Alfred. John ligger vaken och ser på
honom. Stryker bort en hårtest från hans ansikte innan
han reser sig tyst och går upp. Han plockar Alfreds blöta
kläder från golvet och hänger dem ovan vedspisen i
köket. Slänger in brännved och tänder. Elden tar sig
snabbt och värmer upp köket. Det regnar fortfarande ute
och gör det mörkt fast att det är mitt på dagen.

Dagarna går och den regniga sommaren övergår sömlöst till en lika regnig höst. Kvällarna kommer tidigt och i prästbostaden tillåter sig Alfred och John leva som ett äkta par. På dagarna bär John prästkrage. Han viger de unga, döper barnen och ger de sjuka en sista smörjelse. På söndagar predikar han om guds barmhärtighet och hoppas innerligt att den är sann och gäller även de allra mest skuldtyngda. John grubblar mycket över vad kärlek är och varför något som känns fint och rätt är en sådan synd. Allt fler nätter ligger han vaken efter de har älskat. Han ber och ber och straffar sig själv genom att avstå mat dagar i sträck.

När Alfred kommer ned en morgon har regnet upphört och solen visar sig för första gången på en evighet. John står i köket och brer marmelad på bröd.

"God morgon", säger Alfred och ler. "Vilken vacker dag."

John ser allvarligt på Alfred.

"Jag kan inte fortsätta så här. Jag kan inte predika inför folket och samtidigt leva i synd."

" I synd? Vilken människa har icke syndat?", undrar Alfred.

"Du vet vad jag menar. Jag är präst. Präst!"

Alfred stirrar på John och går sedan utan ett ord till hallen. Tar på skorna, rocken och går. Han har ingen aning om vart han ska ta vägen, men han tänker inte dra ned John i synd, om det är så han upplever deras förhållande. Alfred följer grusvägen norrut. Bort från John, kyrkan och sin hembygd. Det enda han bär med sig är skulden och skammen.

Kapitel 55

Återigen står han utan bostad, arbete och pengar. Det enda han äger är de kläder han bär. De är åtminstone nytvättade, men inom ett par dagar kommer det inte vara så. Att sova utomhus och vandra långt för att finna mat tär på både kropp, själ och kläder.

Alfred går åt norr. Tänker att han ska ta sig till huvudstaden. Där borde det finnas arbetstillfällen. Mästarbrevet bär han med sig. Det har blivit tilltufsat under åren, men det går fortfarande att se texten och hans namn. Brevet är hans livlina. Det hopp han fortfarande hyser som ett stearinljus i allt mörker inombords.

Efter någon timmes vandrande får han lift med en oxkärra som ska till Skövde. En äldre man och hans två söner. Sönerna har uniformer på sig och ska till garnisonen. De berättar stolt att de är inkallade för att strida för fosterlandet. Fadern suckar.

"Far är rädd att mista sina söner", säger ena brodern till Alfred. "Han tycker det är bättre vi stannar hemma. Jag dör hellre för mitt land än lever hemma som en feg svikare."

Alfred sneglar på fadern som ser sorgsen ut. Den här mannen vill behålla sina vuxna barn hemma. Alfred lämnade frivilligt sina små.

De stannar till i Skultorp för att få sig en bit mat. Alfred har inga pengar och säger att han kan vänta utanför när de andra går in på gästgiveriet.

"Följ med", ber fadern. "Jag bjuder."

Alfred tar ett stop öl och en tallrik böner med fläsk. Han tackar för deras frikostighet och ser på de båda gossarna i sina uniformer.

"Vart ska ni tjänstgöra någonstans?"

"Vi vet inte exakt, men upp mot norska gränsen någonstans i Värmland."

"Vart är ni själv på väg?" undrade fadern.

"Jag ska upp till Stockholm för att söka arbete."

Männen äter maten och fortsätter sedan resan. Vid infarten till Skövde tornar garnisonen upp sig med flera kraftfulla byggnader. Överallt marscherar soldater. Bröderna tar farväl av fadern och önskar Alfred lycka till.

"Jag ska in till torget och handla med lite grönsaker. Åker ni med?" frågar fadern.

"Tack, gärna. Jag ska till tågstationen", svarar Alfred.

Han blir avsläppt vid stationshuset. Tackar för skjutsen och slår sig ned på en bänk. Hur ska han få pengar till en tågbiljett till Stockholm? Han går in i stationen och ställer sig i kö till biljettluckan. När han kommer fram frågar han flickan som säljer biljetter vad en enkel till Stockholm kostar.

"En och femtio", svarar hon.

Alfred tackar för informationen och går ut mot perrongen. Där myllrar det av folk. En dam med ljusgrön lång kappa släpar ett motvilligt barn i armen. Ett gäng uniformerade soldater står och väntar med stora ryggsäckar. En man med svart kostym och en liten vit hund sitter på en bänk. Så vibrerar marken och

ångvisslan ljuder. Tåget rullar in söderifrån. Stinsen
blåser i visselpipan och ber alla backa från spåret.
Bromsarna låser hjulen med ett gällt gnissel. Tre
passagerarvagnar bakom loket och därefter fyra
godsvagnar. Alfred väntar med bultande hjärta tills alla
gått ombord och stinsen vinkat åt lokföraren att rulla
vidare innan han slänger sig upp i den sista godsvagnen.
Den är uppdelad i två avdelningar med ett staket emellan.
I den ena delen står tre kor fastsurrade och i den andra,
där Alfred landade, ligger högar med sädessäckar. Han
skjuter igen dörren bakom sig och hoppas ingen såg. Han
känner hur tåget ökar farten och andas ut. Bakom korna i
andra ändan av vagnen finns en öppning var på man kan
se ut. Alfred stirrar på landskapet som försvinner i allt
snabbare takt och det svindlar för honom. Aldrig förr har
han åkt i så snabb takt. Han lägger sig ned bland säckarna
för att vila. Den vaggande rytmen får honom att falla i
sömn.

Han vaknar till då tåget bromsar in och korna trampar
runt oroligt. Innan han öppnar dörren trycker han örat
mot den. Hör stinsens visselpipa och människor som

pratar och skrattar. Han skjuter upp den en liten bit så han
kan kika ut. Det ser ut att vara riskfritt. Ingen ser åt hans
håll. Han öppnar den lite till så han precis kan klämma
sig ut. Är det här Stockholm? Hur länge har han sovit?
Han ser skylten på perrongen. Katrineholm. Attans! Han
vänder sig om och kliver upp i godsvagnen igen, men
känner en hand ta tag i hans rock.

"Hallå där! Kan jag få se er biljett?"

Alfred vänder sig om och ser stinsen med allvarlig min.

"Jag hade inte råd. Jag ber om ursäkt."

"Då kliver ni av här och skyndar er iväg innan jag
tillkallar polis."

Alfred känner i fickan så mästarbrevet är med. Så
hoppar han ned från vagnen och går bort från perrongen.
Jaha, då är man i Katrineholm. En plats han aldrig hört
talas om förut. Han går ut på gatan och ser sig om. Till
höger ligger ett tvåvåningshus med falsat plåttak och
texten kongl. postkontor på fasaden. Han går förbi det
och fortsätter längst spåret. När han möter en kvinna med
barnvagn stannar han.

”Ursäkta mig, hur kommer jag över till torget där borta?”

”Vänd om och gå förbi stationshuset. Gå in till vänster. Där har du en trappa upp till bron som du kan gå över spåren. Himlastegen, kallas den”, säger hon med stolthet i rösten.

Alfred tackar och går tillbaka. Och där precis efter stationen sträcker sig en trappa till synes rakt upp i himlen, men övergår till en järnbro och så en trapp ned till torget på andra sidan järnvägsspåren. På torget står det marknadsstånd med torghandlare som säljer allt från färsk fisk till verktyg och sadlar. Alfred strosar runt ett tag och njuter av kommersen. Katrineholm är en trevligare plats än han först trott, men frågan är var han ska sova i natt och hur tar han sig vidare till Stockholm?

Kapitel 56

Alfred får en idé när han ser en ung gosse stå vid ett av stånden på torget. Han har en vagn med små lådor fyllda av blåbär, lingon och kantareller.

"Har ni plockat de där häromkring?" frågar han.

Gossen ser tveksamt på honom, men nickar.

"Jo", säger han. "Mycket hittade jag precis bakom bygget av vattentornet."

Han pekar till vänster om tågstationen.

"Det är inte mycket kvar att sälja nu", säger Alfred. Ska vi samarbeta? Jag kilar bort och plockar mer. Ni står kvar och säljer och så kommer jag och fyller på. Så delar vi på förtjänsten. Vad säger ni?"

Gossen spricker upp i ett leende och nickar. Han sträcker fram handen till Alfred.

"Det låter bra. Vanligtvis är jag ute och plockar på kvällar och tidiga mornar och säljer hela dagarna. Men på det viset kan vi plocka mer och sälja mer. Jag heter Lennart."

"Alfred. Jag kilar iväg meddetsamma."

Han får med sig flera tomma papplådor att plocka i och går tillbaka över himlastegen igen och svänger därpå vänster upp för en backe. Går förbi byggarbetsplatsen som Lennart sagt ska bli ett vattentorn. Alldeles bakom börjar skogen. Det är en vacker blandskog med gott om blåbär och lingonris. Han plockar så snabbt han förmår. Fyller upp låda på låda. Däremot ser han inga kantareller. Det får duga. Alfred går tillbaka och visar Lennart vad han hittat.

"Inte illa! Har ni plockat bär förr? Ni är snabb."

"Jag plockade en hel del med mor när jag var barn."

Medan Lennart fortsätter sälja bären går Alfred tillbaka till skogen efter mer. Tre gånger går han tillbaka igen. Sedan börjar det bli dags för Lennart att plocka ihop för dagen.

”Jag har bara tillstånd att stå här till klockan sex. Tack
för ett gott samarbete. Här är din del av förtjänsten.”

Han räcker fram en tvåkrona och en enkrona som Alfred
tar emot och stoppar i fickan.

”Tack”, svarar Alfred och går mot bron igen för att ta
sig till stationen.

Tågstationen är stängd och sista tåget för dagen har
avgått. Han slår sig ned på en bänk vid perrongen. Från
bänken ser han över spåren och bort till torget. Han tittar
på alla försäljare som plockar ihop sina varor för dagen.
Det känns som att alla har ett hem att gå till. En familj
som väntar på dem. Allt medan solen går ned blir
människorna färre. Alfred lägger sig tillrätta på bänken
och slumrar till.

Han väcks ur sina drömmar framåt småtimmarna av
kylan. Det blåser hårda vindar. Alfred drar rocken tätt
omkring sig och försöker somna om, men ger till sist
upp. Inser att han inte kommer somna om och tar i stället
en promenad runt i Katrineholm. Går över bron, passerar
torget och hamnar på Drottninggatan. Flera hus verkar

vara nybyggda och reser sig två våningar ovan mark. Gjorda av sten och målade i ljusa, glada färger som grönt, gult och rosa med fönster inramade i vitt. Som tavlor. Han stannar till nedanför ett särskilt vackert hus. Även det två våningar, men med burspråk och änglar ovan fönstren på andra våningen. Alfred känner värmen komma tillbaka i kroppen av promenad och de solstrålar som letat sig upp. Han går vidare en bit och svänger av åt vänster där han hamnar på Fredsgatan. Passar bra nu när vi ska till att kriga mot Norge, tänker han, att vandra längs Fredsgatan. Här står husen glesare. Gatan pryds av en nyplanterad allé. När gatorna börjar fyllas på med människor styr han stegen tillbaka mot tågstationen.

Alfred känner på dörren till stationshuset och den är olåst. Han går in och fram till biljettluckan där han ber om en biljett i tredje klass till Stockholm. Tåget avgår om 48 minuter och kostar 1 krona. Han känner efter mynten i fickan, räcker fram enkronan och låter tvåkronan ligga kvar. Exakt 48 minuter senare sitter han på tåget och hör hur stinsen blåser i visselpipan för avgång. Tåget startar med ett ryck och tuffar på fortare och fortare. Den här gången njuter Alfred av resan. Han ser på människorna i vagnen och på landskapet utanför. Det susar förbi åkrar, skogar och sjöar. Han behöver inte oroa sig för att bli avslängd. I fickan har han en tvåkrona och mästarbrevet. Framför honom ligger Stockholm med möjligheter och framtiden.

Fem timmar senare rullar tåget in på Stockholms centralstation. Människor reser sig. Plockar ned bagage från hyllan. Det verkar som att alla har bråttom till något. Alfred sitter lugnt kvar och låter de som behöver gå ut först. Han har ingen tid att passa eller plats att vara på. Bara magen som kurrar och påminner om att han inte ätit något idag. Frågan är om tvåkronan kan räcka till både mat och husrum för natten. Han har ingen aning om vad sådant kostar. Han kliver ut från stationen och ser sig om. Antalet människor, cyklar och hästar överväldigar honom.

En äldre dam, slank och vithårig, elegant klädd med ett parasoll mot solen, knackar honom på axeln. Alfred känner igen henne från tåget. Hon hade suttit mittemot och de hade nickat åt varandra. Som medresande hade hon haft en ung pojke som bär hennes bagage nu. Han kan vara anställd eller möjligen barnbarn.

"Ni ser vilsen ut", säger hon med barsk min, men ögon som ler. "Är ni ny i stan? Om jag får vara så fräck och fråga."

"Syns det så tydligt?"

Alfred skrattar till och ser sig själv utifrån där han står och häpnar över stadens storhet.

"Jo, det är första gången i Stockholm. Jag söker både arbete och bostad och känner ingen."

"Kan tänka mig det", svarar damen. "Det var exakt vad ni utstrålade."

"Jag heter Antonia Remeen och är föreståndarinna på en konstsalong på Birger Jarlsgatan. Jag bor en trappa upp och brukar ibland hyra ut ett rum. Det är en stor våning och jag bor ensam sedan min make gick bort för ett par år sedan."

"Jag har inte fått något arbete än eftersom jag nyss anlände, men jag har mästarbrev så det torde inte dröja allt för länge. Om jag kan betala när jag får lön hyr jag gärna ert rum. Om det går bra.”

”Tills ni får arbete kanske ni skulle kunna göra mig några mindre tjänster som betalning i stället, så blir ni inte skyldig något. Hur låter det?”

Det låter bra”, svarar Alfred.

”Utmärkt, då kan ni börja direkt med att ordna en droska och ta hand om mitt bagage. Oscar här ska hem till sig nu.”

Fru Remeen ger pojken en slant och Alfred letar upp en ledig droska.

Kapitel 57

Fru Remeen överdrev inte när hon kallade våningen stor. Den är enorm och hon bor där ensam. När hon visar honom runt räknar Alfred till fem sovrum, ett vardagsrum, en matsal, ett kök, pigkammare och en riktig vattentoalett. Näst efter storleken blev han imponerad av toaletten. Han hade aldrig tidigare sett en sådan inomhus. Inte ens John hade haft det i prästbostaden.

”Här tänker jag att ni kan bo”, säger fru Remeen och pekar mot ett av sovrummen. ”Har ni inget bagage alls? Var är era kläder och tillhörigheter?”

Hon ser på honom förvånat som om hon nyss upptäckt hans brist på packning.

”Jag har blivit av med dem”, svarar han halvsant.

”Tänk att folk inte kan låta andras ägodelar vara i fred”, suckar fru Remeen. ”Vi får se till att ordna det nödvändigaste till er.”

Alfred frågar inte vad hon menar utan går in till sitt rum och tackar för hennes gästfrihet. Hon går iväg och stänger dörren om honom. Han lägger sig en stund på sängen och försöker ta in allt som hänt. Bara för några dagar sedan låg han i sängen hos John i Broddetorp och nu är han här i huvudstaden, på en fin adress i en stor våning. Han nyper sig i armen och skrattar till. Gud har sannerligen humor och hans vägar är verkligen outgrundliga. Samtidigt som han fortfarande tyngs av sorgen efter Clara och skammen över sitt svek mot barnen, så finns det en ny känsla som tar plats. Ett vagt pirr inför framtiden. Just i denna stund håller sig självmordstankarna borta. En liten strimma av nyfikenhet infinner sig långt därinne. Han väcks ur sina tankar av en knackning på dörren. Tar för givet att det är fru Remeen, men får till sin förvåning se en ung flicka öppna hans dörr.

"Fru Remeen bad mig hälsa att det serveras middag i matsalen nu."

Alfred kommer sig inte för att svara utan följer bara efter flickan ut till matsalen där fru Remeen redan sitter till bords. Alfred slår sig ned på långsidan.

”Jag tyckte ni sa att ni bodde ensam”, sa Alfred när
flickan gått ut till köket.

”Det gör jag också. Greta är min kokerska, men delar
lägenhet med tre andra flickor och bor inte här. Jag
erbjöd henne pigkammaren, men hon ville vara
självständig och bo med sina väninnor.”

Greta kommer in med en soppterrin fylld med härligt
doftande kräftsoppa. Hon öser upp till fru Remeen och
sedan till Alfred, serverar dem nybakat bröd till, niger
och går tillbaka ut i köket. Alfred slevar i sig med god
aptit.

”Imorgon ska Oscar ta er med till herrekiperingen på
Döbelnsgatan. Ni kan hälsa från mig så skriver de upp
det på mitt konto. Ja, inte för jag har för vana att handla
herrkläder, men vi har kvar konto där sedan min man
levde. Han var stamkund. Alltid välklädd. En riktig
gentleman. Stilig även på gamla dar.”

Hon försvinner in i sina minnen. Alfred tackar för maten
och hennes frikostighet innan han drar sig tillbaka in till
sig.

Morgonen därpå sitter Oscar och väntar på Alfred när han kommer upp. Fru Remeen har redan gått ned till konstsalongen.

"Det står frukost framdukad om ni vill ha innan vi ger oss iväg", förkunnar Oscar.

"Säg mig Oscar, är ni fru Remeens barnbarn? Ni har vissa drag som är lika."

För första gången ler den annars allvarliga pojken.

"Inte barnbarn. Fru Remeen har inga barn, men jag är hennes systers barnbarn."

"Då såg jag inte helt fel i alla fall", säger Alfred.

"Inte helt", svarar Oscar.

Alfred tar en smörgås som han sköljer ned med en kopp te innan de går till herrekiperingen.

I butiken tas de emot av en försäljare i dyr kostym. Alfred ser på sina egna enkla kläder. Skrynkliga och alldeles för varma för dagens temperatur. Om försäljaren tycker han ser påver ut, visar han inget utåt. Klanderfritt tar han emot Alfred och visar honom runt bland butikens

sortiment. Han tar måtten och antecknar i en liten blå
bok.

”Fru Remeen har telegraferat att vi ska sy upp två
uppsättningar byxor och skjortor samt välja ut en tunnare
sommarkavaj. Följ med hit bort så ska ni få prova skor
också. Vad har ni för storlek?”

Alfred provar lydigt skor som Oscar och försäljaren
ställer fram. Han har aldrig ägt annat än kängor och
stövlar. De flesta han provar klämmer åt vid tårna och är
obekväma.

”Ni vänjer er”, säger försäljaren. ”Det är bara ovana,
skorna sitter som de ska.”

Efter åtskilliga skor testade, färg och material på kavajer
valda och kaffe drucket är Alfred helt färdig och mer än
redo att lämna butiken. Summan han ser försäljaren
anteckna är svindlande hög. Han funderar på hur många
små tjänster han behöver göra för att återgälda fru
Remeen.

Oscar följer Alfred tillbaka till Birger Jarlsgatan och tar
farväl utanför Konstsalongen. Genom skyltfönstret ser

han fru Remeen flytta runt på några tavlor. Han går in för att meddela att han är tillbaka och kan stå till tjänst om hon behöver honom.

"Alfred, så fint att ni är tillbaka. Har allt gått bra?"

"Jadå, ni är allt för frikostig mot mig."

"Inte alls. Ni ska få hjälpa mig nu. Jag har två målningar som behöver levereras till Peter Myndes Backe tretton på Södermalm."

"Södermalm? Hur hittar jag dit?"

Fru Remeen ler mot honom.

"Det är jag säker på att ni löser. Det är de som står där."

Hon pekar på två inslagna paket med snören runt. De är närapå en meter breda och nästan lika höga. Alfred lyfter upp dem i famnen och fru Remeen öppnar dörren åt honom.

Han har fortfarande tvåkronan kvar i fickan så han tillkallar en droska och säger adressen. För 50 öre kommer han på en halvtimme till rätt adress. Droskan stannar framför ett ståtligt rosa palats. Alfred bär paketen

upp för trapporna och trycker på ringklockan. En betjänt
öppnar dörren och ber Alfred vänta medan han hämtar
husets ägare.

När den äldre mannen kommer fram till honom är
Alfred nära på att ramla omkull. Även om han blivit
äldre, fått grått hår och avsmalnat ansikte känner han väl
igen honom. Elins och Elis far, herr De Geire.

Kapitel 58

Alfred letar tecken på att även herr De Geire känner igen honom, men om han gör det är det inget han visar. De Geire tar bara fram börsen och letar fram en femtioöring som han ger Alfred. Han ber honom sedan ställa ned tavlorna innanför dörren när han går.

Alfred tar mod till sig.

"De Geire? Känner ni inte igen mig?"

Mannen stannar upp och ser rakt på honom.

"Nej, det gör jag inte. Nu har jag inte tid mer. Mina gäster väntar i salongen. Jag får be er gå."

Alfred blir osäker. Har han misstagit sig? Han går ut på trappan. Mannen drar igen dörren bakom honom och just innan den stängs helt hör Alfred honom:

"Jag vill aldrig mer se dig. Hör du det Bergstrand? Håll dig långt borta från mig och min familj."

Så går dörren i lås. Det var han i alla fall, tänker Alfred. Elins far. Farfar till deras bortadopterade barn. Inte någon man vill bli osams med, men han vill veta vad som hände med Elin. Han skäms över senaste mötet med Elis. Alfred hade blivit berusad och missat chansen att fråga honom om hans syster. Visst hade Elis sagt något om Elin? Att det var synd om henne. Vad hade han menat? Minnet var grumligt. Han känner sig allt mer bestämd i att ta reda på vad som hänt Elin och deras barn. Han går tillbaka och ringer på igen. Betjänten öppnar.

"Herr De Geire är upptagen och hälsar att ni inte är välkommen."

Dörren stängs igen. Alfred inser att det inte är någon idé att ringa på mer idag. Ska han få De Geire att tala måste det ske på ett klokare sätt. Han tar sig tillbaka samma väg droskan kört honom och kommer hem samtidigt som fru Remeen låser Konstsalongen för dagen.

"Har allt gått bra med paketleveransen?"

"Jajamän", svarar Alfred.

"Det gläder mig. De Geire är en gammal vän till min make och en viktig kund. Jag vill inte hamna i något otal med honom. Men nog om det. Vi ska få gäster till middagen."

"Gäster?" frågar Alfred.

"Jag har bjudit in herr Tordin med hustru. Med lite tur kanske han har arbete att erbjuda Alfred."

Alfred tvättar sig och gör sig iordning inför middagen. Han önskar att kläderna han provat ut varit klara nu så han slapp sitta i sina gamla plagg. Han borstar av dem och ser över att inga uppenbara fläckar finns. Sedan kammar han håret och sätter sig en stund på sängkanten. Tio minuter senare kommer Greta och meddelar att herr och fru Tordin anlänt och middagen serveras strax.

Alfred går ut och gör dem sällskap. Greta bjuder på glas med bubbel innan hon går tillbaka ut i köket. Fru Remeen presenterar paret och Alfred för varandra.

"Jag hörde att ni har mästarbrev i kakelugnsmakeri", säger herr Tordin och ser på Alfred.

"Ja, jag kan hämta det om ni vill se."

Tordin skrattar till.

”Nej, nej. Jag tror er. Ni behöver inte visa. Fru Remeen
berättade att ni är ny i stan och söker arbete. Jag råkar
äga en stor verkstad längst upp på Drottninggatan. Jag
har inga anställda, men jag hyr ut olika rum till yrkesmän
som ni. Skulle ni vara intresserad?”

Hyra en verkstad och driva eget. Alfred funderar. Han
vill och är ivrig, men samtidigt oroar han sig för pengar.
Hur ska han ha råd med hyran innan han får
arbetsuppdrag? Hur ska han få uppdrag alls? Det är stor
konkurrens i Stockholm och han känner ingen.

”Jag förstår om du tvekar”, fortsätter Tordin. ”Det är
aldrig enkelt att bygga upp en kundkrets i en ny stad. Vad
sägs om att jag ger er ett första uppdrag? Sköter ni det väl
ska jag lägga ett gott ord till mina bekanta.”

Alfred kan inte annat än tacka ja.

”Det skålar vi för”, säger fru Remeen och lyfter glaset.

”Skål.”

Veckan därpå besöker Alfred verkstaden och herr Tordin
visar honom runt. I några av rummen arbetar redan män

som stannar upp och hälsar på honom. Alfred blir visad till det utrymme som är tänkt till honom. Det är ett stort rum på säkert trettio kvadratmeter. Det finns en stor ugn vid bortre väggen.

"Vad tror ni? Blir det bra för er verksamhet?"

"Det är en väldigt bra lokal", svarar Alfred. "Men den ser dyr ut."

"Oroa er inte för det. Vi tar en månad i taget. Och första tiden har ni ett uppdrag som garanterat täcker hyran."

Männen skriver kontrakt och Alfred gör sig hemmastadd i sin nya verkstad. Första uppdraget blir att laga ett par kakelugnar i paret Tordins sommarhus i skärgården. Ett hus som hade kunnat rymma alla Alfreds tidigare hem. Huset är enormt och ligger vackert på en klippa med magnifik utsikt över vattnet. Tänk att det finns så rika människor. Efter uppdraget slutförts håller Tordin vad han lovat. Alfred får flera uppdrag från Tordins bekanta. Flera flådiga hus att arbeta i. De pengar han får in betalar både lokalhyran och rummet hos fru Remeen. Men fortfarande gnager det i honom att han inte fick tala med De Geire om Elin. Alfred kan inte släppa tanken. Han behöver få svar på sina frågor. Om han bara kan ta sig in i huset igen. Om fru Remeen känner De Geire kanske även herr Tordin gör det.

Kapitel 59 (År 1906, fyra månader senare)

Kylan biter i kinderna när Alfred går till verkstaden. Det har snöat hela natten, men nu har det slutat och temperaturen kryper nedåt. Han drar rocken tätt om sig. Går med snabba steg för att få upp värmen. Alfred är ofta först på plats. Han låser opp, tänder och ser i sin kalender att han har ett möte inbokat med en ny kund på förmiddagen. Vem det är vet han inte. Det är Tordin som förmedlat uppdraget. Kunden ska komma till verkstaden så Alfred röjer upp det som går och försöker få det se städat ut. Strax innan avtalad tid kokar han kaffe och tar fram skorpor.

Samtidigt som Adolf Fredriks kyrka slår tio slag kliver en kvinna in i verkstaden. Förvånat ser Alfred på henne. Hon ser ut att vara i hans egen ålder. Möjligen ett par år äldre. Klädd i lång dyr päls med matchande pälsmössa.

”Kan jag hjälpa er?” frågar han.

”Jag är här för att träffa Alfred Bergstrand. Är det ni?”

Alfred nickar.

"Herr Tordin rekommenderade er. Vi har en fantastiskt vacker kakelugn i en av salongerna som dessvärre börjat spricka. Den är över hundra år och vi skulle bli mycket ledsna om den inte gick att laga. Sotaren har gett eldningsförbud. Vi som alltid eldar där när vi har gäster. Snälla säg att ni kan hjälpa oss rädda kakelugnen."

"Jag kan komma och titta på den och göra en bedömning. Vad är det för adress?"

"Du kan inte komma förrän fjärde februari. Min man reser bort då och är borta tre veckor. Renoveringen måste bli klar innan han kommer hem. Adressen är Peter Myndes Backe tretton. Ni har varit där tidigare."

Alfred stirrar förvånat på henne och kommer sig inte för att svara.

"Jag vet att min man inte vill att ni sätter er fot i vårt hus. Jag vet inte varför, men han är mycket bestämd. Men nu har vi haft två andra kakelugnsmakare hos oss och ingen av dem har kunnat laga ugnen. Tordin rekommenderade er och jag litar på honom. Kan ni hjälpa mig?"

"Jag kan titta på den, men lovar inget i förväg."

Kvinnan tackar och försvinner ut från verkstaden. Det var som tusan, tänker Alfred. Nu har han möjligheten att komma in i De Geires hem. Det är alltid en början.

Den fjärde februari tar han en droska direkt till det rosa palatset och ringer på. Samma betjänt som sist öppnar dörren, men den här gången blir han insläppt. Han blir visad in i salongen med kakelugnen. Ugnen har en rejäl spricka i sig och Alfred förstår varför de andra sagt nej till jobbet. Det verkar som att golvet behöver brytas upp för att kunna stabilisera underlaget ugnen står på. Det har rört sig och gett upphov till sprickan i ugnen. När golvet är åtgärdat behöver hela ugnen sättas upp på nytt och de trasiga plattorna ersättas med nya. Det är ett stort arbete och han kommer behöva ta in en snickare också. Han är tveksam till att det går på tre veckor. Alfred ber betjänten hämta fru De Geire. När hon kommer berättar han för henne hur det ligger till och vilket arbete som krävs.

"Det gör mig lättad att kakelugnen går att rädda, men det måste göras innan min make kommer hem. Pengar är inget problem. Ni får arbeta dygnet runt om det behövs.

Jag kan göra ordning ett rum åt er där ni kan sova så ni slipper spilla tid på resor.”

Alfred funderar. Det skulle bli svårt, men inte omöjligt. Han måste bara få tag på en bra och snabb snickare som kan börja omgående med golvet.

”Då säger vi så.”

De skakar hand och Alfred åker tillbaka till verkstaden för att hämta sina verktyg och ordna en snickare. Han hör först med en som har snickeriverkstad i samma byggnad som han hyr i. Dessvärre har den snickaren inte tid, men han rekommenderar en annan snickare, Olof Ljungman, som han tror är ledig. Alfred söker upp honom och förklarar uppdraget.

”Det låter som en utmaning”, säger Olof. ”Och bra betalt. Det vill jag inte missa.”

Olof har en hästkärra de lastar sina verktyg på och kör till De Geires palats på Södermalm. De hjälps åt att plocka ned hela kakelugnen. Alfred märker noga varje platta så han vet var de ska sitta sedan när den ska muras upp igen. Han tar med en av plattorna tillbaka till verkstaden där han ska göra fem nya och ersätta de spruckna med. Under tiden börjar Olof bryta upp golvplankorna.

Efter sex dagars hårt arbete är Olof klar med sin del och det är Alfreds tur att ta vid med återuppbyggnad och renovering av själva kakelugnen. När han vaknar i palatset den sjunde dagen kommer fru De Geire och gör honom sällskap vid frukosten.

"Hur går det med arbetet? Kommer ni hinna?"

"Olof, snickaren, har gjort ett bra jobb, så jag har de bästa förutsättningarna att få det klart."

Hon nickar gillande och räcker över en nyckel.

"Det är bra. Då litar jag på att du ordnar det och att allt är klart när vi är tillbaka."

"Tillbaka?" undrar Alfred. "Ska ni också resa bort?"

"Min make vill att jag kommer till vårt andra hem i Godegård. Jag åker ned redan idag och kommer troligen tillbaka samtidigt som honom. Karl följer med." Hon nickar mot betjänten.

”Ni kan lita på mig”, svarar Alfred.

”Det gör jag. Ert rykte står på spel och betalningen får ni när jag sett resultatet. Nyckeln kan ni lämna till Tordin sedan.”

När fru De Geire och Karl gett sig av väntar Alfred en timme till för att vara på den säkra sidan. Sedan letar han efter herr De Geires kontor. Det måste finnas något dokument från adoptionen eller något om Elin. Han hittar kontoret på andra våningen. För fönstren hänger tunga mörkgröna sammetsgardiner som matchar den enorma mattan under skrivbordet. Alfred söker med hårt bultande hjärta igenom lådor och skåp, men det enda han finner är affärsdokument. Inget av intresse för honom. Besviken går han tillbaka till kakelugnen och fortsätter sitt arbete. Han måste hinna klart. Mycket står på spel.

Om tre dagar kommer paret De Geire hem. Det är bara fogning kvar nu och det bör han hinna om inget går fel. Det grämer honom att han fått denna möjlighet, att vara ensam i De Geires hus, utan att hitta något som ger

honom mer information om Elin eller om deras barn.
Under veckorna har han sökt igenom kontoret flera
gånger, men börjar misstänka att om det finns dokument
är de i Godegård och inte här.

Med en halv dag till godo avslutar han arbetet och
lämnar deras palats städat utan ett spår efter honom. Han
åker direkt till Tordin och lämnar nyckeln innan han går
hem till Birger Jarlsgatan och stupar i säng utan middag.
Det har varit hektiska veckor med arbete långt in på
nätterna.

Två dagar senare dyker fru De Geire upp i hans verkstad.
Hon är mycket nöjd med hans arbete och betalar det de
kommit överens om plus lite till. Pengarna är ett
välkommet tillskott. Det kan han inte förneka, men det
hade varit värt mer att få veta vad som hänt hans och
Elins barn.

Kapitel 60 (År 1914, åtta år senare)

Den 28de juni år 1914 skjuts den österrikiske tronföljaren med fru ihjäl på öppen gata i Sarajevo. Efter händelsen bryter det stora kriget ut. Nationalism och industrialism har sedan 1800-talet ökat spänningen och konkurrensen mellan stormakterna. De slåss om naturresurser som finns i de fattiga länder de kolonialiserat. Tyskland har få kolonier, men vill ha fler. Europas länder rustar för krig och ingår olika allianser. Bara en månad efter dödsskjutningen på den österrikiske tronföljaren förklarar Österrike-Ungern krig mot Serbien. Det gör att Ryssland mobiliserar sin armé och som svar på det förklarar Tyskland krig mot Ryssland och det stora kriget har börjat.

Sverige håller sig neutralt, men kriget går inte obemärkt förbi här heller. Kriget finns hela tiden närvarande. Ubåtar och fartyg gör intrång på svenskt vatten. Flera strider sker på svenskt område och flera svenska fartyg sänks. Kanske av misstag.

Regeringen är emot stärkt försvar, men konungen är för.
När så 30 000 bönder kommer till Stockholm för att visa
sitt missnöje med regeringen lovar konungen dem
beskydd. Regeringen avgår och som ny statsminister
tillträder Dag Hammarskjöld. Man inför längre tid för
inkallade män till försvaret och fler blir också kallade.
Alla män mellan 35 och 42 år ska enligt lag inställa sig.
Alfred är vid det här laget 48 år och kommer undan, men
han påverkas som alla andra genom matransonering och
bristen på livsmedel. Under krigstiden drabbas inte
Sverige enbart av hungersnöd utan nästan 40 000 dör
också av spanska sjukan. En influensaepidemi som tar
närapå 100 miljoner människors liv under bara ett par år.
Det införs restriktioner i landet vid influensasymptom.
Många restauranger, teatrar och biografer stänger igen.
De som försöker hålla öppet för att överleva får sina
gäster att hålla avstånd till varandra. Mellan varje
biobesökare måste det vara minst en ledig stol. Samhället
stannar av och även Alfred får sämre med uppdrag i
verkstaden.

I början av vintern får han också en envis hosta med
feber.

"Ni måste gå till doktorn", förmanar fru Remeen. "Om
inte för er skull så för min. Tänk på att jag är närmare
nittio år. Får jag en sådan där spansk bacill dör jag."

De sitter i varsitt rum och talar med varandra. Remeen
vägrar gå in till honom. Greta ställer maten på en bricka
utanför när det är dags för middag.

"Ni har rätt. Jag ska åka till sjukhuset i morgon."

Alfred reser sig mödosamt och hämtar brickan med mat.
Han tvingar i sig av soppan, men har varken smak eller
luktsinne och vill helst bara sova. Men hade han inte ätit
hade både fru Remeen och Greta skällt på honom som
han vore ett litet barn.

Morgonen därpå ringer han efter taxidroska som kör
honom till Serafimerlasarettet på Kungsholmen. Han tas
emot av en sköterska med munskydd och handskar. Hon
håller avstånd och visar in honom till läkaren. Läkaren
ser på honom, lyssnar på hjärtat och frågar om symptom.

"Ni har troligen influensa", säger läkaren efter undersökningen. "Ni bör vila och dricka mycket vatten, men ni har inte den spanska varianten. Den drabbar yngre personer i tjugoårsåldern och den ger mörka fläckar, vilket ni inte tycks ha. Upptäcker ni fläckar, främst i ansiktet, de närmaste dagarna får ni återkomma."

Alfred känner sig lättad och går ut från lasarettet mot Hantverkargatan. I sin uppsluppenhet ser han sig inte för och går rakt in i en ung flicka som sitter utanför sjukhuset. Hon sitter lutad mot muren som omgärdar byggnaden. I ansiktet har hon tydliga spår av gråt. Alfred sätter sig på huk.

"Förlåt mig. Jag såg er inte. Hur står det till?"

Flickan öppnar munnen flera gånger för att svara, men hur hon än försöker kommer inga ord. Hon känner igen honom i samma ögonblick som han inser vem hon är. Alfreds första instinkt är att springa sin väg. Men han kan inte överge henne en gång till.

"Linnea? Är det du?

"Far?"

Kapitel 61

Alfred sitter med sin dotter på Café Fix på St. Eriksgatan.
Han vet inte om det är febern, läkarens lugnande besked
eller att han sitter mittemot sin dotter, som får hans hjärta
att slå hårt. Linnea ser ned i tekoppen medan Alfred tar
en stor klunk av lemonaden.

”Berätta”, uppmuntrar han. ”Vad gör du i Stockholm?”

Direkt när han sagt det känner han sig dum. Det borde
vara han som berättar varför han svek henne, men hur
sätter man ord på det? Hur förklarar man sin självförakt
för sitt eget barn? Han ser att hon är blek, smutsig under
naglarna och tar sig om magen.

”Vad gjorde du på lasarettet? Är du sjuk?”

Han provar med en ny fråga då den första inte besvaras.

”Jag gjorde som du. Jag svek mitt barn, men skillnaden
är att mitt barn var ofött och inte kommer lida av sveket
som jag och mina syskon.”

Han hade förväntat sig alla möjliga svar, men inte det. Det tar en stund innan han samlar sig. Så försöker han igen.

"Kan jag göra något för dig?"

Linnea ställer sig upp med tårfyllda ögon.

"Du har gjort tillräckligt."

Innan han hinner svara är hon ute på gatan på väg bort. Han låter henne gå. Hon har rätt. Han har gjort tillräckligt. Alfred tar en lång omväg hem. Han struntar i att det är kallt och han har feber. Tankarna snurrar och han behöver få vara ifred innan han går hem till fru Remeen och spela glad över att han inte har spanska sjukan. Han går längst norr mälarstrand, förbi Stockholms kommunalhus och passerar grand hotell mot Strandvägen. Staden myllrar av hästar, män i svarta rockar, käpp och hatt, damer med stora hattar, spårvagnar som skramlar och för liv. Allt detta undgår Alfred. Flera gånger är han på väg att krocka med människor. En ung pojke hindrar honom från att gå rakt framför spårvagnen.

Till slut sjunker han ihop mot en husvägg. En
poliskonstapel stannar till.

”Hur är det fatt? Har ni druckit för mycket?”

Alfred är nedkyld och skakar av feberfrossa. Han känner
hur några lyfter upp honom. Han läggs på en bänk som
rör sig. Kan det vara en automobil? Han orkar inte öppna
ögonen för att se efter. Nästa gång han vaknar ligger han
i en sjukhussäng. Det är ljust i rummet och det står flera
sängar på rad. Han känner igen läkaren som står böjd
över honom. Det är samma som han träffat tidigare idag.

”Det ser inte ut som att ni gick hem och vilade så som
jag ordinerade.”

”Jag var på väg, men det kom lite emellan”, svarar
Alfred och hostar till.

”Ni får vara kvar över natten. Ni var väldigt nedkyld när
ni kom in. Polisen hittade er på Strandvägen, liggandes
på gatan.”

Läkaren går vidare till nästa patient och Alfred somnar
om. Han drömmer om Clara och barnen hemma på Sättra

gård. Han står i trädgården och snickrar på något när han ser eldsflammor från köket. Genom fönstren ser han hur Clara springer runt och försöker samla ihop alla barnen. Där är Georg med lilla Valter i knä. Själv står han som förlamad och gör ingenting. Han bara står i trädgården och ser familjen brinna inne. Det är hans fel som låter det ske. Om han bara öppnat dörren hade han kunnat rädda dem alla. Det är hans fel och han hatar sig själv.

Alfred vaknar genomsvettig. En sköterska kommer fram med ett glas vatten.

"Febern verkar ha släppt under natten", säger hon. "Jag ska meddela doktorn."

På förmiddagen åker Alfred taxidroska hem till Birger Jarlsgatan. Han möts i hallen av en orolig fru Remeen.

"Jag blev kvar på lasarettet över natten, men det är ingen fara. Febern har gett med sig och det är inte spanska sjukan säger doktorn. Men jag är oerhört trött och ska gå och vila en stund."

”Det var för väl. Jag har varit utom mig av oro för er. Lägg er och vila så ber jag Greta koka hönsbuljong tills ni vaknar.”

Alfred blev sängliggande hela dagen. Går bara upp för att hämta soppan utanför hans dörr. Han faller in och ur sömn ända till morgonen därpå. Med darriga ben går han till badrummet. Kissar och tvättar sig. Med frukost i magen börjar han känna sig på bättringsväg.

”Hur mår Alfred idag? Ni ser piggare ut än igår. Det är till och med färg på kinderna nu.”

Fru Remeen ler mot honom.

”Tack, det är mycket bättre. Lite småhostig, men febern håller sig borta.”

”Det gläder mig, men inte ska du väl arbeta idag?”

”Tyvärr inte. Jag har inget att göra i verkstaden. Det är ont om uppdrag. Folk håller hårt i pengarna nu när kriget härjar runt om oss.”

”Ja”, suckar Remeen. ”Det eländiga kriget. De skriver inte om annat i tidningarna.”

"Enligt dem är man tyskvän eller rysslandsvän. Jag
känner mig inte som något av det ärligt tala. Både
Tyskland och Ryssland verkar vilja samma sak", säger
Alfred.

"Jo, kanske det. Vad är det de vill menar du?"

"De vill väl ha mer makt, mer mark och mer pengar.
Mark är pengar och pengar är makt. Så det går att koka
ned till bara makt. Ja. Det är vad detta handlar om. De
som har makt, vill ha mer makt oavsett nationalitet."

"Jo, tänker man så har du rätt. Tyskland vill åt andra
länders naturtillgångar genom kolonialisering för att få
gratis material till sin tillverkningsindustri. Ryssland vill
ena sitt folk och se ett enda stort slaviskt rike", säger
Remeen.

"Du är påläst hör jag. Det är bra", svarar Alfred. "Det är
inte alla som är och ändå har de starka åsikter om vem
som har rätt och vem som har fel."

"Frågan är om det alls finns rätt och fel när två parter
strider. Det är väl beroende på vilket perspektiv man har

och vilken propaganda man matats med. Krig är alltid fel, tänker jag.”

Fru Remeen och Alfred sitta tysta i sina egna tankar om krig, propaganda, sant och osant.

Kapitel 62 (År 1918, fyra år senare)

"Jag har sagt upp min verkstadslokal."

Alfred sitter till bords med fru Remeen. Greta arbetar inte kvar utan slutade när hon gifte sig två år tidigare. På grund av krigets påverkan på konstaffärerna hade fru Remeen inte råd att ersätta henne med ny kokerska utan har fått ordna med maten själv tillsammans med Alfred. Idag är det Alfred som handlat råvarorna och bestämt menyn medan fru Remeen tillagat den.

"Jaså", svarar Remeen. "Vad ska ni göra i stället?"

Alfred tuggar ur mun och sväljer en bit strömming.

"Jag vet inte. Men den senaste tiden har lokalhyran varit högre än inkomsterna så jag kan omöjligt ha kvar den. Jag sålde verktygen häromdagen för att kunna betala det jag var skyldig Tordin."

Fru Remeen sträcker sig efter en brödbit som hon suger upp flottet på tallriken med och stoppar i mun.

"Jag förstår att jag inte kan ockupera ett rum här i all evighet utan att betala hyra. Särskilt inte nu när konstsalongen inte drar in pengar heller. Jag har full förståelse för ifall ni behöver hyra ut rummet till någon annan betalande hyresgäst", fortsätter Alfred.

"Ja, dessvärre har ni rätt", svarar fru Remeen. "Jag slänger inte ut er på gatan, men det är bra om ni börjar se er om efter annat jobb eller bostad. Jag hoppas såklart ni finner nytt arbete och kan bo kvar."

"Det är svårt med arbete. Ingen människa idag sätter in en kakelugn. Nu ska det vara centralvärme och element. När de gamla ugnarna går sönder byter man ut värmekällan. Nytt och modernt ska det vara. Kakelugnsmakare som jag behövs inte längre."

Han suckar tungt.

"Men ni har andra färdigheter också", uppmuntrar fru Remeen. "Alfred kan smide, springa ärenden, laga mat och säkert en massa annat också."

"Ni har rätt. Jag ska inte gräva ned mig utan ta nya tag och anstränga mig mer. Jag börjar direkt med att kolla jobbannonserna i tidningen."

Alfred vecklar ut Stockholms dagblad och bläddrar till annonssidorna. Han skummar igenom de fåtal som finns. Vid första åsyn verkar det inte finnas något som matchar hans kunskaper. Flera av dem vill att man ska kunna engelska eller franska. Men så får han syn på en som han missat först. Det står bara två rader.

"Lyssna på den här: Söker en man vid god hälsa som inte är rädd för hårt arbete. Ring Örebro telefon nr 44".

"Örebro?" Fru Remeen lättar närapå från stolen. "Ska ni flytta från Stockholm till Örebro?"

"Nu går fru Remeen händelserna i förväg. Det är den enda annonsen jag alls kan ringa på, men det gäller säkert många andra också. Så det är inte säkert att jobbet finns kvar och om det finns kvar är det inte säkert att jag får det ändå."

"Men ni ska ringa?"

”Ja, jag ska ringa.”

Än idag, många år efter Claras död, är det henne han tänker på när han telefonerar. Han minns hennes röst när hon svarade och kopplade vidare alla människor som ville telefonera i Rök socken. Numera är det större telefonstationer i städerna och inte många sitter hemma i byn och kopplar vidare som förr.

Alfred kopplas till telefon 44 i Örebro. Han väntar på svar med spänning.

”Herr Andersson”, säger en man i andra änden.

Han låter yngre än Alfred och bestämd, som att han är van att bestämma. Alfred presenterar sig och talar om sitt ärende.

”Är tjänsten fortfarande ledig?”

”Jo, visst”, förkunnar mannen och förhör sig om att Alfred inte är arbetsskygg.

”Nej då, jag har arbetat hela livet med både det ena och andra. Nog är jag van vid hårt arbete. Säg, vad är det för jobb?”

Andersson berättar att en stor pappersfabrik brunnit ned
några månader tidigare och nu behöver han mannar som
ska bygga upp den igen. Den måste vara klar och i drift
om ett halvår.

"Så jobbet är bara sex månader?" frågar Alfred.

Inte tänker han flytta till en helt ny stad för ett halvårs
jobb.

"Jo, men därefter kommer det finnas gott om tjänster i
pappersfabriken. Den ska bli större än innan branden och
den ska gå dygnet runt."

Alfred får tunghäfta för en stund. Ska han just i stunden
bestämma en sådan stor sak som att lämna Stockholm?
Men vad har han för val?

"Vill ni ha jobbet infinner ni er på mitt kontor på
måndag morgon. Manillagatan 11. Två trappor upp."

De ringer av och Alfred går och berättar för fru Remeen.
Men hon har redan hört hela samtalet.

"Kommer ni åka på måndag?"

Alfred nickar.

”Var ska ni bo?”

”Det ordnar sig bara jag får jobbet”, svarar Alfred.

”Jag är glad för Alfreds skull och hoppas allt blir bra, men jag är också ledsen för min egen skull. Jag kommer bli tomt utan er.”

”Han tar hennes hand i sin.”

Den har så tunn hud att alla blodådror både syns och känns.

”Jag kommer sakna er också”, svarar han.

Kapitel 63 (År 1930, tolv år senare)

Alfred sitter nedsjunken i soffan. Det hade varit bra om han kunnat gå till arbetet idag. Han behöver pengarna. Huvudet dunkar och ett svagt illamående ger sig till känna i halsen. Han ser sig om i rummet. Det skulle behöva städas. Kanske han kan göra ett försök senare om han ändå inte ska till jobbet. Plocka undan glas och flaskor, kläderna på golvet, torka av väggen från tomatsås. Mår han bättre i eftermiddag kan han ta sig till affären och köpa hem något att äta också.

Vad hände egentligen? När blev det så här? I början när han kom till Örebro var allt nytt och spännande. Han såg till och med fram emot det. Nytt arbete och lära känna nya människor. Men det smög sig på. Han fick inte rimlig lön trots långa dagar och hårt arbete. Pengarna räckte bara till en enrummare i ett mindre trevligt område. Han ville aldrig bjuda hem någon och de andra verkade redan känna varandra väl. Det var svårt att komma utifrån. Åren i huvudstaden hade slipat bort östgötskan och gett honom en dialekt de tydligen störde sig på här. Sa att han ville verka förmer än andra. Åren gick och han blev allt mer ensam. Många kvällar slutade med för mycket brännvin för att döva känslorna av utanförskap.

Nu sitter han här, sextiosjuårig gubbe, med alkoholproblem och dålig ekonomi. Han skäms. Tänker på vad fru Remeen skulle ha sagt. Minns hennes begravning för några år sedan. Hon fick inte bli hundra, men det var nära och pigg var hon ända in i slutet. Hon skulle sagt åt honom att rycka upp sig. Sluta med sin självömkan och göra något åt det. Men vad ska han göra? Han är för gammal för att byta arbete nu. Ingen vill anställa en sådan gammal människa utan annan utbildning än kakelugnsmakare. Så han är fast med sin usla lön. Det betyder att han är fast i sin lägenhet. För att stå ut måste han dämpa tankarna och ångesten med brännvin. Alternativet är bara självmord. Han snuddar vid tanken ibland. Den har kommit och gått som en gammal vän genom livet.

Han går ut i köket och öppnar skåpluckorna. Det ska finnas en skvätt brännvin kvar. Det är han säker på. Han öppnar kylen. Där finns en halv tomat, två kokta potatisar på en tallrik och en tom brännvinsflaska. Han stänger dörren igen. Benen viker sig och han sjunker ned mot golvet. Blir sittandes med ryggen mot köksskåpen. Ögonen grumlas av tårar och han hatar sin egen svaghet. Var det så här livet blev? Han tänker på kniven som han vet ligger på köksbänken ovanför honom. Föreställer sig hur han tar den och skär upp armarna. Hur det skulle svida, men också lätta när livet sakta rinner ur honom. Lämnar honom i fred i mörker utan känslor i all evighet. Eller finns Gud och himmelriket? Står Clara där och väntar tillsammans med mor och Sofia? Deras ofödda barn? Om han bara orkar resa sig och ta kniven skulle han kunna ha svaret på den stora gåtan inom ett par minuter.

Alfred orkar inte resa sig. Varken för att ta kniven eller söka efter mer sprit. Han somnar där på köksgolvet och sover oroligt ända tills någon ringer på dörrklockan. Fyra gånger trycker någon in ringknappen, sedan trycks handtaget ned och Alfred hör steg i hallen. Han gör ett försök att komma upp från golvet, men hinner inte innan personen står där i köket och ser på honom.

”Vad tusan Alfred? Vad har hänt?”

Alfred kisar mot sin chef, herr Andersson. Varför är han här?

”Du har inte dykt upp på tre veckor och ingen har hört ett ljud från dig. Jag trodde du dött. Kom så hjälper jag dig upp.”

Han tar Alfred under armen och lyfter upp honom. Leder honom in till soffan och går sedan tillbaka till köket och fyller ett glas med vatten. Han ger glaset till Alfred som dricker girigt och hostar till.

”Jag mår inte bra. Kroppen är gammal och orkar inte arbeta längre. Jag ska ändå gå i pension senare i år, men det kanske är bäst jag går redan nu.”

”Och göra vad? Supa ihjäl dig? Om du pratat med mig hade jag kunnat ge dig ett mindre fysiskt krävande arbete, men det är svårt när du inte berättar något.”

Alfred drar handen genom det hår som finns kvar.

”Jo, förlåt. Jag är dålig på det. Jag vet. Försöker alltid lösa mina problem själv.”

"Jo, jag ser det. Hur tycker du det gått?" frågar
Andersson och ser strängt på Alfred.

Alfred rycker på axlarna.

"Då gör vi så här. Jag hämtar dig i morgon bitti och så
ska jag ge dig andra uppgifter som du klarar av och som
inte är lika tunga. Så arbetar du klart de månader som är
kvar till pensionen åtminstone."

Det var ingen fråga och han väntar inte på svar utan
reser sig och går sin väg. Alfred sitter kvar. Omskakad,
men med en liten svag gnista tänd.

Kapitel 64

Halv åtta tutar en bil utanför Alfred. Han drar kammen
en sista gång över skallen. Stoppar fötterna i skorna och
går ut. Andersson ser nöjd ut när Alfred hoppar in i
passagerarsätet.

"Du ser piggare ut idag."

"Ja, annars hade jag varit död", svarar Alfred.

Andersson skrattar stort.

"Du har en morbid humor, Alfred."

Bilen åker genom staden som redan är fylld av rörelse.
Män med portföljer på väg till kontoret. Kvinnor med
barnvagnar. Barn på väg till skolan med för stora
ryggsäckar över axlarna. Andersson kör smidigt in på sin
parkering framför pappersfabriken. Näsan fylls av den
särskilda lukten han lärt sig hatälska. Den är hemsk, men
betyder mat på bordet och tak över huvudet. För
Anderssons del innebär den även status, villa, bil och
lantställe. Men ingen kan säga att han inte ser om sina
arbetare och bryr sig. Alfred har arbetat många år på

fabriken och han vill inte gärna se honom falla på målsnöret några månader innan pensionen.

"Följ mig."

Alfred går efter Andersson till den mindre byggnaden bredvid fabriken. Vad ska de göra här på kontoret? Han har inga kunskaper om bokföring, inköp eller löner.

De stannar framför en låst dörr i hallen mellan entrén och kontoren. Andersson tar fram en nyckelknippa och låser upp dörren. Det är ett litet förråd med en verktygslåda, en träbänk och en telefon.

"Vaktmästaren som sköter kontorshuset är sjukskriven. Han bröt armen när hans hund drog omkull honom och han kommer vara borta en tid. Under den tiden tänker jag att du kan ta över hans arbetsuppgifter. Det kan vara allt från att byta en glödlampa till att laga ett fönster, köpa kontorsmöbler och se till att det praktiska fungerar. Vad tror du om det?"

Alfred är glatt överraskad. Det här hade han inte väntat sig.

"Hur vet jag vad som behöver göras?"

"När du inte är i byggnaden och uträttar ett uppdrag sitter du här på ditt eget lilla kontor och väntar tills telefonen ringer. Den som behöver hjälp av vaktmästaren ringer nämligen hit."

Alfred nickar.

"Tack."

Andersson går sin väg och Alfred slår sig ned på stolen framför telefonen. Bredvid den står en klocka och det ligger ett anteckningsblock, en reservoarpenna och ett bläckhorn vid sidan av.

Inte förrän en timme och fjorton minuter senare ringer telefonen. Alfred funderar på hur han ska svara. Med sitt namn eller bara hallå? Det fortsätter ringa. Hjärtat slår. Han lyfter luren, trycker den mot örat och harklar sig.

"Vaktmästare Bergstrand."

"Bra där Alfred", säger chefen. "Hur går det för dig? Har du fått något att göra än? Vissa dagar är det lugnt och andra är det mer att göra. Jag vet att Jonathan som arbetar i vanliga fall brukar lösa korsord eller läsa böcker för att få tiden att gå mellan uppdragen.”

”Tack för tipset. Jag får ta med något till imorgon.”

De lägger på. Det går ytterligare en halvtimme innan nästa samtal. Den här gången svarar han snabbare och säkrare.

”Hej, det är Wallkvist i rum tolv. Jag blir helt galen på min stol. Den knarrar så fort jag rör mig. Kan du smörja den eller byta ut den så jag kan jobba?”

”Jag fixar det.”

Alfred söker runt i rummet efter smörjolja och hittar den tillslut i botten av verktygslådan. Han tar med den, en trasa och en skiftnyckel. Går genom en lång korridor till en dörr med vakt utanför. Han håller upp passerkortet chefen gav honom tidigare. Vakten nickar och öppnar dörren. Där inne finns ytterligare en lång korridor med vita dörrar på var sida. Dörrarna är numrerade. Jämna nummer på ena sidan, udda på andra. Han letar sig fram till rum nummer tolv.

"Det var snabbt", säger Wallkvist.

"Jag hade inget annat för mig. Är det stolen ni sitter i
som knarrar?"

Wallkvist reser på sig och skjuter fram stolen till Alfred.

"Ja, jag hör knappt vad jag tänker.

Alfred sätter sig för att testa. Han rör sig fram och
tillbaka och stolen skriker gällt i protest.

"Oj, vilket hemskt ljud. Då ska vi se vad jag kan göra."

Han tar fram oljekannan och håller trasan under så det
inte ska läcka ut på golvet. Duttar ut några droppar i
stolens leder. Sätter sig igen och gungar. Inte ett ljud
hörs.

"Tack", säger Wallkvist. "Bra jobbat."

"Asch, det var inte svårt."

"Jag som har tummen mitt i handen hade aldrig klarat
det. Jag hade inte veta var oljan skulle vara. Eller vilken
olja heller för den delen."

"Jag skulle inte klara av ditt jobb heller. Så vi är väl rätt män på rätt arbeten", skrattar Alfred.

Han går tillbaka till sitt kontor. Innan arbetsdagen är slut får han fixa ett fönster som kärvar, flytta ett skrivbord och sätta upp en lampa. Alla uppdragen uppskattas och beröms av kontorsarbetarna. Det här arbetat hade jag velat få för tio år sedan. Det är verkligen enkelt arbete och man får hela tiden höra hur bra man är, men jag måste verkligen ta med något att läsa imorgon.

Tack vare det nya arbetet och det varma mottagandet från kontorsarbetarna håller han sig nykter ända fram till pensionen. Alfred missar inte en arbetsdag de månader han arbetar som vaktmästare. Han avtackas med present och tacktal av Andersson och på kvällen går de som vill till puben för en kväll tillsammans. Till och med då är Alfred nykter. Det är när han kommer hem och stänger dörren om sig som det svåra hinner ikapp.

Kapitel 65 (År 1931, ett år senare)

Kvällssolen når med nöd och näppe köksbordet. Alfred ser ned på motboken. Undvik att göra edra inköp å lördagar eller helgdagsaftnar, står det på första sidan. Han vänder blad och ser de blå stämplarna. En liter, en liter, två liter, en liter...och datum. Endast ett inköp medgives per dag, står det längst ned. Han har redan gjort dagens inköp, en halvliter, och druckit upp. Dessutom var månadens tre liter också uppdruckna med hela tio dagar kvar till nästa månad. Han känner oron i benen. Reser sig och går runt i rummet. Fram till fönstret och ser ut. Tycker alla ser lyckliga ut. Så slår det honom att det är lördag och han kan gå ned till restaurang Freden på Fredsgatan.

 Alfred tvättar av sig och byter om till de renaste kläderna han har. Stänker på sig en skvätt rakvatten och går ut i den ljumma augustikvällen. Lyckan har vänt. Han tar ett par danssteg. Människor han möter är vackra och ler.

Dörrvakten vid restaurang Freden synar Alfred och ger honom sedan en gul kupong som ger honom rätt att köpa två glas sprit med fem centiliter. Han går direkt fram till baren.

"En femma whiskey tack."

Serveringsbiträdet skakar på huvudet.

"Slå er ned vid ett bord och beställ mat först, så kommer whiskeyn därefter."

Alfred skrattar till och ser på den unga damen. Hon är säkert inte mer än tjugofem och hon nekar honom, en pensionär som arbetat hela sitt liv, att köpa ett glas alkohol. Han lyckas tiga och går lydigt och sätter sig vid ett bord och synar menyn.

"Jag tar en färsk krusbärskräm med grädde, tack. Och en femma whiskey."

Hon är på väg att protestera, men så vänder hon på klacken och går mot köket. Säkert inte nöjd med att han beställt den billigaste efterrätten och inte en riktig måltid.

Han kan inte rå för att pengarna inte räcker till mer mat om han ska kunna betala för två glas whiskey också.

I väntan på sin beställning ser han sig om i restaurangen. Kvällen är ung och det är inte många gäster än. Det är mest par som ser ut att ha en romantisk middag, men vid ett bord sitter en ensam kvinna som han tycker sig vara bekant. Han försöker minnas var han sett henne. Kan det varit på pappersbruket? Nej, det var mest män där, så de få kvinnorna hade han kommit ihåg. Kanske någon från stockholmstiden? Beställningen verkar dröja och han kan inte släppa tanken på var han sett kvinnan förut. Alfred går fram till henne.

”Ursäkta att jag kommer fram så här oombedd och stör er måltid.”

Damen lägger ned besticken och ser på honom.

”Ingen fara. Vad vill ni?”

”Ni förstår, jag känner väl igen er, men kan inte komma på varifrån. Så jag tänker att ni kanske kan hjälpa mig. Har vi träffats?”

Hon spricker upp i ett stort leende.

"På sätt och vis", säger hon.

Alfred ser frågande ut.

"Jag arbetar som butiksbiträde på EPA nere på Storgatan. Det är inte ovanligt att folk hälsar på stan för de tycker jag ser bekant ut."

Alfred ser att hans beställning kommer ut. Han vänder sig till damen.

"Äter ni ensam? Vill ni göra mig sällskap?"

Till hans förvåning tackar hon ja och följer med till hans bord.

Trots alkoholen i kroppen känner han sig oväntat blyg. Vet inte vad han ska tala om med henne. Han blir självmedveten. Hur ser han ut i hennes ögon? Hon i en grön klänning, kortklippt modern frisyr. Hur gammal kan hon vara? Han ser på hennes skrattrynkor och använda händer. Runt sextio kanske.

"Vi har inte presenterat oss för varandra. Jag heter Ulla Redberg är sextiosex år och har inga barn. Min make gick bort för två år sedan. Jag arbetar som du vet i en butik och ska gå i pension om knappt ett år. Då ska jag flytta ut på landet. Min make och jag köpte en sommarbostad för många år sedan och den har jag kvar. Tänker att jag ska bo billigt där på gamla dar. Det är bara ett par mil utanför Örebro. Vintrosa, känner ni till byn?"

Alfred skakar på huvudet. Tycker det är skönt att hon pratar på så han kan sitta och lyssna. Tänka annat än mörka tankar och på sprit.

"Och vem är ni?"

Ulla ser nyfiket på honom.

"Jag heter Alfred Bergstrand. Gick i pension för snart ett år sedan. Jobbade många år på pappersfabriken utanför stan. Innan dess bodde jag i Stockholm och hade egen verkstad. Jag var kakelugnsmakare."

Han tystnar och tvekar ett tag innan han fortsätter.

"Inga barn. Min hustru är död."

Kvällen flyter på och konversationen lossar. Mest är det Ulla som talar, vilket Alfred uppskattar. När han är på väg hem kommer han på att han inte ens druckit det där andra glaset whiskey. Han hade följt henne hem till porten. Varit en riktig gentleman. Det visade sig att de bara bor ett par kvarter från varandra. Innan han gick frågade han efter hennes nummer. Hon gav det till honom och tackade för en trevlig kväll.

Hemma i tystnaden igen vandrar han runt i lägenheten. Rastlösheten kryper på när alkoholen lämnar kroppen. Han lägger sig och försöker sova, men trots att han är trött vill inte hjärnan sluta pladdra. Hon vill inte ha dig, hon var bara artig. Vem vill ha en sådan som dig? En alkoholiserad gubbe. Alfred går upp och tar ett glas vatten. Kikar igenom skåpen igen. Drar ut lådorna också och där längst in i besticklådan ligger pluntan. Han skakar den och känner att det finns en del kvar. Skruvar av korken och tömmer innehållet i munnen. Först kommer en kräkreflex när spriten når halsen, men sedan blir kroppen lugn när den välbekanta värmen sprider sig inombords.

Kapitel 66 (November år 1931, tre månader senare)

 Alfred står vid busshållplatsen med ett paraply som skydd mot det kraftiga skyfallet. Kastvindarna gör att han får hålla i hårt för att inte paraplyet ska blåsa iväg. Det är tidig lördagsmorgon och han är ensam om att vänta på bussen. När den äntligen anländer är det bara två personer i den förutom chauffören. Alfred kliver på och betalar för biljetten.

 Han och Ulla har umgåtts intensivt efter den där första middagen. Det har fått honom att minska på drickandet och gett honom ett ljus i tillvaron. Idag är första gången som han ska få se hennes sommarbostad i Vintrosa. Huset hon planerar bo i från årsskiftet, då hon går i pension. Någonstans långt inom honom finns ett litet hopp om att få bo där tillsammans med henne. Han har inte velat säga det högt inför henne och knappt ens för sig själv med risk för att förstöra något. Han är fullt medveten om att deras relation är det enda han har och han måste vara försiktig och inte klampa på för fort eller oaktsamt. Samtidigt får hon inte tro att han är ointresserad. Det gäller att hitta en balansgång och visa ett lagom intresse, ge henne utrymme också.

Han sitter två säten bakom chauffören och ser ut genom fönstret. Fast klockan är strax efter halv nio är det mörkt på himlen. Regnet forsar i sådana mängder att det är svårt att se längre än några meter, men han kan skymta ett öppet landskap med många åkerlappar.

Förr om åren var huset ett sommarhus och Ulla besökte det sällan vintertid, men nu vill hon se över huset inför den kommande flytten. Hon ska täta fönstren och lägga ut musfällor, städa och kolla att alla eldstäder fungerar.

När bussen stannar och Alfred kliver av har regnet lugnat sig något. Han får syn på Ulla som kommer mot honom glatt vinkande. Hon lyser bokstavligen upp mörkret med en gul regnjacka och gult paraply. Han kan inte hålla tillbaka leendet. Efter en omfamning går de tillsammans till hennes hus. Ett rött hus med vita knutar längs Latorpsvägen.

Regnet håller i sig hela dagen och de blir kvar inomhus förutom då mer ved behöver hämtas från vedboden. De hjälps åt att städa huset. Alfred uppskattar att vara sysselsatt. När allt är städat lagar de mat på vedspisen. Huset är från 1800-talets första halva och inte så modernt. Inget indraget vatten eller elektricitet. En brunn finns i trädgården och en vacker gammal kakelugn står i vardagsrummet. Alfred synar ugnen.

"En fin gammal pjäs du har. Måste vara original sedan huset byggdes."

"Ja, jag tror det mesta är original i huset. Jag kanske måste modernisera om jag ska bo här på heltid. Vad tycker du? Skulle du kunna tänka dig bo utan rinnande vatten och el?"

"Ja, det tror jag nog. Det har man ju gjort större delen av livet. Värre kanske för dagens unga människor som aldrig upplevt det."

"Jo, det har du rätt i. Men man blir inte yngre och hur länge orkar man gå ut på dass när det är kallt eller hugga ved för att kunna få värme och laga mat?"

"Du borde kanske ha en karl som hjälpte till med
sådant."

Han skrattar och blinkar åt henne.

"Du menar en ung pigg man som orkar hugga ved åt
mig?" retas hon.

De slår sig ned vid matbordet där fotogenlampan
brinner. Han öser upp grytan på deras tallrikar och hon
häller upp vatten i deras glas.

"Jag dricker inte alkohol", säger hon plötsligt. "Min
make drack alltid för mycket de sista åren och efter han
dog vill jag leva utan det."

Alfred vet inte vad han ska svara. Hon har aldrig sett
honom berusad utom lite den där första kvällen. Han har
varit noga med att inte dricka de gånger de träffats.

"Jag fick intrycket av att du också kan dricka lite för
mycket. Stämmer det?" frågar hon och ser in i hans ögon.

Han vänder bort blicken. Är det nu det skiter sig.
Kommer hon slänga ut honom i regnet. Hur ska han ta
sig hem? Sista bussen har säkert gått.

”Jo”, säger han. ”När jag är ensam händer det att jag
dricker för mycket. Det är många tankar och känslor jag
inte orkar lyssna till. Alkoholen tar bort dem. Förstår
du?”

Hon nickar och lägger sin hand över hans.

”Jag förstår, men kommer inte acceptera det om vi
någon gång ska leva tillsammans. Jag vet att vi inte talat
om att flytta ihop, men jag vill att du ska veta att jag
tänkt på det. Men efter min förra man och hans
spritproblem har jag fått som ett sjätte sinne för
alkoholister. Jag klarar inte av att umgås med berusade
människor längre. Förstår du?”

”Jag förstår. Det kan inte vara roligt att leva vid sidan av
ett missbruk. Jag blir glad över att du tänkt tanken på att
leva tillsammans. Det har jag också, men inte vågat säga
något. När jag är med dig känner jag inte sug efter
spriten. Det kommer med ensamheten.”

”Det är bra”, säger hon. ”Vi tar en sak i taget. Jag flyttar
ned efter nyår. Går allt bra mellan oss och du kan låta bli
alkoholen kanske du kan bo här på prov en tid till våren?

Jag vet att vi inte umgåtts så länge, men i vår ålder har man inte råd att slösa med tiden."

Han lyfter hennes hand till sina läppar och kysser dem.

"Det låter som en underbar plan."

Kapitel 67 (Julen 1931, 1 månad senare)

Ulla har bjudit in Alfred att fira jul med henne. Den sista julen i lägenheten i Örebro innan flytten till Vintrosa. Mycket är nedpackat i kartonger, men en julgran har hon ändå klätt och lagt julduk på matbordet. Inga julgardiner, det kändes överdrivet så nära flytten, men lite julstämning vill hon ha. Hon tar fram en julskiva och lägger på grammofonen. Lyfter försiktigt pickupen och släpper den sakta vid skivans första spår. Det sprakar till och så kommer Edvin Jahrls Nyhetskvintetts musik i form av dragspel. Den ena julpolskan efter den andra strömmar ut i lägenheten. Hon går ut i köket för att kolla till jansson i ugnen. Lite mer färg behöver den. Hon ser på klockan. Fem över tolv. Då borde Alfred komma vilken minut som helst. Julbord klockan tolv och sedan en promenad innan kaffe och julklappsbyte har de bestämt.

När klockan närmar sig halv två är hon i upplösningstillstånd. Oron för vad som hänt tar över. Har han druckit eller blivit sjuk? Han kanske är på sjukhus eller ligger hemma avsvimmad. Hon tar på sig ytterkläderna och ger sig ut. Det snöar lätta flingor. Någon enstaka bil passerar henne, men i övrigt ser hon inte en människa. Det lyser i fönstren och hon fantiserar om hur glada människor sitter där inne och äter tillsammans.

Hon ser upp mot hans fönster när hon kommit fram till huset. Det är mörkt. Hon öppnar porten och springer upp för trapporna. Pressar in ringklockan och ropar genom brevinkastet.

”Alfred? Hör du mig?”

Lät det något eller inbillade hon sig? Hon trycker på ringklockan igen och sätter örat mot dörren.

”Alfred?”

Inget svar. Ulla går hem igen. Funderar på om hon ska ringa sjukhuset och höra om han kommit in dit. Hon väntar oroligt någon timme till. Sedan slår hon numret till sjukhusets växel.

"Hej, jag är orolig för min vän Alfred Bergstrand och undrar om han finns hos er."

"Ett ögonblick."

Det dröjer flera minuter. Ulla är på väg att lägga på, men så hörs en röst i andra änden.

"Tyvärr, ingen Alfred Bergstrand har skrivits in idag."

Paniken växer i henne. Tänk om han ligger hemma på golvet skadad. Men hur ska hon ta sig in? Hon har ingen nyckel till honom. På nytt tar hon på sig kappan och går mot Alfreds hus. Hon stannar till innanför porten och ser på namntavlan. Bredvid den sitter en mindre skylt med telefonnummer. Ett till hyresvärden och ett till vaktmästaren. Hon måste kunna ringa vaktmästaren, men det är julafton. Kan hon verkligen ringa och störa mitt i julfirandet? Alfred kanske bara är full. Oskadd, men berusad. Då skulle hon skämmas ihjäl inför den stackars vaktmästaren. Hon skriver i alla fall upp numret och går till telefonkiosken snett över gatan. Stoppar i ett mynt och väntar på kopplingston. Så slår hon vaktmästarens nummer. Tio signaler går fram. Inget svar. Hon hänger på luren och får myntet tillbaka. Vad ska hon ta sig till? Hon gör ett sista försök. Stoppar i myntet och slår numret.

På fjärde signalen hörs ett irriterat hallå.

"Hallå, jag ber tusen gånger om ursäkt och jag skulle aldrig ringa och störa om det inte var akut. Jag tror min vän ligger skadad i sin lägenhet och jag behöver få dörren upplåst."

"Och hur ska jag veta att ni inte luras? Ni kanske är en svartsjuk flickvän som vill in och se om er pojkvän har någon annan hos sig för han inte firar jul med er?"

"Är ni galen? Jag är en sextiosjuårig kvinna som oroar mig för min vän. Ska ni misstro mig och riskera att en av era hyresgäster ligger där och dör. Det skulle nog inte vara bra för affärerna om det kom ut i pressen."

Ulla känner sig extra nöjd med det om pressen. Tänk att hon kan ryta ifrån så pass. Det visste hon inte om sig själv.

Mannen i andra änden muttrar något ohörbart, men hon snappar upp att han är där om tio minuter. Ulla lägger på och går mot Alfreds hus igen. Ställer sig utanför hans dörr och väntar.

Vaktmästaren luktar glögg och matos blandat med svett och rakvatten. Han är den kraftigaste mannen hon sett. Utan att hälsa går han fram till dörren och låser upp. Puttar upp den så Ulla kan gå in före. Han väntar kvar i trapphuset. Hon förbereder sig för en ruskig syn.

"Alfred?"

Hon går från hallen ut till köket. Lådor och skåp är öppna. Det är rörigt, men ingen Alfred. Ulla går vidare in i vardagsrummet. Gardinerna är fördragna.

"Alfred?"

Så får hon syn på honom i soffan med ansiktet nedåt.

"Alfred?"

Hon lägger en hand på hans rygg. Hon darrar så mycket att det är svårt att avgöra om han andas.

"Hur går det? Är han där?" ropar vaktmästaren.

Ulla svarar inte.

Kapitel 68

Ulla sätter sig på huk bredvid soffan och lägger två fingrar mot hans hals. Hon andas ut. Visst har han puls, men den är svag. Är han full eller är han sjuk? Hon känner en svag alkoholdoft från honom. Hon ropar på vaktmästaren.

"Ring efter sjuktransport. Fort."

En halvtimme senare kommer två män med en bår. De lyfter över Alfred och spänner fast honom innan de går nedför trapporna och till ambulansbilen.

"Är ni anhörigt?

Ulla nickar.

"Ni kan åka med om ni vill. Vet ni något om vad som hänt?"

Hon skakar på huvudet och hoppar in i bilen.

Vid lasarettet möts de av sjukhuspersonal som tar emot Alfred och visar Ulla till ett väntrum. Hon är rastlös under väntan och bläddrar planlöst i magasin utan att läsa något. Efter en evighet kommer en läkare ut. Han slår sig ned bredvid henne.

"Alfred har fått dropp och han börjar kvickna till nu. Ni kan gå in en kort stund. Inte för länge. Han behöver vila mer."

Hon nickar och följer efter läkaren till Alfreds rum. Alfred är blek, men ler vagt mot Ulla. Läkaren lämnar dem ifred. Ulla går in i rummet och slår sig ned i en stol bredvid hans säng. Hon tar hans hand i sin.

"Jag blev orolig för dig."

"Förlåt", viskar han.

"Vad var det som hände?"

"Jag ville inte oroa dig, men jag har haft ont om pengar en tid. Hade några extra utgifter förra månaden så pensionen räckte inte till mat. De senaste veckorna har jag levt väldigt knapert och det verkar som jag fått i mig för lite vätska och näring."

Ulla får tårar i ögonen.

"Varför sa du inget? Jag hade kunnat hjälpa dig. Om vi ska leva tillsammans måste vi kunna berätta allt."

"Jag vet", svarar Alfred. "Förlåt, jag skämdes. Jag är rädd för att du inte ska vilja leva med mig och ironiskt nog gör den rädslan att jag gör misstag som kanske får dig till just det."

"Alfred, jag vill leva med dig. Men du måste vara ärlig. Att kunna lita på varandra är det viktigaste. Man kan göra misstag, behöva hjälp, men inte ljuga och dölja saker för varann. Lova mig det."

"Jag lovar", svarar han. "Jag har en sak till jag måste berätta."

Ulla ser att hans ögon blir blanka.

"De tog en massa tester på mig."

Alfred pausar och tar ett djupt andetag. Håller hårdare om hennes hand.

"Blodtestets svar tyder på att jag har en tumör i kroppen. De är inte säkra på var eller om den är farlig.

Mer tester måste göras så jag blir kvar här till imorgon. Men de leverprover de också tog ser inte heller bra ut.”

”Åh, Alfred.”

Ulla lägger huvudet på hans bröstkorg. Det knackar på dörren och läkaren kommer in.

”Alfred behöver vila nu så jag får dessvärre be er gå. Ni är välkommen tillbaka imorgon. Det är besökstid mellan två och fem.”

Skakad går Ulla ut från sjukhuset. Hon funderar på att ta en taxi, men bestämmer sig för att rensa tankarna genom att ta en promenad. Ett tunt täcke av snö bäddar in staden och gör den ljusare i den annars mörka julaftonskvällen. Vilken julafton det blev. Den kommer hon minnas resten av sitt liv. Hon tänker på Alfred, näringsbristen och tumören. Kommer hon orka ta hand om honom? Vill hon lägga sina sista pigga år på att vårda och även ekonomiskt ta hand om en man? Hon som sparat och stretat på för att själv få en dräglig pension och kunna bo i sitt eget hus. Efter hennes makes bortgång lovade hon sig själv att aldrig mer bli den som lägger all sin tid på en man. Nu är det hennes tid att leva och göra det hon längtat efter. Hon har sett fram emot att fixa med huset, lära sig mer om odling, kanske lära sig måla. Det är mycket hon försakat hela livet på grund av sin make. Ska hon göra det igen för Alfred? För inte kan hon lämna en man som precis fått besked om kräfta?

Alfred ligger i sjukhussängen. Bredvid honom lyser en sänglampa. Hela avdelningen tycks sova och det är alldeles tyst. Han vet att han också borde sova, men han kan inte sluta tänka på tumören i hans kropp. Det är overkligt och svårt att riktigt ta in. Inne i honom växer något som kan bli hans död. Hade det inte varit för Ulla hade han blivit lättad av att döden var nära, men nu har han fått ett hopp om några fina år tillsammans med henne på landet. Ska det inte bli så nu? Varför skulle Gud låta honom supa ned sig och sedan skicka Ulla till honom för att sedan rycka undan mattan igen? Är det straffet för han övergav sina barn? Nu är det som det är och han kan bara hoppas på att det går snabbt. Det sista han vill är att vara en belastning för Ulla. Hon förtjänar att vara fri och njuta av sista delen av livet utan att ta hand om honom.

Strax före klockan två dagen därpå stiger Ulla in på sjukhuset igen. Hon går upp till Alfreds avdelning och knackar på hans dörr innan hon går in. Han sitter upp i sängen och läser en tidning.

”Hej”, säger han. ”Vad jag är glad att se dig. Tiden går fruktansvärt långsamt här.”

Hon ställer en papperspåse på sidobordet.

”Jag tog med några äpplen, karameller och en bok.”

”Tack, det var omtänksamt.”

De söker båda efter de rätta orden. Känner sig lite vilsna i den ovana sjukhusmiljön. Ulla tar av sig kappan och slår sig ned i stolen.

”Är det kallt ute?” frågar Alfred.

”Inte så farligt. Strax under nollan. Ganska skönt faktiskt. Jag promenerade hit.”

Det blir tyst en stund. Ulla plockar upp äpplen, karamellpåsen och boken ur påsen. Slänger påsen i en papperskorg under bordet.

"Hur har det gått med testerna då? Har du fått veta
något mer?"

Kapitel 69 (År 1936, fem år senare)

Ulla går runt i trädgården iklädd sin egenstickade kofta
som räcker ned till knäna. Det kan inte vara mer än tio
grader så här på morgonen, men det är vackert så det gör
ont när solen strilar genom päronträdets krona. Hon går
barfota. Känner fukten och kylan mot fotsulorna. Ser på
de modiga blommorna som trotsar de svala nätterna.
Snödropparna som snart är överblommade.
Pärlhyacinterna och krokusarna som sprider färg och
glädje. Så känner hon en arm runt midjan och ser in i
Alfreds glada ögon. Han räcker henne en kopp te.

”Lite värme till min älskade?”

”Tack.”

”Så, vad tror du dagen bjuder på?”

”Jag tror och hoppas på ännu en harmonisk vacker dag
med dig. Kanske jag ska baka en äppelpaj av de sista
vinteräpplena i jordkällaren. Hur låter det?”

”Det låter som en dröm. Jag ska genast gå och hämta
äpplen till dig, så gör jag någon nytta.”

Det är som han fått en andra chans i livet sedan operationen av tumören lyckades. Läkaren hade sagt att chansen att bli frisk var femtio/femtio. De fick bort tumören och i fem år nu har han varit frisk. Inte en droppe alkohol har han druckit. Varje ny dag känns som en gåva från Gud och den vill han inte förstöra med sprit. Han fick sin Ulla och de lever ihop i Vintrosa sedan fyra år. Det är som en dröm och han kan knappt tro det. De har lovat varandra att njuta av varje stund tillsammans av det liv de har kvar. Han är sjuttiotre och hon ett år yngre och hittills har de haft tur med hälsan bortsett från kräftan. Han är nog till och med piggare idag än före tumören. Utan alkohol och med bättre matvanor ihop med kärleken från Ulla mår han bättre än på många år. Fysiskt håller de båda igång med trädgårdssysslor, promenader och husfix. Förra året drog de in vatten och byggde till en riktig toalett. Nu kommer de kunna bo här livet ut.

Alfred öppnar dörren till jordkällaren. Det finns bara en låda kvar av fjolårets äppelskörd. Han håller upp skjortan som en korg och lägger varsamt de röda Ingridmarie där

i. När han kommer in i köket har Ulla plockat fram smör, havregryn, socket och vetemjöl. En halvtimme senare doftar hela stugan fantastiskt av äppelpaj.

”Kokar du en kanna kaffe, Alfred, så tar vi oss en bit medan pajen är varm?”

De dukar i trädgården och sveper varma filtar om sig. Ulla skär upp varsin pajbit medan Alfred häller upp kaffet åt dem.

”Du är duktig på att baka”, berömmer Alfred.

Ulla ser på honom med ett stort leende på läpparna. Så lutar hon sig över bordet utan att släppa hans blick.

”Vad gör du?”, skrattar han. ”Ska du kyssa mig nu?”

Ulla ser allvarligt på honom och skrattar inte alls längre.

”Alfred, dina ögonvitor är helt gula.”

Han reser sig och går till badrummet. Spärrar upp ögonen och tittar nära i spegeln ovan tvättfatet. Visst är de gula. Det är ett av de tecken läkaren sagt att han ska hålla utkik efter. Det kan betyda att kräftan är tillbaka i hans kropp. Han sjunker ihop på toalettsitsen och tappar all kraft. Blir plötsligt helt matt.

Ulla ringer sjukhuset i Örebro och meddelar att de är på väg. Hon packar en övernattningsväska och så går de till tåget. De har tur och får träffa samma läkare som senast. Han känner igen dem och ber dem båda följa med in till hans rum. En snabb blick på Alfreds ögonvitor räcker för att han ska se oroad ut på ett sätt man inte vill se hos sin läkare.

"Jag vill att du är kvar över natten så vi får ta prover på dig Alfred."

Så vänder han sig till Ulla.

"Tyvärr har vi fullt med patienter och inga lediga sängplatser, så jag kan inte erbjuda er att stanna. Men det finns ett hotell inte långt härifrån. Vill ni kan jag låta min sekreterare boka ett rum och beställa taxi åt er."

"Tack, det var mycket vänligt, men jag har en väninna jag kan stanna hos över natten."

Ulla ger numret till sin väninna ifall de behöver nå
henne. Hon säger adjö till Alfred och går ut från
sjukhuset. Väninnan Berit står där utanför och väntar.
Hon ger Ulla en kram och tar hennes väska.

"Kom nu så går vi hem, äter något gott och så får du
berätta allt."

Berit fanns där för Ulla under hela förra omgången när
Alfred var sjuk. De var arbetskamrater i nästan femton år
och känner varandra väl. I sådana här lägen är det skönt
med en vän som verkligen känner en. Ulla behöver inte
hålla god min eller låtsas att hon är positiv. Hon kan gråta
och berätta om sin oro. Berit lyssnar och finns där utan
att vare sig försöka trösta eller komma med en massa råd.
Hon lagar mat, bäddar sängen och låter Ulla vara ifred
när hon märker att hon behöver det.

Dagen därpå går Ulla tillbaka till sjukhuset. När hon
kommer in i Alfreds rum står läkaren där tillsammans
med två sjuksystrar. Läkaren tar med Ulla till sitt kontor.

”Det verkar som att kräftan är tillbaka och den här gången har den spridit sig. Jag ska vara ärlig mot dig. Det ser inte ljust ut.”

Ulla känner tårarna stiga, men sväljer för att få undan dem.

”Finns det någon behandling eller handlar det bara om att minska smärtan nu?”

”Om Alfred vill, kommer vi sätta in strålningsbehandling tillsammans med kemoterapi. Det är en tuff behandling under en period utan garanti för resultat. Så jag vill bara informera om möjligheten utan att råda något, sedan är det upp till honom. Du ska få information om det så du vet vad det handlar om när ni diskuterar på tu man hand.”

Ulla nickar och tar emot pappren han ger henne.

”Får han följa med hem nu eller ska han vara kvar?”

”Han kan åka hem nu, men vi behöver svar angående behandling inom en vecka. Bestämmer han sig för strålning behöver den påbörjas så snart som möjligt.

Annars kommer vi göra upp en vårdplan som handlar om
omvårdnad och smärtlindring."

  På skakiga ben går Ulla in till Alfred. Han klär på sig
och packar ihop sina saker. Båda är tystlåtna och
dämpade.

Kapitel 70

Fem dagar senare är Ulla och Alfred tillbaka hos läkaren i Örebro. De sitter på hans rum. Håller varandra i handen.

"Jag förstår att du fattat ett beslut Alfred", säger läkaren.

Alfred nickar.

"Livet har gett mig många chanser och jag vill ge livet en sista chans. Jag har varit nära ge upp några gånger, men aldrig gjort det och det tänker jag inte göra den här gången heller. Jag vet att jag är gammal och inte i toppform, men jag vill leva. Om behandlingen ger mig några extra år med Ulla i vårt hus då är det värt att gå igenom det. Jag är medveten om att det kommer bli tufft. Och om det inte fungerar då har jag gjort vad jag kunnat. Jag har gett livet en chans."

Ulla stryker honom över handen med ett tårfyllt leende. Även läkaren ser tagen ut av stunden.

"Bra beslut Alfred. Då ska vi göra en behandlingsplan så snart som möjligt."

Behandlingen ges varje dag, fem dagar per vecka i tre veckors tid. Därefter följer en tid med vila i två veckor innan en ny behandlingsperiod inleds med strålning och kemoterapi varannan dag i tre veckor till. Under den perioden byter Ulla och Alfred bostad med Berit. De får bo i hennes lägenhet som ligger nära sjukhuset. På så vis slipper de resorna fram och tillbaka till Vintrosa.

I början går allt bra. Alfred verkar inte må särskilt dåligt av behandlingen. Den tar sammanlagt en timme per dag och sker på morgonen. Ulla och Alfred njuter sedan av dagen i Örebro. De promenerar, äter god mat och umgås. Men efter en och en halv vecka börjar Alfred må sämre. Han tappar aptiten och orkar inte ta några promenader. Efter två veckor lossar tussar av det hår han har kvar. Han känner sig nedstämd och har negativa tankar. Ulla dras också ned även om hon inför honom försöker hålla uppe humöret. Det blir lite bättre under de två viloveckorna och de kommer ut på en kvällspromenad.

”Om det värsta skulle ske och du trots behandling inte
blir frisk, finns det någon du vill att jag kontaktar? Finns
det någon du vill träffa en sista gång?”

Alfred överrumplas av frågan. Han tänker på sina barn.
Förra gången han blev sjuk berättade han för Ulla om
dem. Om sina skuldkänslor över sitt svek. Hon hade
lyssnat utan att döma, men han hade sett hennes
ansiktsuttryck innan hon samlade sig. Han förstår henne.
Det är svårt att förstå hur en förälder kan överge sina
egna barn. Han förstår det knappt själv och en mindre har
han förlåtit sig själv.

”Nej, jag vill bara vara med dig.”

”Skulle du vilja tala med en präst?”

”Kanske. Jag har inte tänkt på det, men ja kanske.”

Behandlingsperiod två blir riktigt tuff. Alfred kräks och
får diarré, muntorrhet och tappar det sista håret. Sista
veckan är han så påverkad att han får ligga kvar på
sjukhuset. Ulla ber Berit komma till Örebro. Hon vill inte
vara ensam i hennes lägenhet. De sitter uppe till långt in
på småtimmarna och pratar om livet, kräftan och hoppet.

När behandlingen är över får Alfred åka med Ulla hem till Vintrosa. Han ska tillbaka och ta nya prover om två veckor. Väntan är hemsk, men det är skönt att behandlingen är klar.

”Aldrig mer att jag går igenom en sådan behandling”, säger Alfred. ”Har den lyckats har det varit värt det, men skulle fler tumörer dyka upp en gång till erkänner jag mig besegrad. Jag orkar inte en sådan omgång igen.”

”Vi tar en dag i taget, älskling”, säger Ulla.

Två veckor senare sitter de återigen i läkarens rum och väntar på domen.

”Jag förstår att det varit en kämpig tid för er båda”, säger läkaren. ”Men jag kan med glädje meddela att tumörerna minskat betydligt. De är inte borta helt, med de är små och utgör inget direkt hot i nuläget. Du kommer få komma på regelbundna kontroller och ser vi minsta tendens till att de börjat växa igen får vi ta det då. Men nu ska ni hem och fira och njuta av förhoppningsvis många goda år till.”

Alfred reser sig och kramar om läkaren.

Ulla och Alfred bjuder ut Berit på restaurang för att tacka för hennes stöd och fira det goda beskedet.

"Känner du dig orolig över att de inte är helt borta?" frågar Berit.

"Jo såklart, men samtidigt är jag över sjuttio år och har haft kräftan två gånger. Om jag får ett par år till är det helt fantastiskt. Jag känner faktiskt mer tacksamhet än oro."

Den följande tiden tar Ulla och Alfred en dag i taget och njuter av allt. Varje kväll sitter de i varsin stol i trädgården och ser solnedgången. Varje måltid är en gåva. Ulla ser hur Alfred är mer och mer i naturen, intresserar sig för växterna, fåglarna och de djur som hälsar på i trädgården. Han är inte längre rastlös som tidigare.

En morgon när Ulla vaknar har Alfred redan gått upp. Det doftar kaffe i köket och hon hittar honom sittandes vid bordet med blicken ut genom fönstret.

"Kom", viskar han. "Titta."

Där utanför fönstret leker två rävungar oblygt.

"Åh, vad söta", säger Ulla.

"Visst är de", svarar Alfred.

Hon häller upp en kopp kaffe och slår sig ned vid bordet.

"Jag ska träffa prästen idag", säger Alfred. "Jag är äntligen redo."

Ulla nickar.

"Det var fint att höra."

Efter maten går Alfred bort till kyrkan. Prästen står framme vid koret.

"Alfred, kom så sätter vi oss."

De slår sig ned och Alfred börjar berätta. Om uppväxten med fars kyla och mors kärlek. Om John och Sofia. Elin och deras barn. Sedan om Clara, deras liv ihop och barnen han älskade, men svek. Och så en sista tid med Ulla och kampen mot tumörerna.

Prästen ser på honom med värme. Det finns inget dömande alls.

"När jag hör dig berätta Alfred, hör jag om ett liv där en människa försöker göra sitt allra bästa för att hantera de prövningar som getts. Att du bär på skuldkänslor visar att du inte är kall och oberörd. Prövningarna har gett dig lärdomar och empati. Du har flera gånger fått uppleva kärlek och den kärlek du gav dina barn innan ni gick skilda vägar kommer för alltid leva i dem, precis som din mors kärlek finns kvar i dig. Se inte bara hur du lämnade dem se också allt du har gett dem. När du är redo kan du föreställa dig den Alfred du var då, i sorgen efter din älskade Clara. Omfamna honom och försök känna empati. Och kanske du kan förlåta honom?"

Alfred går därifrån med prästens ord ringande inom sig. Försök hitta empati med den han var då. Kan han det? Han slår sig ned på en stubbe en bit in i skogen på hemvägen. Ser sig om. Det är en vacker plats med björkar, tallar och granar. På marken växer mjuk mossa. Han sluter ögonen och föreställer sig Alfred som precis fått beskedet om sin hustrus död. Han ser på honom utifrån. Ser hans avgrundsdjupa sorg och hur han ändå tänker på barnen. Hur han inte vill dra ned dem i sitt mörker. Det enda han trodde på då var att de skulle få det bättre utan honom. Alfred går i tanken fram till sitt yngre jag. Omfamnar honom och viskar "Jag förlåter dig."

Kapitel 71 (År 1944, sju år senare)

På sängen ligger hans enda kostym. Samma han hade för över tjugo år sedan på sitt eget bröllop. Han tar på sig den och som tur är passar den fortfarande. Kanske smiter åt lite tajtare nu. Fortfarande är han lång och senig, men lite mer muskler har åren på gårdarna gett. Georg väntar på skjuts in till stan. Därifrån ska han ta sig till Örebro med tåg. Trettionio år har det gått sedan han senast såg sina syskon. Nu ska de begrava den far som en gång lämnat dem. Han som övergav dem.

Georg sitter på tåget, ser ut genom fönstret. Den grå himlen släpper små regndroppar över åkrarna som svischar förbi. Hans far, Alfred, är död. Det finns inte längre någon liten möjlighet att få svar nu. Tänk om han letat reda på far tidigare. Han hade kunnat fråga varför han lämnat dem. Hur hade han levt resten av livet? Glömde han bort sina barn? Frågor som inte kan få några svar längre. Dags för tågbyte i Katrineholm. Han kliver av tåget. Andas in den fuktiga luften och går ett varv på

perrongen. Går över till det andra spåret där nästa tåg
väntar.

Georg hittar sin sittplats och slår sig ned. Hade Alfred
någonsin varit stolt över honom? Det trodde han nog. I
verkstan. När han hade lyckats blanda ihop det perfekta
bruket. Han hade sett det i fars ögon även om han aldrig
uttalat orden. Tåget stannar. Han är framme i Örebro. Nu
ska han bara hitta rätt buss som tar honom vidare ut till
Vintrosa kyrka.

På håll ser han den vita kyrkan ta sin plats på Närkeslätten.
Han rättar till kavajen. Drar i ärmarna. Borstar bort några
hårstrån och ser igen mot kyrkan. Det står några utanför
med paraplyer. Kommer han känna igen sina syskon?
Bussen stannar ett par hundra meter från kyrkan. Han
kliver av och börjar gå. Alla ser ut att ha gått in nu utom
en person, klädd i svart kostym med ett svart paraply i
handen. Georg har inget paraply med sig. Han blir blöt av
regnet. Det känns passande en dag som denna. Ett sista
försök att skölja bort skuld och skam. Han känner inte igen
mannen som står där. När han kommer fram sträcker
mannen fram handen och säger:

"Välkommen, jag heter Torbjörn och kommer från begravningsbyrån."

"Hej, Georg heter jag och var son till den avlidne."

Det kändes konstigt att säga det högt.

"Då är ni fem syskon här idag. Välkommen Georg. Du är sist."

Fem syskon. Vilka två är det som saknas? Georg går in i foajén. Klockorna ringer och dörrarna in till kyrksalen står öppna. Alla har satt sig. På den vänstra sidan sitter vänner och på höger sitter familjen hade han hört. På vänster sida ser han bara två personer. Två äldre damer. På den högra sidan ser han fyra bekanta huvuden. Det finns en plats till honom kvar. Han trycker in fingrarna i handflatorna. Prästen står i dörröppningen. De nickar åt varandra. Han tänker på prästen Kullbom där hemma i Rök. När han berättade för tolvåriga Georg att hans far valt att fly när mor deras dött. Han fortsätter fram till bänkraden med syskonen. Där sitter dom välbekanta, men lite äldre. Visst känner han igen dem alla. Gerda, Ines, Svea och Verner. De ser tårögda på varandra. Georg sjunker ned på sin plats bredvid Svea. Utan att tveka tar hon hans hand i sin och kramar till. Det känns fint.

Linnea och Valter saknas. Han får en klump i magen. Prästen pratar om Guds förlåtelse och himmelriket som väntar. Han är tveksam. På orgeln spelas *tryggare kan ingen vara.* Tårar rinner på dem alla. I kapp med regnet utanför. Det finns någon upprättelse i det. Himlen gråter för dem. För barnen som lämnades allt annat än trygga.

Inget begravningskaffe var planerat eftersom ingen visste vilka som skulle komma. Syskonen kom överens om att åka in till ett café i Örebro. Ta en kaffe ihop. Många frågor behöver få svar. Även de två damerna från bänkarna till vänster i kyrkan bjuds med, men de tackar nej. Ena damen verkar ha varit sambo med far de senaste åren. Det är hon som ordnat med begravningen och bett begravningsfirman kontakta Alfreds barn, även om de inte längre stod som barn i folkbokföringen eftersom de alla bortadopterats när han övergav dem. Georg går fram till henne och presenterar sig.

”Jag vill inte vara ohövlig när ni var så snäll att bjuda in oss, men jag behöver svar. Pratade han någonsin om oss?”

”Jag förstår att du undrar”, svarar hon. ”Jo, ibland kunde han berätta om er. Han sa att du Georg med all säkerhet var kakelugnsmakare. Men han var rätt fåordig. Jag tror han skämdes. Inte över er utan över att ha lämnat er.”

Georg nickar. ”Vad dog han av?”

”Din far hade problem med spriten under en tid. Jag tror han försökte dricka bort sina skuldkänslor över att ha lämnat er. Han fick till slut kräftan. Den satte sig i levern.”

Georg tackar igen för att hon bjudit in honom och tar hennes adress innan han åker till Örebro.

På caféet beställer Georg en kopp kaffe och en ostfralla. Slår sig ned vid ett ledigt bord med plats för fem. Vid bordet bredvid sitter ett gäng byggarbetare. Blåställ och rejäla köttbullemackor. Inredningen går i chokladbrunt. Stolar är av trä med stoppade dynor. Tillräckligt bekväma att sitta på en stund, men inte för länge. Man vill ha fler kunder. Inte långsittare. Konditoriet ligger centralt och omges av rörelse, bilar, gående, arbetare och hemmafruar med barn. Det är skönt att det är ljud och händelser. Även om syskonen befinner sig i ett vacuum. Begravningen hänger sig kvar. Psalmerna, kyrkorummet och det sista av deras biologiska far. Visste någon något om Linnea och Valter? Linnea är död. Dog av sjukdom i unga år. Blev bara tjugoåtta. Hade levt utan familj i Stockholm. Ingen visste hennes yrke. Eller vill nämna det idag. Gerda vänder sig mot Georg.

"Vad hände med dig och Valter?"

Han sväljer. Ser på syskonen. Alla sitter tysta. Vända mot honom och väntar på att få sina svar.

"Vi fick slita hårt, precis som ni andra gissar jag. Jag blev ivägkörd när jag fyllde fjorton. Sedan vet jag inte vad som hände med Valter. Jag hade hoppats att han var här idag. Jag försökte träffa honom några gånger, men gav upp. Kanske för lättvindigt, men livet kom emellan. Det är ingen ursäkt. Men det var som det var."

Tyngd av skuldkänslor ser han upp. Ser dem alla i ögonen. Letar efter anklagande blickar. Men möter bara förståelse och omtanke.

FSC
www.fsc.org
MIX
Papper från
ansvarsfulla källor
Paper from
responsible sources
FSC® C105338